—— 阅读之前 没有真相

午夜文库

阿加莎·克里斯蒂
马普尔小姐系列

阿加莎·克里斯蒂
Agatha Christie（1890—1976）

无可争议的侦探小说女王，侦探文学史上最伟大的作家之一。

阿加莎·克里斯蒂原名为阿加莎·玛丽·克拉丽莎·米勒，一八九〇年九月十五日生于英国德文郡托基的阿什菲尔德宅邸。她几乎没有接受过正规的教育，但酷爱阅读，尤其痴迷于歇洛克·福尔摩斯的故事。

第一次世界大战期间，阿加莎·克里斯蒂成了一名志愿者。战争结束后，她创作了自己的第一部侦探小说《斯泰尔斯庄园奇案》。几经周折，作品于一九二〇年正式出版，由此开启了克里斯蒂辉煌的创作生涯。一九二六年，《罗杰疑案》由哈珀柯林斯出版公司出版。这部作品一举奠定了阿加莎·克里斯蒂在侦探文学领域不可撼动的地位。之后，她又陆续出版了《东方快车谋杀案》《ABC谋杀案》《尼罗河上的惨案》《无人生还》《阳光下的罪恶》等脍炙人口的作品。时至今日，这些作品依然是世界侦探文学宝库里最宝贵的财富。根据她的小说改编而成的舞台剧《捕鼠器》，已经成为世界上公演场次最多的剧目；而在影视改编方面，《东方快车谋杀案》为英格丽·褒曼斩获奥斯卡大奖，《尼罗河上的惨案》更是成为几代人心目中的经典。

阿加莎·克里斯蒂的创作生涯持续了五十余年，总共创作了八十余部侦探小说。她的作品畅销全世界一百多个国家和地区，累计销量已经突破二十亿册。她创造的小胡子侦探波洛和老处女侦探马普尔小姐为读者津津乐道。阿加莎·克里斯蒂是柯南·道尔之后最伟大的侦探小说作家，是侦探文学黄金时代的开创者和集大成者。一九七一年，英国女王授予克里斯蒂爵士称号，以表彰其不朽的贡献。

一九七六年一月十二日，阿加莎·克里斯蒂逝世于英国牛津郡沃灵福德家中，被安葬于牛津郡的圣玛丽教堂墓园，享年八十五岁。

阿加莎·克里斯蒂 侦探作品年表

波洛系列

年份	作品
1920	The Mysterious Affair at Styles《斯泰尔斯庄园奇案》
1923	Murder on the Links《高尔夫球场命案》
1924	Poirot Investigates《首相绑架案》
1926	The Murder of Roger Ackroyd《罗杰疑案》
1927	The Big Four《四魔头》
1928	The Mystery of the Blue Train《蓝色列车之谜》
1932	Peril at End House《悬崖山庄奇案》
1933	Lord Edgware Dies《人性记录》
1934	Murder on the Orient Express《东方快车谋杀案》
1935	Three-Act Tragedy《三幕悲剧》
1935	Death in the Clouds《云中命案》
1936	The ABC Murders《ABC谋杀案》
1936	Murder in Mesopotamia《古墓之谜》
1936	Cards on the Table《底牌》
1937	Dumb Witness《沉默的证人》
1937	Death on the Nile《尼罗河上的惨案》
1937	Murder in the Mews《幽巷谋杀案》
1938	Appointment with Death《死亡约会》
1938	Hercule Poirot's Christmas《波洛圣诞探案记》
1940	Sad Cypress《H庄园的午餐》
1940	One, Two, Buckle My Shoe《牙医谋杀案》
1941	Evil Under the Sun《阳光下的罪恶》
1943	Five Little Pigs《五只小猪》
1946	The Hollow《空幻之屋》
1947	The Labours of Hercules《赫尔克里·波洛的丰功伟绩》
1948	Taken at the Flood《顺水推舟》
1952	Mrs. McGinty's Dead《清洁女工之死》
1953	After the Funeral《葬礼之后》
1955	Hickory Dickory Dock《山核桃大街谋杀案》
1956	Dead Man's Folly《弄假成真》
1959	Cat Among the Pigeons《鸽群中的猫》
1960	The Adventure of the Christmas Pudding《雪地上的女尸》

阿加莎·克里斯蒂 侦探作品年表

1963　The Clocks《怪钟疑案》
1966　Third Girl《第三个女郎》
1969　Hallowe'en Party《万圣节前夜的谋杀》
1972　Elephants Can Remember《大象的证词》
1974　Poirot's Early Stories《蒙面女人》
1975　Curtain—Poirot's Last Case《帷幕》

马普尔小姐系列

1930　The Murder at the Vicarage《寓所谜案》
1932　The Thirteen Problems《死亡草》
1942　The Body in the Library《藏书室女尸之谜》
1943　The Moving Finger《魔手》
1950　A Murder Is Announced《谋杀启事》
1952　They Do It with Mirrors《借镜杀人》
1953　A Pocket Full of Rye《黑麦奇案》
1957　4.50 from Paddington《命案目睹记》
1962　The Mirror Crack'd from Side to side《破镜谋杀案》
1964　A Caribbean Mystery《加勒比海之谜》
1965　At Bertram's Hotel《伯特伦旅馆》
1971　Nemesis《复仇女神》
1976　Sleeping Murder《沉睡谋杀案》
1979　Miss Marple's Final Cases《马普尔小姐最后的案件》

其他系列及非系列

1922　The Secret Adversary《暗藏杀机》
1924　The Man in the Brown Suit《褐衣男子》
1925　The Secret of Chimneys《烟囱别墅之谜》
1929　Partners in Crime《犯罪团伙》
1929　The Seven Dials Mystery《七面钟之谜》
1930　The Mysterious Mr. Quin《神秘的奎因先生》
1931　The Sittaford Mystery《斯塔福特疑案》
1933　The Witness for the Prosecution and Other Stories《控方证人》
1934　Why Didn't They Ask Evans?《悬崖上的谋杀》

阿加莎·克里斯蒂 侦探作品年表

年份	作品
1934	The Listerdale Mystery《金色的机遇》
1934	Parker Pyne Investigates《惊险的浪漫》
1939	Murder Is Easy《逆我者亡》
1939	And Then There Were None《无人生还》
1941	N or M?《桑苏西来客》
1944	Towards Zero《零点》
1945	Sparkling Cyanide《闪光的氰化物》
1945	Death Comes as the End《死亡终局》
1949	Crooked House《怪屋》
1950	Three Blind Mice and Other Stories《三只瞎老鼠》
1951	They Came to Baghdad《他们来到巴格达》
1954	Destination Unknown《地狱之旅》
1958	Ordeal by Innocence《奉命谋杀》
1961	The Pale Horse《灰马酒店》
1967	Endless Night《长夜》
1968	By the Pricking of My Thumbs《煦阳岭的疑云》
1970	Passenger to Frankfurt《天涯过客》
1973	Postern of Fate《命运之门》
1991	Problem at Pollensa Bay《神秘的第三者》
1997	While the Light Lasts《灯火阑珊》

出版前言

纵观世界侦探文学一百七十余年的历史,如果说有谁已经超脱了这一类型文学的类型化束缚,恐怕我们只能想起两个名字——一个是虚构的人物歇洛克·福尔摩斯,而另一个便是真实的作家阿加莎·克里斯蒂。

阿加莎·克里斯蒂以她个人独特的魅力创造着侦探文学史上无数的传奇:她的创作生涯长达五十余年,一生撰写了八十余部侦探小说;她开创了侦探小说史上最著名的"黄金时代";她让阅读从贵族走入家庭,渗透到每个人的生活中;她的作品被翻译成一百多种文字,畅销全球一百五十余个国家,作品销量与《圣经》《莎士比亚戏剧集》同列世界畅销书前三名;她的《罗杰疑案》《无人生还》《东方快车谋杀案》《尼罗河上的惨案》都是侦探小说史上的经典;她是侦探小说女王,因在侦探小说领域的独特贡献而被册封为爵士;她是侦探小说的符号和象征。她本身就是传奇。沏一杯红茶,配一张躺椅,在暖暖的阳光下读阿加莎的小说是一种生活方式,是惬意的享受,也是一种态度。

午夜文库成立之初就试图引进阿加莎的作品,但几次都与版权擦肩而过。随着午夜文库的专业化和影响力日益增强,阿加莎·克里斯蒂的版权继承人和哈珀柯林斯出版公司主动要求将版权独家授予新星出版社,并将阿加莎系列侦探小说并入午夜文库。这是对我们长期以来执着于侦探小说出版的褒奖,是对我们的信任与鼓励,更是一种压力和责任。

新版阿加莎·克里斯蒂作品由专业的侦探小说翻译家以最权威的英文版本为底本,全新翻译,并加入双语作品年表和阿加莎·克里斯蒂家族独家授权的照片、手稿等资料,力求全景展现"侦探女王"的风采与魅力。使读者不仅欣赏到作家的巧妙构思、离奇桥段和睿智语言,而且能体味到浓郁的英伦风情。

阿加莎作品的出版是一项系统工程,规模庞大,我们将努力使之臻于完美。或存在疏漏之处,欢迎方家指正。

新星出版社

午夜文库编辑部

Agatha Christie

Over the next few years, we plan to celebrate two very important Agatha Christie anniversaries. In 2015, it is the 125th anniversary of her birth in Torquay, South Devon, England, and in 2020 it will be 100 years after her first book, THE MYSTERIOUS AFFAIR AT STYLES, featuring her famous detective, Hercule Poirot, was published. This is therefore a very appropriate moment to publish a new edition of her works, and I am delighted that HarperCollins has chosen to work with New Star on these new editions. New Star is China's top crime publisher, and has a strong and dedicated editorial staff and a continued passion for Agatha Christie, making them the ideal partner. It is the right time to make these classic books available in modern translations and so to bring Agatha Christie's books anew to her many fans in China, giving them a new reason to re-read these much-loved stories, as well as introducing them to a whole new audience. How delighted Agatha Christie would have been that her stories (as she called them) are still giving so much pleasure to so many people all over the world!

I think there are two very remarkable things about Agatha Christie's stories. The first is that they are so adaptable. It doesn't really matter which language they appear in, the stories and the plots still give the same thrill, still provide the same puzzles, and the characters still have the same attraction. Readers in China will I am sure enjoy Hercule Poirot and Miss Marple just as much as we do in England, and readers in China will still be transfixed by the surprises and horrors of AND THEN THERE WERE NONE, one of the great classics of 20th century detective fiction, as we are here.

Agatha Christie

The second is that the stories give a wonderful picture of England, particularly rural England, at the time Agatha Christie lived. She wrote books from 1920 until 1970 but it is sometimes hard to tell which part of her life each book was written in. Her characters and the life they lived were very much the same. The life we all live is changing very quickly these days but the Agatha Christie world stays the same. Perhaps the Miss Marple stories provide the best example of this, and in some ways, THE BODY IN THE LIBRARY and NEMESIS are quite similar, despite the fact that thirty years elapsed between the time they were written.

Perhaps I might end by mentioning three Agatha Christies (other than the ones mentioned above) which I think demonstrate why she is so popular, even in the twenty-first century. The first is MURDER ON THE ORIENT EXPRESS, one of the most famous with one of the most ingenious and human plots. Next read this on one of your long train journeys in China! Next is A MURDER IS ANNOUNCED, a Miss Marple which was her 50th book. It has my favourite murderer in it! And last is ENDLESS NIGHT a story about evil and how it affects three young people, written at the time when I knew her best, and understood how deeply she cared and sympathised with young people and the world they lived in.

Whichever are your favourites I hope you enjoy these stories that New Star are introducing to you again. I think it is a great publishing event.

Mathew
Grandson of Agatha Christie
Chairman of Agatha Christie Ltd

致中国读者

(午夜文库版阿加莎·克里斯蒂作品集序)

在未来的几年中,我们将要筹备两个非常重要的关于阿加莎·克里斯蒂的纪念日。二〇一五年是她的一百二十五岁生日——她于一八九〇年出生于英国的托基市,二〇二〇年则是她的处女作《斯泰尔斯庄园奇案》问世一百周年的日子,她笔下最著名的侦探赫尔克里·波洛就是在这本书中首次登场。因此,新星出版社为中国读者们推出全新版本的克里斯蒂作品正是恰逢其时,而且我很高兴哈珀柯林斯选择了新星来出版这一全新版本。新星出版社是中国最好的侦探小说出版机构,拥有强大而且专业的编辑团队,并且对阿加莎·克里斯蒂的作品极有热情,这使得他们成为我们最理想的合作伙伴。如今正是一个良机,可以将这些经典作品重新翻译为更现代、更权威的版本,带给她的中国书迷,让大家有理由重温这些备受喜爱的故事,同时也可以将它们介绍给新的读者。如果阿加莎·克里斯蒂知道她的小故事们(她这样称呼自己的这些作品)仍然能给世界上这么多人带来如此巨大的阅读享受,该有多么高兴啊!

我认为阿加莎·克里斯蒂的作品有两个非常重要的特征。首先它们是非常易于理解的。无论以哪种语言呈现,故事和情节都同样惊险刺激,呈现给读者的谜团都同样精彩,而书中人物的魅力也丝毫不受影响。我完全可以肯定,中国的读者能够像我们英国人一样充分享受赫尔克里·波洛和马普尔小姐带来的乐趣;中国读者也会和我们一样，读到二十世纪最伟大的侦探经典作品——比如《无人生还》——的时候，被震惊和恐惧牢牢钉在原地。

第二个特征是这些故事给我们展开了一幅英格兰的精彩画卷，特别是阿加莎·克里斯蒂那个年代的英国乡村。她的作品写于二十世纪二十年代至七十年代间，不过有时候很难说清楚每一本书是在她人生中的哪一段日子里写下的。她笔下的人物，以及他们的生活，多多少少都有些相似。如今，我们的生活瞬息万变，但"阿加莎·克里斯蒂的世界"依旧永恒。也许马普尔小姐的故事提供了最好的范例：《藏书室女尸之谜》与《复仇女神》看起来颇为相似，但实际上它们的创作年代竟然相差了三十年。

最后，我想提三本书，在我心目中（除了上面提过的几本之外）这几本最能说明克里斯蒂为什么能够一直受到大家的喜爱。首先是《东方快车谋杀案》，最著名，也是最机智巧妙、最有人性的一本。当你在中国乘火车长途旅行时，不妨拿出来读读吧！第二本是《谋杀启事》，一个马普尔小姐系列的故事，也是克里斯蒂的第五十本著作。这本书里的诡计是我个人最喜欢的。最后是《长夜》，一个关于邪恶如何影响三个年轻人生活的故事。这本书的写作时间正是我最了解她的时候。我能体会到她对年轻人以及他们生活的世界关心至深。

现在新星出版社重新将这些故事奉献给了读者。无论你最爱的是哪一本，我都希望你能感受到这份快乐。我相信这是出版界的一件盛事。

阿加莎·克里斯蒂外孙

阿加莎·克里斯蒂有限责任公司董事长

马修·普理查德

二〇一三年二月二十日

阿加莎·克里斯蒂侦探作品集㊲

复仇女神
Nemesis

[英]阿加莎·克里斯蒂 著
张乐敏 译

新 星 出 版 社　NEW STAR PRESS

目录

1	第一章	序曲
12	第二章	暗号之复仇女神
24	第三章	马普尔小姐采取行动
34	第四章	艾丝特·沃尔特斯
45	第五章	来自远方的指示
59	第六章	爱情
65	第七章	一份邀请
70	第八章	三姐妹
78	第九章	布哈拉蓼
84	第十章	"哦！多好啊，哦！这日子多么美好！"
97	第十一章	意外
110	第十二章	一次会谈
123	第十三章	红黑格子
136	第十四章	布罗德里伯先生感到疑惑
140	第十五章	维甲蒻
147	第十六章	验尸
159	第十七章	马普尔小姐走访
169	第十八章	布拉巴宗副主教
182	第十九章	说再见
191	第二十章	马普尔小姐有了主意
204	第二十一章	时钟敲击三下
215	第二十二章	马普尔小姐的故事
229	第二十三章	尾声

第一章　序曲

马普尔小姐习惯在下午看第二份报纸。每天早上都有两份报送到她家，如果第一份能按时送到，她会在吃早茶的时候看。送报纸的男孩儿在时间安排上变化无常，还经常来一个新人或临时代班的。这些报童都有各自不同的送报路线，也许是想让送报这件事变得不那么单调吧。但是订报的人习惯很早就读报，这样他们就能在搭乘公交车、火车或其他交通工具去上班之前，抢先知道一些新闻中的热点。要是报纸送晚了，他们会很烦恼。尽管那些安安静静地居住在圣玛丽米德的中老年妇女更喜欢在自己的早餐桌上看报纸。

今天早晨，马普尔小姐全神贯注地看着日报的头版，以及几条其他的消息。她给这份报纸起了个绰号，叫"五花八门日报"，其中确实有那么一点讽刺的味道。这份《新闻日报》，由于报社老板更换，给她和她的朋友们带来了极大的烦恼。现如今，头版的位置上净是些男人的衣服、女人的服装、女性心中的大众情人、儿童比赛，以及女人们的抱怨信件，而那些真正的新闻却被挤走了，或者放在一些隐秘的角落里。马普尔小姐是个旧派的人，她认为报纸就是报纸，是给人们发布新闻的。

吃过午饭之后，她坐在一把立式扶手椅上小憩了二十分钟，这椅子是专门为她那患有风湿性背痛的后背而定制的。之后，她打开了适合在休闲时刻阅读的《泰晤士报》，但这份报纸也跟从前大不一样了。令人恼火的是，你几乎找不到什么可读的东西了。它再也不像以前那样，只要从头版开始读，就能轻而易举地略过其他不相干的，直接找到自己感兴趣的专题。现如今，那种由来已久的排版顺序被严重地打乱了。有两页被带插图的卡布里岛旅游攻略占据，体育报道登上更为显著的位置，法庭新闻和讣告则常规化了。那些一度引起马普尔小姐注意的关于出生、结婚和死亡的消息，已经从重要的位置挪到了其他地方。最近，马普尔小姐留意到，它们一成不变地被留在最后几版上。

马普尔小姐首先关注的是头版新闻，但她并没有停留太久，因为这些跟她早上读过的差不多，只是措辞稍稍庄重些。她看了看栏目：报道、评论、科学、体育；接着像往常那样，把报纸翻过来，快速浏览了出生、结婚和死亡的消息。然后又翻到通讯一栏，在这里，她几乎总能发现一些让人高兴的事。再往后就是宫廷公报，在这一页上能找到当天的拍卖信息。还有一些科学小短文经常出现在这里，但她并不打算读，这对她而言没什么意义。

马普尔小姐照例翻过报纸，读完有关出生、结婚和死亡的新闻之后，心想：真是悲哀，如今竟要对死亡感兴趣！

有人生了小孩，不过马普尔小姐甚至不知道这些人的名字。之前要是有一个栏目说到孩子，并注明是个婴儿，她总是可以愉快地认出是谁。比如她会这么想：玛丽·普兰德盖斯特有了第三个孙女！虽然想得远了点。

婚姻一栏她是略读的，并没有太关注，因为她那些老朋友的子女大部分在几年前就结婚了。接下来是死亡栏，她相当认真地看着，以确保自己不会漏掉任何一个名字。阿洛韦，安格帕斯特罗，雅顿、巴顿、贝德肖、伯格韦瑟（天哪，德国名字，他以前似乎在利兹①待过)、卡彭特、坎普尔顿、克莱格。克莱格？是她认识的姓克莱格中的一个吗？不，好像不是。珍妮特·克莱格，约克郡人。麦克唐纳、麦肯基、尼克尔森。尼克尔森？不是，不是她认识的尼克尔森。奥格、奥默罗德——肯定是她的某个姨妈或姑妈，她心想。是的，有可能。琳达·奥默罗德，不，她不认识。卡特利尔？老天，肯定是伊丽莎白·卡特利尔。八十五岁。哦，真的！她还以为伊丽莎白·卡特利尔几年前就去世了。难以想象她那么虚弱还能活这么久！没人想到她会长寿！雷斯、莱德利、拉斐尔。拉斐尔？她想起了什么。熟悉的名字。拉斐尔，贝尔福德公园，梅德斯通。贝尔福德公园，梅德斯通。不，她回忆不起来那个地址了。不收花圈。② 贾森·拉斐尔。哦，一个不常见的名字。她想自己一定是在某个地方听到过。罗斯·帕金斯。现在可能——不，不是。赖兰？艾米丽·赖兰。不不，她从来就不认识一个被丈夫和孩子深爱着的艾米丽·赖兰。呃，非常美好或者非常不幸，随你喜欢，从哪方面看都行。

马普尔小姐放下报纸，漫不经心地看了一眼填字游戏，纳闷拉斐尔这个名字怎么这么熟悉。

"我会想起来的。"马普尔小姐对自己说。长年的经验让她深知老年人的记忆系统是如何运作的。

"我完全相信自己一定能想起来。"

她朝窗外的花园扫了一眼，又收回目光，努力不去想花园里的情形。很长时间以来，她的花园都是她最大的快乐源泉，她也为此付出了大量的辛苦劳动。现在，因为医生们的大惊小怪，她的园艺工作被禁止了。她曾试图反抗这项禁令，但最终得出结

---

①英国北部城市。
②这里是讣文用语。

论，最好还是听医生的话。她一向把椅子摆放在一个不太容易看到窗外的地方，除非她确定并且非常希望看到什么特别的东西。她叹息着，拿起编织袋，从里面取出一件还没织好的小孩子的羊毛外套。衣服的前后部分都织好了，现在她要接着织袖子。袖子总是最烦人的部分。两只袖子都一样。没错，太让人讨厌了。尽管如此，这仍然是一件漂亮的粉红色毛衣。粉红色的毛线。等等，这跟什么有关？没错——没错——跟她刚刚在报上看到的名字联系起来了。粉红色毛线。蓝色的海洋。加勒比海。沙滩。阳光。她的编织物以及——哦，当然了，拉斐尔先生。她在加勒比海的一次旅行。圣多诺黑岛（St. Honore）。侄子雷蒙德的招待。她记得琼——她的侄媳、雷蒙德的妻子，说："别卷进任何谋杀案中，简姑妈，对你没好处的。"

其实她本来没想让自己卷进去，但这事儿就是发生了。就是这样。只不过是一位上了年纪的、镶着一只假眼珠的少校坚持要给她讲一些冗长乏味的故事。可怜的少校，他叫什么来着？她已经不记得了。拉斐尔先生的秘书叫什么来？——艾丝特太太，对，艾丝特·沃尔特斯，他的按摩师叫杰克逊。全都回忆起来了。是啊，没错，可怜的拉斐尔先生，就这么去世了。很久之前他就知道自己要死了，他确实也这么跟她说过。看上去他活得似乎比医生预期得要久一些。他是个固执强悍的人，一个很有钱的人。

马普尔小姐这么想着，手上的毛线活儿一刻没停，但她的心思可不在织毛衣上。她在想刚刚去世的拉斐尔先生，以及她能记得住的关于他的一切。他是个让人难以忘怀的人，她能清晰地记得他的音容笑貌。没错，一个个性鲜明、难以相处的人，一个急躁易怒的人，有时候粗鲁得要命。不过没有人讨厌他的粗鲁，这一点她也没忘。而人们都接受他的粗鲁，是因为他非常有钱。是的，他非常有钱，他有秘书、贴身护理人员，还有资深按摩师。如果没有这些人的帮助，他都走不了路。

马普尔小姐心想，那个护士助理，是个可疑人物。有时候拉斐尔先生对他很粗鲁，可他看上去毫不在意。原因还是拉斐尔先生很有钱。

"别人付给他的钱，连一半都不到。"拉斐尔先生说，"他知道这一点。不过他很称职。"

马普尔小姐搞不清楚服侍拉斐尔先生的是杰克逊，还是约翰逊。他待在他身边超过一年了吧？一年零三四个月。也可能没那么久。拉斐尔先生是个喜欢寻求变化的人，他会厌烦某人，厌烦他的行为方式、长相和声音。

马普尔小姐理解这一点，有时候她也有这种感觉。她那个和气、殷勤的同伴，咕咕的说话声就让她发疯。

"啊，"马普尔小姐说，"现在好多了，自从——"哦，天哪，她现在已经忘记她的名字了——叫什么来着——毕夏普小姐？——不，不是毕夏普小姐。哦老天，要想起来可真是困难。

她的思绪又回到了拉斐尔先生身上，还有——不，不是约翰逊，是杰克逊。亚瑟·杰克逊。

"哦，天哪，"马普尔小姐再次叹息道，"我总是把所有的人名都搞乱。当然了，我刚刚想的是奈特小姐，不是毕夏普小姐。我为什么会把她想成毕夏普小姐呢？"她知道原因了。国际象棋的棋子。一个是马，一个是士。①

"我猜，下次我想到她的时候也许会叫她卡斯尔小姐或鲁克

---

① "奈特"的英文写法为 Knight，"毕夏普"为 Bishop，这两个词在国际象棋中分别指"马"和"士"。

小姐，虽然她其实并不是那种喜欢骗人的人② ——还真不是。那么，拉斐尔先生那个漂亮的秘书叫什么？哦，艾丝特·沃尔特斯，是的。我想知道艾丝特·沃尔特斯最近如何。她继承了一大笔钱？也许是现在才到手的。"

她想起拉斐尔先生跟她说过的一些事，也许她曾——哦，老天，当你努力想回忆得精确点时，事情就会变得乱七八糟。艾丝特·沃尔特斯。加勒比海的事情对她打击很大，但她会让这些都过去的。她是个寡妇，不是吗？马普尔小姐希望艾丝特·沃尔特斯能再和一位和气、善良、可靠的男人结婚。看上去不太可能，她心想，艾丝特·沃尔特斯天生就喜欢和错的男人结婚。

马普尔小姐的思路又回到拉斐尔先生身上。不收花圈，提过了。她本来也没打算给拉斐尔先生送花圈，如果他想，他能买下英国所有的苗圃。再说，他们的关系还没到那一步。他们不是朋友，也没有深厚的感情。他们过去一直是——她该用个什么词儿呢——盟友。对，在很短的一段时间内，他们曾是盟友。一段激动人心的时光。他是个值得拥有的好盟友，她了解这一点。在加勒比海的时候，在一个漆黑而酷热的夜晚，她去了他那儿。没错，马普尔小姐记起来了，她一直围着那条粉红色的披肩——他们年轻那会儿管这东西叫什么来着？——迷人的东西。她经常把那条漂亮的粉红色羊毛披肩裹在头上，他则看着她大笑。之后她说——她在回忆里微微一笑——她用了一个词，让他哈哈大笑，但是最后他停止了大笑。是的，他照她的要求那么做了，因此——"唉！"马普尔小姐叹了口气。她不得不承认，这一切都非常让人激动。她从没跟她的侄子或者亲爱的琼说过这件事，毕

---

② "卡斯尔"即 Castle，"鲁克"即 Rook，都有"车"的意思，也有"欺诈"的意思。

竟，是他们告诉她不要说的，不是吗？马普尔小姐点点头，小声嘀咕道："可怜的拉斐尔先生，希望他去世前没有——受苦。"

也许没有。也许诊金昂贵的医生给他服用了镇静剂，减轻了去世前的病痛。在加勒比海的那几个星期，他吃尽了苦头。他几乎总是处于痛苦之中。一个勇敢的人。

一个勇敢的人。死了。马普尔小姐感到难过。虽然她觉得他又老又弱，但他的去世似乎让这个世界少了些什么。她不知道他在生意场上是个怎样的人，也许冷酷无情、粗暴、控制欲强、咄咄逼人。一个喜欢攻击的人。但——但他是个不错的朋友，她觉得。他身上具有某种深切的善意，又很小心翼翼地不表现出来。是个让她欣赏并尊敬的人。是啊，他去世了，马普尔小姐很难过，她希望他心中没有那么多忧愁，希望他死得平静。毫无疑问，如今他已经被火化了，葬在宽大而华丽的大理石墓穴里。她甚至不知道他有没有结婚，他从未提到过妻子或儿女。他是单身？要不就是他的生活太充实了，根本不会感到孤独？她猜度着。

那天下午，她在那儿坐了很长时间，想着拉斐尔先生的事。她没想过自己回英国之后会再见到他，也确实没见过。然而奇怪的是，她总觉得时时刻刻跟他联系在一起。也许是他们曾经共度的那段日子让她感受到一种联系，也许是别的什么联系，向她靠近，或者向她建议再见一面……

"当然了，"马普尔小姐说，她被闯入脑海的这个念头给吓坏了，"我们之间的联系不会是冷酷无情的吧？"她，简·马普尔，无情吗？"知道吗，"马普尔小姐自言自语道，"太不同寻常了，我之前可从未想过这些。要知道，我相信自己可以很无情……"

门开了，一个顶着乌黑鬈发的脑袋伸了进来。是彻丽，是毕夏普小姐——不，是奈特小姐可爱的继承人。

"您在说什么？"彻丽问。

"我在和自己说话呢。"马普尔小姐说，"我在想我会不会变得很无情。"

"什么？您吗？"彻丽说，"绝对不会！您非常善良。"

"这不是理由！"马普尔小姐说，"就算有正当的理由，我也可以很无情。"

"您说的正当的理由是指什么呢？"

"正义。"马普尔小姐说。

"我得说，您对小加里·霍普金斯实施了正义。"彻丽说，"那天他折磨自己的猫的时候被您逮了个正着。我从来不知道您能那样对别人！您吓坏他了，他肯定不会忘记的。"

"希望他再也不会折磨猫咪了。"

"哦，他肯定不会的，他知道为什么您会那样。"彻丽说，"其实我不太确定有没有其他孩子害怕您。您拿着毛线的样子，还有用毛线织出来的好看的东西，等等，任何人都会觉得您温柔得像头绵羊。但有时候我又觉得，如果您被刺激到了，就会像头狮子。"

马普尔小姐有些疑惑。她不太确定现在彻丽给她定义的角色是什么。如果她曾经——她陷入沉思，回忆着各种不同的时刻——她曾经态度激烈地对待过毕夏普——不，是奈特小姐。（用这种方法她就肯定不会忘记名字了。）但她的愤怒多多少少有种讽刺的感觉。狮子大概不会讽刺吧，也不需要讽刺狮子。它会跳跃。它会咆哮。它会用上爪子，然后大口大口地撕咬自己的猎物。

"说真的，"马普尔小姐说，"我觉得我的样子并不怎么像一头狮子。"

那天晚上,马普尔小姐沿着花园漫步,心中升腾起一种常有的苦恼。也许是看到了金鱼草,勾起了她的回忆。她跟老乔治反反复复地说她想要硫黄色的金鱼草,而不是花匠们喜爱的那种丑死了的紫色。"硫黄色!"马普尔小姐大声说道。

有人恰好经过屋子附近的那条小路,那人转过头来问:"抱歉,您说什么?"

"我在自言自语。"马普尔小姐说着,转身朝栅栏那儿看去。

圣玛丽米德的绝大多数人她都认识,但她不认识这个人。这是个女人,矮矮胖胖的,穿着破旧却整洁的苏格兰裙,脚上是一双做工很好的乡下鞋子,上身罩一件翡翠色套衫,围着一条针织的羊毛围巾。

"恐怕人到了我这种年纪都会这样。"马普尔小姐补充道。

"您的花园可真美。"那个女人说道。

"现在不是我自己打理,"马普尔小姐说,"已经没那么美了。"

"哦,我明白,我理解您的感受。您也许有那么一个园丁——他们的名字大多粗鲁庸俗。那些老家伙说自己很懂园艺,实际上,他们有时候懂,有时候却完全不懂。他们过来喝很多杯茶,然后除点草就完事了。其中有些人还算和气,可仍然会惹人生气。"她补充道,"我自己则是个非常热心的园丁。"

"您住在这儿吗?"马普尔小姐饶有兴趣地问。

"哦,我寄宿在黑斯廷斯太太那儿。我记得她曾经谈起过您。您是不是马普尔小姐?"

"哦,是的。"

"我来这里是当园丁杂工的。顺便说一句,我叫巴特莱特,巴特莱特小姐。那儿没有多少事情可做，"巴特莱特小姐说，"我的主人喜欢那种一年生的植物，并不需要花费什么精力。"说这句话时她张了张嘴，露出牙齿，"当然了，我也做一些零碎的事，比如买东西之类的。不管怎样，如果您需要人，我随时都能为您工作一两个钟头。我敢说，我比您现有的任何花匠都要好。"

"太好了，"马普尔小姐说，"我最喜欢的是花，对植物不太在意。"

"我给黑斯廷斯太太种植物——枯燥，可必须做。好啦，我走啦。"她从头到脚把马普尔小姐打量了一遍，好像要牢牢记住她似的，然后愉快地点点头，慢慢地走了。

黑斯廷斯太太？马普尔小姐不记得这个名字。黑斯廷斯太太肯定不是一个老朋友，而且肯定不是跟她在园艺上志同道合的朋友。啊，她也许住在直布罗陀路尽头的那些新建房子里，去年有几户人家搬了进去。马普尔小姐叹了口气，又烦恼地看着金鱼草，看到了几根杂草和一两枝旺盛的根出条①，她多想马上将它们拔掉、剪掉。最后，她叹息着，勇敢地抵抗住了这种诱惑。她又想起了拉斐尔先生。他和她，曾经……那会儿她还年轻，他们经常引用的那本书叫什么来的？《萍水相逢》，真是恰如其分，她想起来了。船儿在夜晚穿梭而过……那个晚上，她求他——不，是要求他——帮忙。她坚持说不能再浪费时间了。他答应了，立刻把一切都准备妥当了。也许那时候她的脾气真像一头狮子？不不，根本不是这样的。当时她没有发火，只是坚持要马上解决一件亟需解决的事情。这一点他是明白的。

可怜的拉斐尔先生。那艘在夜晚航行的轮船很有意思。一旦

---

①寄生植物的吸根。

你习惯了他的粗鲁,也就觉得他是个讨人喜欢的人了?不!她摇摇头。拉斐尔先生不可能是个讨人喜欢的人。唉,她不能再去想拉斐尔先生了。

> 在夜晚擦身而过的船只,相互问候一声;
> 黑暗中只有信号灯和飘渺的声音。

也许她再也不会想他了。她会留意《泰晤士报》上有没有登他的讣告,但她觉得那不太可能。他不是个名人,只是很有钱。当然了,很多人就是因为有钱才会在报纸上刊登讣告的。但拉斐尔先生不是那种有钱人,他不是杰出的工业家,也不是伟大的金融家或者引人注目的银行家。他只是赚到了大量的钱财……

第二章　暗号之复仇女神

1

拉斐尔先生去世大约一周后，马普尔小姐的早餐餐桌盘子上出现了一封信。在拆信之前，她先仔细看了一会儿。今天早上还收到了两封信，是账单，也可能是收据，不论是哪种她都不感兴趣。除了这封。

信封上盖着伦敦的邮戳，地址是用打字机打上去的，是个纸质精良的长信封。马普尔小姐拿起准备在盘子里的裁纸刀，整齐地裁开信封。寄信人是律师兼公证人布罗德里伯先生和舒斯特先生，地址是布鲁姆斯伯里。信的措辞恰当而礼貌，并且用了法律用语，请她于下星期的某天去他们办公室，商谈一个跟她切身利益有关的问题。他们建议在二十四号，星期四。如果不方便，请告知他们近期她几号会在伦敦。他们还说，自己是已故的拉斐尔先生的律师，知道她跟拉斐尔先生很熟。

马普尔小姐有些困惑地皱起了眉头。她思考着这封信，缓缓地站了起来。彻丽陪她下了楼。彻丽总是小心翼翼地在大厅里来回走着，以确保马普尔小姐不会由于一个人下楼而发生不幸事故——这段旧式楼梯中间有个急转弯。

"你对我真是照顾周到啊，彻丽。"马普尔小姐说道。

"必须的。"彻丽说道,这是她的口头禅,"好人太少了。"

"啊,谢谢夸奖。"马普尔小姐说着,安全地走下最后一级楼梯。

"没什么事吧?"彻丽问,"您的样子有些慌张,您懂我的意思吗?"

"不,没事。"马普尔小姐答道,"我从一家律师事务所收到一封不同寻常的信。"

"不是有人要告您吧?"彻丽问。她总是喜欢把律师信跟某种灾难联系在一起。

"哦,不是。"马普尔小姐说,"不是那种事。他们只是要我下星期去伦敦跟他们见个面。"

"也许您会得到一笔遗产。"彻丽满怀希望地说。

"这个,我认为不太可能。"马普尔小姐说。

"哦,这事儿可不好说。"彻丽说。

马普尔小姐坐在椅子里,从刺绣编织袋里取出编织物,思索着拉斐尔先生留给她遗产的可能性。跟刚才彻丽说起这事时相比,现在她更加觉得不可能了。她想,拉斐尔先生可不是那种人。

她不可能按照信中建议的日期过去,那天她要去参加妇女协会的一个会议,讨论为新近增加的两幢小房子筹集款项的事宜。但她写信定了下星期的某一天。

她很快就收到了回信,确定了日期。她想知道布罗德里伯先生和舒斯特先生是什么样的人。信件的署名是 J.R. 布罗德里伯,显然是个高级合伙人。马普尔小姐心想,也许拉斐尔先生在遗嘱里给她留下了一本小小的回忆录或者一件纪念品。也许是他书房里的几本关于奇花异草的书,他觉得这会让一个热衷园艺的老太太高兴。或者也许是他姑婆的一枚浮雕胸针。她沉浸在自己的幻想中。不过是些幻想罢了,她心想,因为如果真是这些东西,这些遗嘱执行人只需把东西寄给她就行了,不需要安排一次会面。

"算啦,"马普尔小姐说,"我下星期二就知道了。"

2

"她是个什么样的人呢?"布罗德里伯先生对舒斯特先生说着,看了看钟表。

"她应该在一刻钟内到。"舒斯特先生说,"不知道她是否会守时。"

"哦,我想会的。她上了年纪,我猜,肯定比现在那些马虎没头脑的年轻人谨小慎微得多。"

"不知道她是胖还是瘦?"舒斯特先生说。

布罗德里伯摇摇头。

"拉斐尔先生没对你描述过她的相貌吗?"舒斯特先生问。

"每当说到她的事情,他都格外谨慎。"

"在我看来,整件事都非常奇怪。"舒斯特先生说,"这件事意味着什么,如果我们能多知道一些……"

"也许,"布罗德里伯先生若有所思地说,"跟迈克尔有点关系。"

"什么?都过去这么多年了?不可能吧。你怎么会这么想?他提到了?"

"没有,他什么都没说过。他脑子里想什么可一点都没告诉我,只是给我指示而已。"

"你觉得他有点怪异,是因为他要死了吗?"

"完全不是。他的神志清醒如常,身体状况从来没影响过他的大脑。在最后的两个月中,他还赚了二十万英镑。就是这样。"

"他很有天赋。"舒斯特先生非常敬佩地说,"当然,他一直很有天赋。"

"一个伟大的经济头脑。"布罗德里伯先生的语气中也有一种恰当的敬佩之情,"没几个人能像他那样,绝大多数都是可怜虫。"

桌子上响起了一阵铃声。舒斯特先生拿起听筒,一个女人的声音传来:"简·马普尔小姐按约定时间来见布罗德里伯先生了。"

舒斯特先生看着他的同伴,挑了挑一边的眉毛,询问对方是否同意。布罗德里伯先生点点头。

"请她进来。"舒斯特先生说,然后又对布罗德里伯先生说:"现在,我们就要见到她了。"

马普尔小姐走进房间,一位身体瘦削、神情忧郁的中年绅士站起身来迎接她。很明显,是布罗德里伯先生。他的外表跟名字不太相符。① 他旁边是一位稍微年轻一些的中年绅士,块头却稍显大一些。黑头发,眼睛小而敏锐,好像还有双下巴。

"这是我的同事,舒斯特先生。"布罗德里伯先生介绍道。

"但愿您不会觉得楼梯太长。"舒斯特先生说。她少说也有七十岁了,没准儿快八十了。他心里想着。

"我上楼时总是有点喘不过气来。"

"这房子有年头了,"布罗德里伯先生抱歉地说,"没有电梯。

---

①布罗德里伯,英文为 Broadribb,含有身材魁梧之意。

啊,我们公司成立很久了,我们不喜欢太多的现代科技产品,虽然也许顾客们希望我们引进一些。"

"这间房子的布局非常合理、舒适。"马普尔小姐礼貌地说。

她接过布罗德里伯先生给她的椅子。舒斯特先生不声不响地退出了房间。

"希望这把椅子比较舒服。"布罗德里伯先生说,"我想稍微拉一下窗帘,可以吗?也许您会觉得阳光有些刺眼。"

"谢谢。"马普尔小姐感激地说。

她笔直地坐在那儿,这是她的习惯。她穿着一套轻便的粗花呢套装,戴一串珍珠项链,一顶天鹅绒的小帽子。布罗德里伯心想:一个典型的乡下女人。肤浅的老姑娘。可能有些愚蠢——也可能不是。多么敏锐的眼睛。不知道拉斐尔是在哪儿遇见她的。也许是某个人的姑妈,从乡下过来的?这些想法在他的脑海中一闪而过,之后,他聊起了一些闲谈式的话题,天气啦,今年年初的晚霜带来的坏影响等——总之是他认为合适的话。

马普尔小姐做出了一些必要的反应,她静静地坐在那儿等待这次约见拉开序幕。

"您也许想知道这一切是怎么回事儿。"布罗德里伯先生摊开面前的几张纸,冲她礼貌地笑了笑,"不用说,您已经知道拉斐尔先生去世的消息了,也许是从报纸上看到的。"

"我是在报纸上看到的。"马普尔小姐说。

"我知道他是您的一位朋友。"

"我第一次见到他不过是在一年前。"马普尔小姐说。"在西印度群岛。"她补充道。

"哦,我想起来了,他去过那儿,我相信是为了他的健康。也许对他起了一些作用,但就像您所知道的那样,他已经病得很厉害了,严重瘫痪。"

"是的。"马普尔小姐说。

"您跟他很熟吗?"

"不。"马普尔小姐说,"不能这么说。我们同住一家酒店,偶尔说过几次话。回到英格兰之后,我就没再见过他了。我平静地生活在乡下,您知道,我认为他是个一心专注于事业的人。"

"他继续处理生意,直到……哦,几乎可以说直到他去世的那一天。"布罗德里伯先生说,"一个非常精明的经济头脑。"

"我相信。"马普尔小姐说,"我很快就意识到他是个——呃,一个非凡的人物。"

"我不知道您是否这么想——在之前某个时间拉斐尔先生是否跟您说过——我们是受了委托才向您提出这个建议的。"

"很难想象,"马普尔小姐说,"拉斐尔先生会向我提出什么建议。这似乎最没可能了。"

"他对您的评价很高。"

"他这是一番好意,但不准确。"马普尔小姐说,"我是个非常普通的人。"

"您一定知道,他非常富有。他的遗嘱条款总体上来说非常简单,而且去世之前他已经处理好财产分配了。委托人和其他受益人都安排好了。"

"我相信,那都是正常的手续。"马普尔小姐说,"虽然我自己并不怎么了解财产的事。"

"这次找您来的目的是,"布罗德里伯先生说,"我受到委托要告诉您,有一笔钱,一年后将完全属于您,条件是您得接收一个建议,这个建议我即将让您知晓。"

他从面前的桌子上拿起一个密封好的长信封,从桌子对面递给她。

"我想，您最好亲自看一下这里面的内容。不用着急，慢慢看。"

马普尔小姐动作从容。她用布罗德里伯先生递给她的小裁纸刀裁开信封，拿出用打字机打印的信，看了起来。然后她把信纸折叠起来，又读了一遍，之后看了看布罗德里伯先生。

"内容很不明确。没有更为详细的说明吗？"

"就我所知，没有。我要把它交给您，然后告诉您遗产的总数目。是两万英镑，免遗产税。"

马普尔小姐坐在那儿盯着他，惊讶得哑口无言。布罗德里伯先生也没再说话。他仔细地打量着她。她的惊讶是毫无疑问的。显然，马普尔小姐没想到会听到这样的消息。布罗德里伯先生好奇她第一句话会说什么。她直直地盯着他，那种严厉的目光是他的某个姑妈才会有的。她开口说话时，语气近乎责备。

"这是很大一笔钱。"马普尔小姐说。

"没有以前那么多。"布罗德里伯先生说。（他差点没脱口而出"这只是小意思"。）

"我得承认，"马普尔小姐说，"我很惊讶。真的，非常震惊。"

她拿起文件，又仔仔细细地从头看到尾。

"我想，您知道这些条款吧？"她问。

"是的。拉斐尔先生口述，我来写就的。"

"他没有给你任何解释吗？"

"没有。"

"您有没有建议他向您解释一下呢？"马普尔小姐说，她的声音里带有一点尖刻。

布罗德里伯先生笑了笑。"您说得非常对,我那么做了。但您会发现,要确切地理解他的意思很困难。"

"非常不寻常。"马普尔小姐说。

"当然,"布罗德里伯先生说,"您不必现在就回答我。"

"是的,"马普尔小姐说,"我需要仔细想一想。"

"正如您所说,那是笔很大的数目。"

"我老了,"马普尔小姐说,"年纪大了,年老是个更恰当的词。确实老了。活不过一年以拿到这笔钱的可能性非常大,我怀疑是否能拿到钱。"

"任何年龄的人都不会讨厌金钱。"布罗德里伯先生说。

"我可以给那些我关心的慈善机构,"马普尔小姐说,"那里总有人,尽力做点事情的人。我不能撒谎说没有从中感受到快乐和满足,也不能推脱说无法专心或者无力承担这种事——我想拉斐尔先生非常明白,一个老年人如果出人意料地去做这种事,会给她带来多大的快乐。"

"是的,没错。"布罗德里伯先生说,"去国外旅游如何?这种精彩的旅行随处可见。戏剧、音乐会,可以丰富一个人的精神世界。"

"我的爱好比那些更有节制一些。"马普尔小姐说,"山鹑,"她沉思着说,"现在很难找到山鹑了,而且非常昂贵。我喜欢吃山鹑——对我而言,一整只山鹑就足够了。蜜糖栗子则是经常无法得到满足的一种奢侈享受。也许我该去听听歌剧,也就是坐上一辆车,把你载到科文特花园①再回来,我曾有在那里的旅馆住宿一晚的经历。哦,我不能再继续无聊地闲聊了,"她说,"我要

---

①科文特花园(Covent Garden),又名科芬花园,坐落于伦敦西区的圣马丁巷与德鲁里巷之间。剧院与特殊商店是此区的特色。

把这个带回去好好想一想。真的，究竟是什么，促使拉斐尔先生——你真不知道他为什么要提出这么个特别的建议吗？还有，他为什么认定我会为他服务？他一定知道，自我们见面已经过去一年多，将近两年了，现在我更加虚弱，不太可能使用我的那一点小小的技能了。他这是在冒险。还有其他很多人可以更好地担负这种性质的调查。"

"坦白说，一般人是会这么认为。"布罗德里伯先生说，"但他选择了您——马普尔小姐。出于无聊的好奇，请原谅，我想知道，您是否——哦，我该怎么说呢——跟犯罪或者犯罪调查有什么关联？"

"严格地讲，我应该说不。"马普尔小姐说，"换句话说，我不是专业人员。我从没做过缓刑监督官或者作为法官坐在长椅上，也没和侦探社有任何联系。但我要向您解释一下，我认为这对我来说是公平的，拉斐尔先生就该这么做。我能说的是，我们在西印度群岛的那段时间里，拉斐尔先生和我，我们俩，牵扯进了发生在那儿的一桩案子。一桩不太可能的、错综复杂的谋杀案。"

"而你和拉斐尔先生破解了此案？"

"不完全是这样的。"马普尔小姐说，"拉斐尔先生得益于他的个性，而我，是注意到了一两个明显的迹象，然后，我们成功地阻止了即将发生的第二起谋杀案。我不可能独自完成这件事，我太虚弱了。拉斐尔先生也不可能一个人完成，他是个瘸子。可以说，我们组成了联盟。"

"我还想问您一个问题，马普尔小姐，'复仇女神'这个词对您来说有什么意义吗？"

"复仇女神。"马普尔小姐重复道。一丝不易察觉的微笑慢慢地爬上她的脸庞。"是的，"她说，"它对我来说具有某种含义。对我，对拉斐尔先生，都具有某种含义。我对他说过，而他，觉得我这么称呼自己很好笑。"

布罗德里伯先生期望的答案并不是这样的。他看着马普尔小姐，那种吃惊，跟那时拉斐尔先生在加勒比海的一个房间里所表现出的一样。一位漂亮又非常有才华的老太太。但是，要说复仇女神，还是算了吧！

"我明白，您有同样的感受。"马普尔小姐说。

她站起身来。

"假如您发现或者收到更多指示，您会让我知道的吧，布罗德里伯先生？对我来说，这种事不算那么不同寻常。但拉斐尔先生要求或者想让我去做的事，我还不太明白。"

"您并不了解他的家庭、他的朋友、他的……"

"是的。我跟您说过了，他只是我在国外旅行时的一个伙伴，在一桩非常神秘的事件中我们曾互相协助。就是这样。"她快走到门口的时候忽然转过身来，问道，"他有过一位秘书，叫艾丝特·沃尔特斯太太。冒昧地问一下，拉斐尔先生是不是给她留下了五万英镑？"

"他的遗产分配会刊登在报纸上，"布罗德里伯先生说，"不过我可以肯定地告诉您，沃尔特斯太太现在是安德森太太了。她再婚了。"

"我很高兴听到这个消息。那时她是个寡妇，还有个女儿。显然，她是个非常称职的秘书，很了解拉斐尔先生。一个好女人。我很高兴她获得了遗赠。"

那天晚上，马普尔小姐坐在立式扶手椅上，两只脚伸向壁炉。炉子中间有一小块炭火在燃烧，用来驱赶寒冷。在英格兰，寒潮随时降临，这是常有的事。她又从早上收到的长信封里取出信，仍然带有某种不信任，读了起来，时不时地喃喃低语几句，像是以此加深这些话在自己脑中的印象。

给简·马普尔小姐，圣玛丽米德村

我死后，这封信会由我的律师詹姆斯·布罗德里伯先生递交给您。他是我聘请来，处理属于我私人事务领域而非商业事务的法律事项的。他是个正当可靠的律师。就像大多数人一样，他也容易受到好奇心的驱使，但我从没满足过他的好奇心。就某些方面而言，这件事只限于你和我之间。我们的暗号，我亲爱的女士，是"复仇女神"。我认为你不会忘记你是在什么地方、什么情境之中第一次跟我说起这个词的。在我漫长的生意活动中，我学到了一件事，关于我想雇用的人的事。他必须要有一种才能，必须具备这种才能以完成我想要他做的特殊工作。这不是知识，也不是经验。唯一能准确说明它的词就是——"天赋"，一种可以做某件事的天分。

我亲爱的，如果我能这么叫你的话，你就具有裁定公正的天赋，这让你天生拥有破获罪案的才能。我想要你去调查一桩案子，并准备好了一笔钱。如果你接受我的请求，并且通过你的调查让罪行公之于众，那么这些钱就完完全全地属于你。我跟你签订一年的合约。恕我直言，你不年轻了，但你仍然坚韧，我有理由相信你至少还能再活一年。

我认为你不会反感这项工作的。我得说，你有调查研究的天赋。在这期间，因为这项工作而必须支出的资金会随时汇给你。我给你这项工作也是为了让你目前的生活有所改变。

我想象着你正坐在一把椅子里，一把为了您所遭受的风湿病而定制的舒适椅子里。所有你这个年龄的人，我认为，都可能患有某种风湿病。如果这个病影响了你的膝盖或者背部，想要摆脱痛楚可就没那么容易了，而您会用织毛线来打发时间。还记得有一天晚上，你的痛苦让我从睡眠中醒过来，我看到你坐在一堆粉色的毛线中，那时我就明白了。

我想象着你正在编织更多的毛衣、头巾，以及很多我叫不上名来的东西。如果你愿意继续编织，那便由你自己来决定好了；如果你愿意从事正义的事业，我希望它至少很有趣。

惟愿公平如滚滚流水，

而正义则像永不止息的溪流。

阿莫斯

第三章　马普尔小姐采取行动

1

马普尔小姐看了三遍之后，把信放在一边。她眉头微蹙，坐在那里，思索着这封信意味着什么。

她的第一个念头是，自己居然没掌握什么确切的信息。她能从布罗德里伯先生那里得到更多的消息吗？她几乎可以肯定不会有这种事，那跟拉斐尔先生的计划不符。但是，拉斐尔先生究竟希望她做什么？调查一件她一无所知的案子？真是令人百思不得其解。考虑了几分钟之后，她认为这是拉斐尔先生预谋好的。她想起在那段短暂的日子里结识的他，他的无能，他的坏脾气，他那灵光一现的才华和偶尔展现出的幽默。他喜欢取笑别人，她想，他也被别人捉弄过。而几乎可以肯定，这封信会令布罗德里伯先生的好奇天性受挫。

对于这件事究竟是什么，马普尔小姐心中没有任何想法，连细微的线索也完全没有。总之，她一头雾水。她想，拉斐尔先生并不打算让这封信有什么用。他有——怎么说好呢——其他的打算。可她一无所知，于是这件事就无法开始。这就像是一个毫无线索的填字游戏。应该会有蛛丝马迹，她应该知道自己要做什么，要去哪里。她是不是该放下毛衣针，以便坐在椅子里更加集中精神地解决问题。或者，拉斐尔先生想让她坐飞机或者乘船去西印度群岛、南美或者其他什么特殊的地方？她要么自己查出应该做什么，要么会收到明确的指示。也许他认为她足够聪明，能猜出问题、提出问题，然后找到解决之道？不，她不太相信。

"如果他真的这么想，"马普尔小姐大声道，"那么他就是一个傻瓜。我是说，他死之前是个傻瓜。"

但她不认为拉斐尔先生是个傻瓜。

"我会收到指示的。"马普尔小姐对自己说，"不过会是什么呢？又会在什么时候呢？"

这时候，她猛然想了起来，之前没注意到，她确实收到了一个指示。她对着空气再次大声说了起来。

"我相信永生，"马普尔小姐说，"我不知道你到底在哪儿，拉斐尔先生，但你就在那里，对此我毫不怀疑。我一定尽我所能，完成你的心愿。"

2

三天后，马普尔小姐给布罗德里伯先生写了封信。这是一封很短的信，简明扼要。

亲爱的布罗德里伯先生：

我考虑了您向我提出的建议，现在，我要让您知道，我决定接受去世的拉斐尔先生提出的建议。我会尽我所能完成他的心愿，虽然我不能保证成功。确实，我觉得成功的可能性很低。我没在他的信中得到任何直接的提示，也没有得到——我觉得这个词很简要——任何方法。如果您知道更多的信息，我认为您愿意告诉我其中的明确指示。但您并未这么做，可见事实并非如此。

我推测拉斐尔先生去世前心智和心情都还不错吧？我想我有理由问一下，在他生命的最后一段时间里，有没有什么案件引起了他的兴趣，不管是生意方面的，还是私人关系方面的？他有没有因为觉得哪件案子判决得极为不公平，而向您表达过他的愤怒或者不满？如果有的话，我认为我有理由要求您告诉我。在他的亲朋好友中，有没有人最近身处危难，成为不公平裁决的受害者，或者是类似的情况？

我想您一定能理解我为什么会这么问。事实上，拉斐尔先生自己也会希望我这么做。

3

布罗德里伯先生给靠在椅子上吹口哨的舒斯特先生看这封信。

"她要接受了，是吗？有意思的老家伙。"舒斯特先生说，接着补充道，"我想她可能知道些事，是吗？"

"当然没有。"布罗德里伯先生说。

"真希望我们能知道。"舒斯特先生说，"他是个怪异的家伙。"

"一个难相处的人。"布罗德里伯先生说。

"我完全没有想法，"舒斯特先生说，"你呢？"

"我也是。"布罗德里伯先生说，然后又说，"我猜他不愿让我有什么想法。"

"是啊，他这么做，让事情更复杂了。我根本不相信一个乡下女人能看透一个死了的人的心,并且知道困扰他的奇怪想法。你不会认为他想让她误入歧途吧?她开始行动了吗?真是笑话!也许他觉得她太自以为是了,可以解决那些乡下问题,而他偏要给她好好上一课——"

"不,"布罗德里伯先生说,"我不这么想,拉斐尔不是这种人。"

"有时候他是个顽皮的魔鬼。"舒斯特先生说。

"没错,但不是——我认为他是认真对待此事的。有什么事让他烦忧。事实上,我非常确定,他肯定在烦恼某件事。"

"他有没有告诉你是什么,或者至少给你个提示?"

"不,他没有。"

"那这家伙怎么能希望……"舒斯特先生突然打住了话头。

"他不会真的认为她能从中读出什么吧,"布罗德里伯先生说,"我想知道,她打算怎么开始呢?"

"要我说,这就是个恶作剧。"

"两万英镑可是一大笔钱。"

"没错,但如果他知道她做不来呢?"

"不会的,"布罗德里伯先生说,"他没有那么蠢。他肯定认为她有机会做些事,或者找到点什么。"

"那我们能做点什么?"

"等待,"布罗德里伯先生说,"看接下来会发生什么吧。毕竟,事情总会发展。"

"你从哪儿得到过什么秘密指令吗?"

"亲爱的舒斯特,"布罗德里伯先生说,"拉斐尔先生绝对信任我作为一个律师的谨慎和道德操守,那些密封的指令只有在某种特殊的情况下才会打开,而现在还没发生这种事。"

"而且永远不会。"舒斯特说。

对话就此结束。

4

布罗德里伯先生和舒斯特先生都非常幸运,他们有一个完整的职业生涯。而马普尔小姐则没那么幸运了。她打着毛线,陷入沉思。最近她也会出门散散步,偶尔会被彻丽规劝不要这么做。

"您知道医生怎么说的,不能做太多运动。"

"我走得很慢,"马普尔小姐说,"而且什么都不做——我是说挖土锄草什么的。我只是,哦,我只是一步一步行走,想想事情而已。"

"想什么?"彻丽来了些兴致。

"我希望自己知道。"马普尔小姐说。她让彻丽给她拿条围巾,因为刮起了寒冷的风。

"是什么让她烦躁不安,我可真想知道啊。"彻丽对丈夫说,并将一盘中式炒腰花和米饭放到他面前,"中餐。"她说。

她丈夫赞赏地点了点头。"你的厨艺与日俱增。"

"我很担心她,"彻丽说,"我担心是因为她有些焦虑。她收到了一封信,就是那封信让她烦恼。"

"她需要的是安静地坐在那儿,"彻丽的丈夫说,"静静地坐着,放松,从图书馆借一些新书,有一两个朋友过来拜访她。"

"她在想什么事,"彻丽说,"计划一类的。想如何解决。这是我所看到的。"

她中断了谈话,把咖啡杯摆在托盘上端了过去,放在马普尔小姐身边。

"你认不认识一个住在这附近一幢新房子里的女人?她名叫黑斯廷斯。"马普尔小姐问道,"还有一个人,我想是叫巴特莱特小姐,跟她住在一起……"

"什么——您是说,村子尽头那幢修葺一新并重新粉刷过的房子吗?那里的人刚住进去不久,我不知道她们的名字。您为什么想问这个?她们不怎么有趣,至少就我所知是这样的。"

"她们是亲戚吗?"马普尔小姐问。

"不,我觉得她们只是朋友。"

"我想知道为什么——"马普尔小姐突然打住了。

"您想知道什么?"

"没什么。"马普尔小姐说,"可以帮我把书桌擦一下吗?再把钢笔和纸拿过来吧,我要写封信。"

"给谁写?"彻丽带着她那与生俱来的好奇问道。

"给一位牧师的姐妹。"马普尔小姐说,"牧师叫坎农·普雷斯科特。"

"是您出国去西印度群岛认识的人,对吧?您给我看过相册里他的照片。"

"是的。"

"您没什么不好的感觉吧?就只是给一位牧师写封信吗?"

"我感觉很好。"马普尔小姐说,"我特别想忙活点什么事,只有普雷斯科特小姐有可能帮到我。"

亲爱的普雷斯科特小姐:

　　希望您没忘记我。我在西印度群岛的圣多诺黑遇见了令兄和您,如果您还记得的话。希望亲爱的坎农身体健康,也希望他没有因为哮喘病而在去年那个寒冷的冬天遭受太多痛苦。

我给您写信是想问您，可否将沃尔特斯太太——艾丝特·沃尔特斯——的地址告诉我？在加勒比海的那些日子可能会让您回忆起来她，她是拉斐尔先生的秘书。那时她给过我地址，但不幸的是，我给弄丢了。我很想给她写封信，告诉她一些园艺方面的事，因为她曾经问过我，但我当时无法回答她。几天前，我辗转听说她再婚了，但我不太确定是否属实。也许关于她的事，您知道的比我多。

希望没有给您带来不便。请代为问候您的兄长。祝福您。

您真诚的

简·马普尔

信寄出去之后，马普尔小姐感觉好多了。

"至少，"她说，"我开始做点事了。我对此没抱太大希望，但也许会有帮助。"

普雷斯科特小姐几乎是一收到信就回信了。她是这世上最有效率的女人之一。她写了一封令人愉快的信，并附上了沃尔特斯太太的地址。

我从未直接听说过艾丝特·沃尔特斯的事。但和您一样，我的一个朋友说看到了她再婚的通知。我相信，她现在是奥尔德森太太或者安德森太太了。她的地址是：汉普郡，奥尔顿附近，温斯洛小屋。我的兄长向您问好。我们住得太远了，这真让人难过。我们住在英格兰北部，而您住在伦敦南部。希望我们以后还有机会见面。

　　　　　　　　　　　　您诚挚的

　　　　　　　　　　　琼·普雷斯科特

"奥尔顿，温斯洛小屋。"马普尔小姐边念边写了下来，"确实，离这儿不远。嗯，不远。我可以——不知道怎样比较快捷——租一辆出租车，稍稍奢侈一下。如果能有所收获，那付出点金钱也算合理。现在，我是写信事先告知她，还是听天由命？我觉得还是听天由命的好。可怜的艾丝特，这下她很难再带着善意或亲切之情回忆起我了。"

马普尔小姐又沉浸在汹涌的思绪之中了。很有可能是她在加勒比海的作为将艾丝特·沃尔特斯从即将发生的谋杀中拯救了出来，至少马普尔小姐是这么想的，但艾丝特·沃尔特斯不会相信这种事。"一个好女人。"马普尔小姐说，接着用柔和的语调大声说道，"一个很好的女人。这种女人太容易相信坏人了。事实上，哪怕只有一点点机会，这种女人都会嫁给一个凶手。"马普尔小姐沉思着，压低声音继续道，"我也许救过她。实际上，我几乎非常肯定这一点。但我认为她并不同意我的观点。也许她很不喜欢我，这样的话，我很难从她那儿打听到什么情况，但不妨试试，总比坐在这儿一直等下去好。"

也许，拉斐尔先生给她写信的时候是想跟她开个玩笑？他并不总是一个善良的人——他根本不在乎人们的感受。

"不管怎样，"马普尔小姐说着看了一眼时钟，她决定早点上床休息，"睡觉之前思考问题会思如泉涌，有助于想出办法来。"

5

"睡得好吗?"彻丽把早茶放在马普尔小姐的肘边时问道。

"我做了一个奇怪的梦。"马普尔小姐说。

"噩梦?"

"不不,不是那种。我正在跟某个人讲话,不是我非常熟悉的人。只是对话而已。接着我看到,我发现眼前的人已经不是刚才跟我说话的那个了,变成了别人。真是古怪。"

"有点乱。"彻丽说。

"只是让我想起了什么,"马普尔小姐说,"或者我曾经认识的某人。帮我叫英奇过来吧,大约十一点过来。"

"英奇"是马普尔小姐过去时光的一部分,原先是一辆出租车的主人。英奇先生去世后,他的儿子小英奇在四十四岁那年继承了家族事业:一间车库和两辆老汽车。他死了之后,车库换了新主人,那时已经有了"皮普的汽车"、"詹姆斯的出租车"和"亚瑟租车处"等公司,但老居民们仍然管它叫"英奇"。

"不是去伦敦吧?"

"不,我不去伦敦。我可能会在黑斯尔米尔吃午饭。"

"您打算去做什么呢?"彻丽说,满腹狐疑地看着她。

"想假装偶遇一个人。"马普尔小姐说,"不太容易,可我希望自己能做到。"

十一点半,出租车等在门口了,马普尔小姐指示彻丽说:"拨一下这个号码好吗,彻丽?问问安德森太太在不在家。如果是安德森太太接的电话,或者她走过来准备接,就说布罗德里伯先生要跟她讲话,而你,"马普尔小姐说,"是布罗德里伯先生的秘书。如果她不在家,问问她什么时候会在。"

"那如果她接了电话呢,之后我要怎么说?"

"问她能否在下周安排一天去布罗德里伯先生的办公室跟他见个面。等她告诉你之后,你把日子记下来,然后挂上电话。"

"这就是您所想的事啊?!可这是为什么?您为什么要我去做呢?"

"记忆是一件奇怪的事,"马普尔小姐说,"有时候你会记得一种声音,即使有一年多没听过了。"

"那……这个叫什么的太太,从未听过我的声音?"

"是的,"马普尔小姐说,"所以我才会让你来打电话。"

彻丽按她的指示照做了。她打听到安德森太太出门购物了,但是会回家吃午饭,并且会在家待整整一个下午。

"哦,这样事情就简单了。"马普尔小姐说,"英奇在吗?哦,还在。早上好,爱德华。"她冲亚瑟租车处的现任司机,实际上叫乔治的那个人说,"现在,我想去的是这个地方。我想用不了一个半小时。"

探险队出发了。

第四章　艾丝特·沃尔特斯

艾丝特·沃尔特斯从超市里出来，走向停车的地方。她心里想着，这里越来越难停车了，突然跟一个人撞了个满怀，是一个有点跛脚的老太太。她道了歉，对方却大声叫起来。

"啊，没错，是——真的是——您是沃尔特斯太太，对吧？艾丝特·沃尔特斯？我猜您不记得我了吧？简·马普尔。我们在圣多诺黑见过，哦，很久以前了。一年半之前。"

"马普尔小姐？哦，当然，我记得。很高兴见到您。"

"见到您真是太好了。我跟几个朋友在这附近吃午饭，不过稍后我要从奥尔顿回去。今天下午您在家吗？我很想跟您愉快地聊聊天。能见到老朋友真叫人高兴。"

"哦，当然了。三点钟之后都可以。"

就这么约定好了。

"老简·马普尔，"艾丝特·安德森微笑着自言自语道，"没想到她还活着啊，我还以为她很久前就死了呢。"

刚好三点半的时候，马普尔小姐按响了温斯洛小屋的门铃。艾丝特开了门，带她走进屋。

马普尔小姐坐在指给她的椅子上，稍微颤抖了一下，她感到心慌的时候就会这样。至少在她看上去有点心慌的时候。这样会误导别人，此后事情就像她所希望的那样继续发展了。

"见到您很高兴,"她对艾丝特说,"而再次见面就更让人高兴了。您知道,我认为这世上的事情很奇怪,您希望再见到某个人,并且非常确定自己会见到。然后,时间流逝,惊喜就忽然出现了。"

"于是,"艾丝特说,"这个人就会说这世界真小,对吧?"

"确实是这样。我认为有些意义蕴含其中。我是说,这世界似乎很大,西印度群岛距离英格兰非常遥远。哦,我是说,当然,我也许会在任何一个地方遇见您,伦敦或者哈罗德,在火车站或者公交车里。有很多的可能性。"

"是的,有很多的可能性。"艾丝特说,"我的确没想到会在这里遇见您,因为这里不太可能是您的活动范围,不是吗?"

"是的,这里确实距离我所居住的圣玛丽米德很远,实际上,我觉得可能有二十五英里。在一个国家之内的二十五英里,如果没有一辆车的话——当然了,我负担不起一辆车,再说了,我不会开车——这不是重点,他只能看着邻居开车出游,或者在乡下租一辆出租车。"

"您看上去气色非常好。"艾丝特说。

"我正要说您看上去非常好呢,亲爱的。没想到您会住在世界的这个位置。"

"我刚搬过来,很短的一段时间。实际上,我是结婚后过来的。"

"哦!我都不知道。真有趣。我想我肯定没收到消息,我总是忽视结婚这种事。"

"我结婚四五个月了,"艾丝特说,"现在,我叫安德森太太了。"

"安德森太太,"马普尔小姐说,"哦,我一定要记住这个名字。您的丈夫呢？"

她心里想着，如果不提及她丈夫，一定会显得不自然。老姑娘都是众所周知的好奇啊。

"他是个工程师，"艾丝特说，"经营'时间与运作'分公司。他，"她迟疑了一下，说，"比我年轻一些。"

"更好了，"马普尔小姐马上说道，"哦，那就更好了，亲爱的。现如今男人比女人老得快。我知道过去人们并不这么认为，但事实就是这样的。我是说，他们要处理的事情太多了，我想，也许是他们担心的事和工作上的事都太多了。他们会患上高血压或低血压，有时候还会得心脏病，也会有得胃溃疡的倾向。我觉得我们女人就没这么多可担心的，您知道，我认为我们具备更强悍的特质。"

"大概我们是这样的。"艾丝特说。

她冲着马普尔小姐微微一笑，马普尔小姐放心了。她们最后一次见面的时候，艾丝特看上去似乎有点不满，而那个时候她可能也有些恨艾丝特。但是现在，是啊，现在，也许她甚至心怀感激之情。也许她已经意识到，如果不是马普尔，现在她可能就在一方受人尊敬的教堂墓地的石板下面了，而不是跟安德森先生过着这种被人们称作"幸福"的生活。

"您看上去很不错，"马普尔小姐说，"非常开心。"

"您也是，马普尔小姐。"

"当然了，我已经很老啦，而且有那么多的病。我的意思不是绝症，不是那种。我是说，我得了风湿病，不是这儿疼就是那儿疼的。经常背疼，或者肩膀疼，或者手疼。哦，亲爱的，我不该讲太多这种事。您这房子可真不错啊。"

"是的，我们在这儿住了有段时间啦。我们是大约四个月前搬进来的。"

马普尔小姐看了看四周。在她看来,事情确实如此。同时她认为他们搬家的动静不小。昂贵的家具,很舒适,舒适得近乎奢侈;精致的窗帘;精致的桌布;装饰品不具有什么独特的艺术品位,不过她也没指望有。马普尔小姐知道为什么会有这番繁荣景观,她认为这全都来自于已经去世的拉斐尔先生遗赠给艾丝特的钱。她很高兴拉斐尔先生没有改变主意。

"我想您看到拉斐尔先生的讣告了。"艾丝特说。话题恰好在这时提出来,就好像她看穿了马普尔小姐的想法似的。

"是的,是的,我确实看到了。大概是一个月前,对吧?我很难过。哦,我想,一个人知道自己要死了一定非常难过——他自己也承认,不是吗?他暗示过很多次,自己将不久于世。我认为在这件事上,他是个非常勇敢的男人,您不觉得吗?"

"是的,他是个非常勇敢的人,而且很善良。"艾丝特说,"您知道,当我第一次为他工作时,他对我说,他会给我丰厚的报酬,但他要我把钱都存起来,因为我不能指望从他那里得到更多的钱。嗯,我的确没指望从他那里得到更多的钱。他遵守了自己的诺言,不是吗?不过,显然,他又改变了主意。"

"是的,"马普尔小姐说,"是的,我很高兴听到这个。我想也许,当然了,也许他没说什么,但我想知道。"

"他留给我一笔很大的财产。"艾丝特说,"一笔数目惊人的钱。这让我意外至极。起初我简直不敢相信。"

"我想,他就是想给您一个惊喜。我认为他是这种人。"马普尔小姐说,接着补充道,"他有没有留下什么东西给那个——哦,他叫什么来着——那个男助理,护士助理?"

"哦,您是说杰克逊?没有,他什么都没给他留下,但我相信去年他曾送给杰克逊一些很不错的礼物。"

"您知不知道更多的关于杰克逊的事?"

"不知道。自从离开西印度群岛,我就再没见过他。回到英国之后,他就没再跟着拉斐尔先生了。我想他去找住在泽西岛或者根西岛的某个主人了。"

"我真想再见到拉斐尔先生啊,"马普尔小姐说,"我们所有人能聚到一起,似乎很奇怪。他、你、我,还有其他人。那之后不久,我回到家,六个月过去了——我想到那个时候大家都处在压力之下,我们彼此息息相关,但我对拉斐尔先生知之甚少。那天我看到他去世的消息时就是这么想的,真希望我能多了解他一些。你知道,比如:他是哪里人;他的父母在哪儿,长什么样子;他有没有孩子,或是侄子、表兄等任何亲人。我真的很想知道。"

艾丝特·安德森微微一笑。她看着马普尔小姐,那表情像是在说:是的,我相信您想了解您遇见过的每一个人。但她却说:"不知道。只有一件关于他的事是人人都知道的。"

"就是他非常富有。"马普尔小姐马上接口道,"这是您想说的吗?当你知道某个人很富有,哦,不管怎样,你就不会再多问了。我的意思是,你就再也不想知道些什么了。你会说:'他非常富有。'或者说:'他太有钱了。'而且你会把声音压低,因为你认为有钱,这一项就够惹人注目的了,不是吗?"

艾丝特笑了笑。

"他没结婚,对吗?"马普尔小姐追问道,"他从来没提过妻子。"

"很多年前,他失去了妻子。我相信是在他们结婚后不久。她比他年轻不少——我想她死于癌症。很悲惨。"

"他们有孩子吗?"

"哦,有的,两个女儿和一个儿子。其中一个女儿嫁去了美国,另外一个很年轻的时候就死了。我曾经见过住在美国的那个,她一点都不像她父亲。是一个非常安静、神情忧郁的年轻女孩儿。"她补充道,"拉斐尔先生从不提起他的儿子。我觉得其中肯定有什么隐情,一桩丑闻之类的。我相信几年前他就死了。总之,他的父亲从未提过他。"

"哦,天哪,真是悲惨。"

"我相信这都是很久之前的事了,我想他儿子去了什么地方,没准儿是国外,而且再也没回来——死在外面的某个地方了。"

"拉斐尔先生很难过吧?"

"和他在一起的人都不知道,"艾丝特说,"他做什么都力求损失最小。如果事实不幸地证明他的儿子是个负担而非祝福,我认为他会利索地把这个负担甩掉。也许必要时他会给予他金钱上的资助,但绝不会再想到他。"

"那么,"马普尔小姐说,"他从来没说起过儿子或他自己的事?"

"如果您还记得,他是个从来都不谈及个人感情或者私生活的人。"

"没错没错,当然了。但是我想,也许,您曾经——呃,当他秘书那么多年,他也许跟您吐露过什么烦恼。"

"他不是一个喜欢倾诉的人。"艾丝特说,"如果他真说了,我反而会很怀疑。有人可能会说他献身于他的事业,我想他是事业的父亲,事业是他所关心的子女。他所有的兴趣都在投资、赚钱和生意变化上——"

"所谓活着就是受罪。"马普尔小姐嘀咕道,并用一种口号式的声调重复了一遍。这些天她似乎听到过这句话，也可能就是她自己说过。

"在他死之前，有没有什么特别的事让他烦心？"

"没有。您为什么会这么想？"艾丝特的声音里充满惊讶。

"呃，实际上我并没这么想。"马普尔小姐说，"我只是好奇，因为当一个人——我不是指变老，因为他并不老——我是说，当一个人卧病在床，而且不能像以前那样做事了，不得不凑合着生活的时候，就会变得焦虑。心里就会产生烦恼，自己也会有所感觉的。"

"是的，我明白您的意思，"艾丝特说，"但我觉得拉斐尔先生不是这样的。总之，"她补充道，"不久之前，我辞去了秘书工作，那是在我遇到爱德华之后两三个月。"

"哦，是的，您的丈夫。失去您，拉斐尔先生一定很难过。"

"我不这么想。"艾丝特坦白地说，"他不会为了这种事情而难过的，他会立即再找一个秘书——实际上，他也这么做了。而且如果她不合适，他就会慈祥有礼地辞掉她，然后再找别人，直到发现合适的人选。他一直是个非常理智的人。"

"是的，是的，我很明白这一点。但他很容易发火。"

"哦，他喜欢发火。"艾丝特说，"我想他有点戏剧化。"

"戏剧化？"马普尔小姐若有所思地说，"您觉得——我常常在想，您觉得拉斐尔先生对犯罪学有没有什么特别的兴趣？我是说，对此有所研究？他——呃，我不知道……"

"是因为那些发生在加勒比海的事吗？"艾丝特的声音忽然死板起来。

马普尔小姐犹豫着要不要继续下去，但她必须想办法获得一点有帮助的消息。

"哦，不，不是因为那个。不过之后，也许，他想了解一些心理学方面的事，或者对那些没有得到公正裁决的案件产生了兴趣，或者——呃……"

她更加笨嘴拙舌了。

"他为什么会对那种事情感兴趣？我们别再谈圣多诺黑岛的那些事了。"

"哦，不说了，您说得很对。很抱歉。我只是在想拉斐尔先生说过的事。有时候他的措辞很怪异，而我想知道他是不是有什么理论，你知道……关于犯罪原因的？"

"他的兴趣一直在金融上。"艾丝特简短地说，"一桩狡猾的诈骗案可能会让他感兴趣，除此之外——"

她冷冷地盯着马普尔小姐。

"对不起，"马普尔小姐道歉道，"我——我不应该谈论那些有幸成为过去的令人不安的事情的。我该走了，"她说，"要赶火车，时间紧张。哦，亲爱的，我的手提包在哪儿——哦，在这儿。"

她拿起包、伞和其他一些东西，手忙脚乱的，好不容易才稍稍调整好自己的情绪。她走出大门，朝艾丝特转过身。后者挽留她再喝一杯茶。

"不用了，谢谢你，亲爱的，我来不及啦。很高兴再次见到你。祝贺您，并衷心祝您幸福。现在，我想您不需要再处理什么邮件了，对吧？"

"哦，也有。我觉得还挺有意思的，无事可做会让我感到厌烦。不过我也更愿意过过清闲日子，好好享受一下拉斐尔先生留给我的遗产。他真是太好了，我想他是想让我——嗯，享受花钱的乐趣，就算我会像他认为的蠢女人那样大手大脚，去弄些绫罗绸缎、新潮发式，等等，他生前认为愚蠢至极的东西。"忽然，她又说，"您知道的，我喜欢过他。没错，我曾经非常喜欢他。我想那是因为他对我来说是一个挑战。跟他相处很困难，因此，我很享受处理这个问题的过程。"

"然后控制他？"

"哦，不全是控制，不过也许比他认为的稍微多一点。"

马普尔小姐快步走向大路，不时回过头冲老友挥挥手——艾丝特·安德森还站在台阶上，也在高高兴兴地挥手。

"我原本以为可能跟她有关，也许她知道什么事。"马普尔小姐自言自语道，"我想可能我错了。不管怎样，我觉得她跟这件事没什么关联。哦，天哪，我觉得拉斐尔先生把我想得过于聪明了。他希望我把事情归拢到一起——可是，是什么事呢？而且，下一步我该做什么？"她摇了摇头。

她只好再仔仔细细地把事情想一遍。看起来这件事早就留给她了，等她去拒绝或接受，去弄明白究竟是怎么一回事儿。要不就是不用弄明白是什么事，静观其变，等着给她一些指示。她会时不时地闭上眼睛，努力回忆拉斐尔先生的脸。在西印度群岛，他穿着热带服装，坐在旅馆的花园里；他那张暴躁的、长满皱纹的脸，偶尔闪现出来的幽默光辉。她真正想知道的是，当他制订计划、打算实施的时候，心里想的是什么。劝诱她接受，说服她接受，还是——哦，也许会有人说这是在逼迫她接受。第三种最有可能，她了解拉斐尔先生。然而，他到底想完成什么事，还选择了她，并决定让她去做。为什么？因为他突然间想起她来了？但他为什么会想起她来呢？

42

马普尔小姐又回想起拉斐尔先生，想着在圣多诺黑发生的事。也许他在去世之前考虑的事情让他的思绪回到了在西印度群岛的日子？是不是跟在那儿的某个人有关？牵涉其中或者旁观的某个人让他想起了马普尔小姐？是不是有什么关联？如果不是，他为什么会突然想到她？是她的什么事让他觉得对己有用呢？她是个上了年纪的、笨笨的、普通至极的人，身体不强壮，头脑也不如从前灵活了。她有什么特殊的能力呢？她想不到。有没有可能是拉斐尔先生在开玩笑？在临死之前还想着开开玩笑，这确实符合拉斐尔先生特别的幽默性格。

马普尔小姐不能否认，拉斐尔先生很有可能在死前开个了玩笑。一些讽刺性的幽默很有可能让他感到满意。

"我一定，"马普尔小姐坚定地对自己说道，"我一定有某些资格。"毕竟，拉斐尔先生之后便从这个世界上消失了，他无法亲自享受自己的玩笑。那她有什么资格呢？"我有什么品质，可以帮到别人呢？"马普尔小姐自问。

她适当谦虚地思量了一下自己。她好奇心旺盛，喜欢问各种问题，也处于乐于发问的年龄。这是关键。你可以找个私家侦探四处打探，或者做做心理调查，但更简单的是，你可以去找一个上了年纪的老太太，她们都有窥探的习惯，有好奇心，喜欢说东道西，想把事情搞明白，这样也会显得很自然。

"一个容易打交道的老太太。"马普尔小姐自言自语道，"没错，我知道我是个多嘴多舌的女人。这样的女人很多，而且很相像。当然，没错，我很普通。一个普通的、没头脑的老太太。而这，是一个非常棒的伪装。大哪，不知道我是不是想歪了。我知道，有时候人们会很像，他们会让我想起认识的其他人。所以，我马上就知道他们的优点和缺点，因为我知道他们是哪类人。这就够啦。"

她又想起圣多诺黑和金棕榈旅馆。去艾丝特·沃尔特斯家做客时，她试图找到关联的可能性。但马普尔小姐认为这趟冒险是徒劳无功的，从那儿似乎没得到什么有关的信息。他的请求，跟马普尔小姐正忙活的事情完全没有联系。她完全搞不清事情的本质是什么！

"老天啊！"马普尔小姐叹道，"你可真是个讨厌的人，拉斐尔先生！"她大声说着，口气中明显带着责备。

稍后，她上了床，把舒服的热水袋放在因患有风湿而疼痛不已的背上，接着她又说了起来——带着道歉的语气。

"我已经尽全力了。"她说。

她对着空气大声说道，似乎在对一个能马上进入她房间的人说话。他可能真的在某个地方，如果有心灵感应，或者可以通过电话联络，她就能更加确切而简明地说一说了。

"我已经尽我所能。这是我的极限了。现在，我把它交给你了。"

说出这些话让她感到舒服了一些。她伸出一只手，关了灯，然后就睡了。

第五章　来自远方的指示

1

三四天之后,第二批邮件中有一封信。马普尔小姐拿起信,像平时那样把它翻过,看了一下邮票,再看看字迹,确定不是账单后拆开了。信件是打印的。

亲爱的马普尔小姐:

当您读到这封信的时候,我已经死了,而且被埋葬了。很高兴不是火葬。有人说如果一个人愿意,就能从装他骨灰的精美青铜花瓶里爬出来吓唬人——我认为这是不可能的。然而,一个人从坟墓里爬出来吓唬人这个想法倒是有可能的。我想这么做吗?谁知道呢?我倒是想跟您交流。

我想我的律师会给您写信,向您提出某个建议,我希望您能接受。如果您没有接受,也不要感到后悔,这是您的选择。

如果我的律师按照我所说的做了,并且邮局也按照规章尽到了职责,那么这封信会在这个月的11日到达。两天之后,您会收到大不列颠房屋花园旅行社的一封信,我希望它不会让你感到厌烦。我无须再多说了。希望您保持开朗的心态，保重身体。我认为您会做到的，您是一个非常聪明的人。祝您好运，您的守护天使会在您身旁照顾您的。您也许会需要。

您诚挚的朋友
J.B. 拉斐尔

"两天！"马普尔小姐喊道。

她发现这段时间很难打发。幸好邮局尽职尽责，"大不列颠房屋花园"也一样。

亲爱的简·马普尔小姐：

遵照已故的拉斐尔先生的指示，我们特意为您寄出这份"大不列颠房屋花园"第三十七号游览票，将于下星期四，即十七日从伦敦出发。

如果您能来我们在伦敦的办公室，桑德邦太太将会很高兴地向您说明此次旅程的所有细节，并解答您的一切问题。

我们的旅行将持续两到三个星期。拉斐尔先生认为，这次特别的旅行能邀请您去英格兰的一个地方，参观一些真正迷人的风景和花园，而那里您一定没去过。他为您安排了最好的住宿，以及我们能提供的最奢华的一切。

可否请您告诉我们，您哪一天能光临我们在伯克利大街的办公室呢？

马普尔小姐折好信，放进手提包，查看了一下电话号码，想了想她认识的几个朋友，然后打给其中的两个。其中一个曾跟着"大不列颠房屋花园"旅游过，并对他们评价颇高；另一个人虽然没有旅游过,但他有几个朋友跟随这家特殊的公司旅游过,并说一切都安置得很好。虽然很贵,但老年人不会觉得太疲惫。然后,她往伯克利办公室打了通电话,说她会在下个星期二跟他们见面。

第二天,她和彻丽说起了这个话题。

"我要出门了,彻丽。"她说,"去旅游。"

"旅游?"彻丽问道,"旅游吗?您是说,带着行李去国外旅游?"

"不是去国外,是国内。"马普尔小姐说,"主要是参观著名的历史建筑物和花园。"

"您觉得在您这个年纪,这么做合适吗?您知道,这种事总会让人精疲力竭,有时候您可能要走上好几里地。"

"我还挺健康的。"马普尔小姐说,"而且我听说他们很小心谨慎,会在旅行过程中为那些身体不太强壮的人提供间歇性的休息。"

"哦,那您多保重吧。"彻丽说,"我可不希望您在欣赏一处极其华丽的喷泉或别的什么时因为心脏病发作而摔倒。您毕竟不年轻了,您知道,不适合做这些事了。请原谅我这么说,这听上去很无礼,但我还是希望您不会昏倒,因为这种事发生过很多次了。"

"我会照顾好我自己的。"马普尔小姐颇有尊严地说。

"好吧,但您还是要小心。"彻丽说。

马普尔小姐整理了一个手提箱,去了伦敦,在一家中等旅馆里定了一个房间。(啊,伯特伦旅店,她心想,真不错!老天,我一定给忘了,圣乔治可是个非常宜人的地方啊。)在约好的时间,她来到伯克利人街,并被带进了办公室。一个大约三十五岁的友善女人站起身来欢迎她，自我介绍是桑德邦太太，由她负责这次旅行。

"可否告诉我，"马普尔小姐说，"这次旅行是否和我——"她犹豫着。

桑德邦太太有点尴尬地说："哦，是的，我还是向您解释一下我们寄给您的信比较好。拉斐尔先生支付了所有的费用。"

"您知道他去世了吧？"马普尔小姐说。

"哦，是的，但是他去世之前就安排好了这一切。他说他病了，但想给一位老朋友安排一次旅行，这位老朋友没有机会实现自己旅行的愿望。"

2

两天之后，马普尔小姐将她的小行李——崭新而智能的行李箱——交给了司机，坐进一间最舒适、最奢华的车厢里，沿着西北路线驶离伦敦。她研究了一番那本精致的小册子，上面有旅客名单、公共汽车的时刻表和路线，还有关于旅馆、参观路线、游览地等方面的介绍，以及某几天行程的变化。没有强调什么，实际上，只是推荐年轻的或者好动的人应该选择什么路线，另一些年纪大的人又适合什么路线——尤其是腿脚不方便的，患有关节炎或风湿病的，还有一些喜欢坐着、不能走太长的路或者爬山的人——很有策略性，而且面面俱到。

马普尔小姐看着旅客名单，并观察着她的旅行同伴们。这么做并不奇怪，因为其他的旅客也在做着相同的事。他们也在观察着她，不过，就马普尔小姐所注意到的，没人对她有什么特别的兴趣。

莱斯利－波特太太

乔安娜·克劳福德小姐

沃克上校及沃克太太

H.T.巴特勒夫妇

伊丽莎白·坦普尔小姐

旺斯特德教授

理查德·詹姆森先生

拉姆利小姐

本瑟姆小姐

卡斯珀先生

库克小姐

巴罗小姐

埃姆林·普赖斯先生

简·马普尔小姐

有四位年纪稍大的女士,马普尔首先注意到了她们,像要第一时间排除在外似的。其中两个是结伴来的。马普尔记下了她们大约七十岁,可以粗略地认为跟她是同一个年代的。两人中有一个明显是那种爱抱怨的类型——要么故意坐在车厢前面,要么处心积虑地坐在后面;要么希望坐在有光的一边,要么就坐在阴影里;要么希望有更多的新鲜空气,要么希望空气不流通。她们带着旅行小毯子、羊毛围巾,还有分类繁多的旅行指南。她们走路都有些瘸,常常不是脚疼就是背疼,要不就是膝盖疼。但她们的年纪和这些疾病都不能阻止她们享受生活。老姑娘,但绝非窝在家里不爱出门的老姑娘。马普尔小姐在她带着的小本子上做了个记号。

除了她自己和桑德邦太太，还有十五位乘客。既然被拉斐尔先生邀请参加这次旅行，那么，从某种程度上来说，这十五个旅客之中至少有一个是非常重要的。这个人可能是个知道某些消息的人，要不就跟法律或者案子有关，甚至会有一个凶手，一个已经杀了人或者打算去杀人的人。马普尔小姐心想，反正跟拉斐尔先生有关系！不管怎么说，她都要记下这些人的特征。

在那本笔记本的右手页，她记下了从拉斐尔的角度来看值得注意的人。左手页，她记下（或者划掉）了能为她提供有用信息的人，而这些人也许自己都不知道他们拥有信息。或者，就算他们知道自己有这些消息，但也不知道对她，对拉斐尔先生，或者对案子和以字母J为首的那个单词（Justice）有什么帮助。今天晚上，她或许要在这个小本子的最后记下一两个能唤醒她回忆的、在圣玛丽米德和其他地方认识的人。任何有关联的事物都会是有用的线索，这一点已经被证实了。

其他两位年纪比较大的女士很明显不是一起的。两个人都六十岁左右。其中一位保养得挺好，衣着讲究，自认为具有重要的社会地位，不过也许别人也是这么认为的。她声音洪亮、语气专横，带着一个十八九岁的女孩儿，后者管她叫杰拉尔丁姑妈，显然是她侄女。马普尔小姐注意到，这个女孩儿早已习惯如何应付杰拉尔丁姑妈的独断，是个漂亮能干的女孩儿。

面对过道坐着的，是个高个子男人。他肩膀宽阔，身材粗笨，就像是急躁的小孩儿用粗砖块随便搭起来的一样。原本老天爷给了他张圆脸，可这张脸表示反抗，并决定长成方形，角力的结果是，形成了一个强健的下颌。他有一个长满灰发和浓密眉毛的大脑袋，他说话的时候，眉毛也会跟着上上下下地动。而他的话语就像一系列喷薄而出的咆哮，仿佛他是一条健谈的牧羊犬。

他和一位高个子、肤色黝黑的外国人同座,后者心神不定地在座位上动来动去,还毫无拘束地打着手势。他说着口音最为奇怪的英语,偶尔掺杂一点法语和德语。那个大块头男人好像非常精通这些外国语言,毫无阻碍地在法语和德语之间转换。马普尔小姐飞快地扫了他们一眼,认定浓眉毛的是旺斯特德教授,那个兴奋不已的外国人肯定就是卡斯珀先生了。

她想知道他们在热烈地讨论些什么,但每次都被卡斯珀先生铿锵有力的说话声打断。

在他们前面,坐着一个年约六十的女人,高个子,也许六十多了,却是个在任何人中都很显眼的人。她很漂亮,深灰色的头发从漂亮的额头往后梳,高高地盘在头顶。她声音低沉、吐字清晰、见解一针见血。是个人物,马普尔小姐心想。名人!没错,她肯定是个名人。让我想起了,她心想,艾米丽·沃尔德伦夫人。艾米丽·沃尔德伦夫人是牛津大学某学院的院长,还是一位著名的科学家。马普尔小姐曾经在侄子的公司里见过她一次,之后就再也没忘记。

马普尔小姐重新观察起这些旅客。有两对夫妻,一对是中年美国人,很亲切,妻子健谈而丈夫安静随意。他们显然是专注于旅行的。还有一对英国夫妇,也是中年人,马普尔小姐毫不犹豫地把他们记为一位退役的军人和妻子。她在名单上的沃克上校和太太那儿做了个记号。

坐在她后面的,是个高而瘦的男人,三十岁左右,说话常带一些专业术语,很明显是个建筑师。离得稍远处,还有两个中年妇人,应该是一起的。她们正翻看着那本指南册子,探讨这次旅行会带她们参观哪些吸引人的景点。其中一个黑黑瘦瘦的,另一个美丽健康。马普尔小姐觉得第二个人有些面熟,很好奇以前在什么地方见过,但她想不起来了。可能是在鸡尾酒会上,也可能曾在火车上坐在她对面。总之没什么特别的。

还剩下一位旅客等她鉴定。一个年轻人,十九岁、二十岁的样子,穿着跟自己年纪很相称的衣服:黑色紧身牛仔裤,紫色翻领毛衣。他顶着一头乱蓬蓬的黑发,正饶有兴致地盯着那个专横妇人的侄女;而马普尔小姐觉得,后者也带着某种兴趣看着他。尽管旅客中中老年人占绝大多数,但至少还有两个年轻人。

他们在一家宜人的河边旅馆前停下来吃了午饭。下午他们游览了布莱尼姆宫①。马普尔小姐参观过两次布莱尼姆宫了,因此她只在花园里走了走,省省脚力,那里的景色不错。

等到达准备过夜的旅馆时,旅客们已经熟悉起来了。高效率的桑德邦太太仍然活跃而不知疲倦地尽着向导的职责,在引领观光这方面她做得很好。不管谁,只要看上去好像落单了,她就会拉着他或她加入她的小分队,并小声说:"你得让沃克上校跟你讲讲他的花园,他收集了很多很漂亮的灯笼花。"短短几句话就把大家召集在一起了。

现在,马普尔小姐能叫出所有旅客的名字了。浓眉毛的旺斯特德教授;那个外国人,正如她所推测的,是卡斯珀先生;专横的女人叫莱斯利-波特,她的侄女是乔安娜·克劳福德小姐;长着一头乱发的年轻人叫埃姆林·普赖斯——看上去他正和乔安娜探寻着生活中的某些事物,显然,他们在经济、艺术,以及一般人不喜欢的政治等类似问题上志同道合。

两个年纪最大的女人自然把马普尔小姐当成与她们同一类的老姑娘了。她们开心地谈论着关节炎、风湿、饮食、新的医生、

---

①布莱尼姆宫(Blenheim)位于英国伍德斯托克,是英国园林的经典之作。

专业疗法、专利权，以及极其个人的老妇人回忆。她们说着自己在欧洲各国的旅行、住的旅馆、参加的旅行社，最后还说到拉姆利小姐和本瑟姆小姐曾经在萨默塞特郡住过，在那个地方几乎找不到一个可心的园丁。

那两个一起来的中年女人是库克小姐和巴罗小姐。马普尔小姐仍然觉得这二人中漂亮的那个——库克小姐——很面熟，但她也还是想不起在什么地方见过她。也许只是错觉，但她总觉得巴罗小姐和库克小姐像在刻意避开她似的。如果她靠近些，她们就急着离开。当然了，这很有可能是她的想象。

十五个人，至少有一个人牵涉其中。那天晚上闲聊的时候，她提起拉斐尔先生的名字，看看大家都有什么反应。但没人有反应。

那个美丽的女人叫伊丽莎白·坦普尔小姐，退休前是一所著名的女子学校的校长。马普尔小姐觉得似乎没人可能是杀人犯，除了卡斯珀先生，但那可能是出于对外国人的偏见。那个瘦瘦的年轻人叫理查德·詹姆森，是个建筑师。

"也许明天我能做得更好。"马普尔小姐对自己说。

3

马普尔小姐确实累了，所以马上上床休息了。观光虽然令人愉快，但也使人疲惫。与此同时，她还要研究这十五个人（准确来说是十六个），弄清楚他们之中谁有可能跟一起谋杀案有关，这就更加劳心伤神了。马普尔小姐觉得有些不切实际，很难认真对待。这些人看上去都是好人，是那种对旅游这一类事感兴趣的人。她飞快地扫了一眼旅客名单，然后在笔记本上写了几笔。

莱斯利－波特太太？跟案件无关，善于参加社交活动，以自我为中心。

她侄女乔安娜·克劳福德也是这样吗？不过她很能干。

也许莱斯利－波特太太知道些消息，可能会从中发现些线索。马普尔小姐觉得自己必须跟莱斯利好好相处。

伊丽莎白·坦普尔小姐呢？有个性。有趣。她没有让马普尔小姐回想起以前认识的什么凶手。"其实，"马普尔小姐自言自语道，"她表现得很正直。如果她杀过人，那也会是一桩再平常不过的谋杀案。也许是因为某个高尚的理由，或者是某个她认为高尚的理由。"但这并不是她要的，她心想，坦普尔小姐应该知道她在做什么、为什么这么做，而且涉及到邪恶，她肯定不会犯糊涂。"不管怎样，"马普尔小姐对自己说，"她是个重要的人物，她也许——也许就是拉斐尔先生出于某种原因想让我见到的那个人。"她把这些想法匆匆记在了笔记本的右手页上。

接着她又换了一下思路。目前一直在想谁可能是凶手，那潜在的受害者又是怎样的人呢？谁有可能被害？所有人看起来都不像。也许莱斯利－波特太太符合条件——富有，极其讨厌。能干的侄女也许会继承她的财产，和无政府主义者埃姆林·普赖斯联手反对资本主义。这想法不怎么可信，但好像再没有更可疑的人了。

旺斯特德教授呢？他是个有意思的人，马普尔小姐相信他也非常善良。他是个科学家还是医生来着？她不太确定，不过她把他归到科学家那一边了。马普尔小姐不太懂科学，但并不讨厌。

巴特勒夫妇呢？她排除了他们。不错的美国人。跟西印度群岛的任何人或者她认识的任何人都一点关系也没有。是的，马普尔小姐认为巴特勒夫妇与此事无关。

理查德·詹姆森？瘦瘦的建筑师。马普尔小姐试着思考，但怎么也弄不明白建筑师怎么能扯上关系。难道是牧师洞穴①？他们将要去参观的一所房屋里就有可能有一处牧师洞穴，里面还可能会有一具骷髅。詹姆森先生是个建筑师，肯定知道牧师的洞穴在哪儿。也许他能帮她找到它，接着他们会发现一具尸体。"哦，天哪，"马普尔小姐说，"我都在胡思乱想些什么啊。"

库克小姐和巴罗小姐？两个普通至极的人。不过之前肯定见过她们两个中的一个，至少见过库克小姐。哦，好吧，可能跟她有些关系，马普尔小姐想道。

上校和沃克太太？很有礼貌的人。退役军人，人生的大部分时间在国外服役。说话很和气，不过马普尔小姐认为没有她所需要的信息。

本瑟姆小姐和拉姆利小姐？两个老姑娘。不可能是罪犯，但是她们是上了年纪的老姑娘，也许听过很多闲言碎语，或者知道某些消息，也很有可能发表过一些有启发性的言论，就算那些话只是关于风湿病、关节炎或者专利药品的。

卡斯珀先生？可能是个危险人物。他非常容易激动，可能需要多多注意。

埃姆林·普赖斯？像个学生。而学生是非常暴力的。拉斐尔先生会派她来跟踪一个学生吗？哦，这要取决于这个学生做了什么，或者想做什么，或者打算做什么。也许他是个激进的无政府主义者。

"哦，老天，"马普尔小姐忽然觉得很疲惫，她对自己说，

---

①原文为"a priest's hole"，指天主教教堂里的隐蔽房间，天主教徒在英格兰被迫害期间，主教或祭司藏身其中。

"我要睡觉了。"

她脚疼，背也疼，她认为此时自己的精神不在最好的状态。她马上就睡着了，但被几个梦困扰着。

一个梦是，旺斯特德教授浓密的眉毛掉下来了，因为那不是他自己的眉毛，是假的。等她醒来的时候，脑中率先浮现的是那一连串梦境，她由此产生一个信念，那就是这个梦解决了所有的问题。当然了，她想，当然了！他的眉毛是假的，这样整件事就说通了。他是罪犯。

悲惨的是，对她来说，什么问题也没解决。旺斯特德教授的眉毛掉下来了，对她一点帮助也没有。

更不幸的是，她再也睡不着了。她下了下决心，从床上坐了起来。

马普尔小姐叹口气，穿上睡衣，从床上挪动到一张靠背椅上，从手提箱里拿出一本大一点的笔记本，工作起来。她写道：

> 我已经开展的项目，肯定跟某种犯罪有关。很明显，拉斐尔先生已经在信中说明这一点了。他说我有裁定公义的天赋，这必然包括鉴定罪犯的天赋。但不会是间谍、诈骗或抢劫，因为这些事不属于我的领域，我不了解它们，也没有特殊的技能。拉斐尔先生对我的了解，仅限于我们在圣多诺黑那段时间所发生的事。在那儿，我们跟一宗谋杀案扯上了关系。报纸上报道的谋杀案从来不会引起我的注意，我也从未读过犯罪学的书籍或者真正对这类事产生过兴趣。我只是刚好发现现状更接近于一宗谋杀，而非普通的案件。我的注意力会被与朋友或熟人有关的谋杀案吸引，这些发生在普通人生活中的特殊事物和奇特巧合才是我所关注的。我记得，我

的一个姑妈经历过五次海上事故；我还有一个朋友特别容易卷入事件，我知道她的几个朋友甚至拒绝跟她一起乘坐出租车，因为她出过四次汽车事故、三次电车事故和两次火车事故。像这样，事情刚好总是发生在某一个人身上，也没什么明显的原因。我真的不喜欢写下这些，但谋杀案好像总是发生在我身边。

马普尔小姐停了停，换了个姿势，在背后放了个垫子，然后接着写道：

在我已经开始的这个项目中，我的调查必须尽量合乎逻辑。给我的指示——或者用船员用语"简令"，到目前为止都非常不充分。实际上基本没有。所以我必须先弄清楚一个问题：这一切是为了什么？答案！我不知道。奇怪但有趣。确实像拉斐尔先生这样的人会用的方式，尤其符合一个成功的生意人和金融家。他想让我去猜测，去发挥我的本能，去服从那些他给我或者暗示给我的指示。

所以：第一点，会有指示给我。来自一个死人。第二点，我的任务与正义相关，既要伸张正义，又要通过正义来打击罪恶。这跟拉斐尔先生给我起的绰号"复仇女神"相吻合。

正如第一点所说，我在拉斐尔先生去世后收到了第一个指示。他安排我参加第三十七号"大不列颠房屋花园"旅行。为什么？这是我要问自己的问题。和地理位置或区域有关吗？一种关联？一条线索？某个著名的建筑？或者跟特殊的花园或者风景有关的东西？看上去不太可能。更合理的解释是与人有关,与参加这趟旅行的某个人有关。这些人我一个也不认识,但是他们中至少有一个跟我要解开的谜题有关。我们中间的某个人跟一桩谋杀案有关或者牵涉其中,他有一桩罪案的消息或者特别的线索,也可能这个人就是凶手。一个尚未受到怀疑的凶手。

写到这儿,马普尔小姐突然停下了笔。她点点头,对目前为止自己的分析感到满意。

然后她上床睡觉了。

马普尔小姐在笔记本上又添了一句话:

第一天到此结束。

第六章　爱情

第二天早上,他们参观了安妮女王的一座小庄园。开车到那儿不用太久,也不太累人。那是一座非常迷人的房子,历史悠久,还有一个布局别出心裁的花园。

建筑家理查德·詹姆森对房子那美丽的构造赞叹不已。在年轻人之中,他是那种喜欢高谈阔论的人。每穿过一个房间他都会放慢脚步,指着每一个壁炉的模型讲出它们的建筑时代和各种考证。队伍中的一些人开始还有些兴趣,渐渐的,就对那些枯燥乏味的说教感到厌烦。一些人开始小心地退到一边,落在人群的后面。当地管理员应该承担的职责被一个观光者所替代,他不由得很不高兴。他几次试图把权力夺回手中,但詹姆森先生并没有屈服。管理员做了最后一次努力。

"在这个房间里,女士们、先生们,也就是人们所说的'白色客厅'里,发现了一具尸体。一具年轻男子的尸体,被一把匕首刺中,躺在炉边的地毯上。这件事要回溯到一七〇〇年。据说那时候莫法特夫人有个情人,他从一扇小小的侧门走了进来,走上一段倾斜的楼梯,进了这个房间,穿过一块松动的嵌板来到了壁炉的左边。据说她丈夫理查德·莫法特先生漂洋过海去了低地国家①,但这时突然回到了家,抓住了他们两个人。"

---

① Low Countries,指比利时、荷兰和卢森堡。

他得意地停了下来,高兴地看着听众们的反应。那些被强迫倾听建筑细节的旅客则很高兴能有个喘息的机会。

"多浪漫啊,不是吗,亨利?"巴特勒太太用她那响亮的泛大西洋口音说道,"因为你知道,这个房间确实有一种气氛。我能感受到。"

"玛米对气氛很敏感。"她丈夫骄傲地对周围的人说,"哦,有一次,我们在路易斯安那的一所老房子里……"

这边关于玛米特殊的敏锐正叙述得绘声绘色,马普尔小姐和另外一两个人趁机从旁边轻轻走出房间,沿着造型精巧的楼梯来到了一楼。

"我有一个朋友,"马普尔小姐对身边的库克小姐和巴罗小姐说,"几年前有过一次很让人伤脑筋的经历。一天早上,他在书房的地板上发现了一具尸体。"

"死者是家里人吗?"巴罗小姐问,"癫痫病发作?"

"哦不,那是一起凶杀案。一个陌生女孩儿,穿着晚礼服,金发女郎。但她的头发是染了的,原来其实是深褐色的,而且——哦……"马普尔小姐突然打住,眼睛盯着库克小姐的头巾中露出来的金发。

她突然明白过来为什么觉得库克小姐那么面熟了,也想起之前曾在哪儿见过她了。只是那时库克小姐的头发是深褐色的——近于黑色。现在则是淡黄色的。

莱斯利-波特太太也下来了,她推开人群走下楼梯,拐进大厅,一路上声音很大地说:"我真的再也不想上上下下这些楼梯了,在房间里站着也很累。我相信这里的花园就算不是很大,但在园艺领域是非常有名的。我建议我们立刻去那边。看起来过不了多久就会阴云密布,我认为中午之前就会下场大雨。"

莱斯利－波特太太语气中的权威性让她的话产生了平日里的效果。她附近的人，或者说听见她说话的人，都顺从地跟在她身后，穿过餐厅的法式双扇玻璃门，来到花园。那座花园确实像莱斯利－波特太太所评价的那样。她则坚定地紧抓着沃克上校，飞快地走在前头。一些人跟在他们身后，另一些人走上了方向相反的小路。

马普尔小姐决定抄近路，并找到一把舒服又颇有艺术价值的椅子。她悠闲地坐了下来，叹了口气。差不多与此同时，她听到一声同样的叹息。发出声音的是伊丽莎白·坦普尔小姐。她跟在马普尔小姐身后，并坐在了她旁边的位子上。

"参观房子总是特别累。"坦普尔小姐说道，"是世上最累人的事情。尤其是在每个房间你都必须听详尽无遗的讲解。"

"当然，但我们听到的所有东西都很有意思。"马普尔小姐的语气有点拿不准。

"哦，你这么想？"坦普尔小姐问道。她稍稍转过头，迎上了马普尔小姐的目光。有些什么在两个女人之间传递着，一种友好和睦的关系——愉快的相互理解。

"你不这么想吗？"马普尔小姐反问。

"我不这么想。"坦普尔小姐说。

这次，两个人之间的理解彻底明确了。她们沉默地并排坐着。过了一会儿，伊丽莎白开始说起花园，尤其是这座花园。"它是霍尔曼设计的，"她说，"大概是在一七九八年或者一八〇〇年。他很年轻就死了。很可惜。才华横溢的人。"

"一个人很年轻就死了，真是可惜。"马普尔小姐说。

"我不明白。"伊丽莎白·坦普尔好奇而若有所思地说。

"他们错过了这么多。"马普尔小姐说，"太多的事。"

"也可能避开了很多事。"坦普尔小姐说。

"到我这个年纪,"马普尔小姐说,"就会忍不住觉得早逝意味着错过。"

"而我,"伊丽莎白·坦普尔说,"差不多把整个生命都耗在年轻人中。因此我把生命看做历史长河中的一部分,各成一个整体。T.S.艾略特说过:玫瑰飘香和紫杉扶疏的时令,经历的时间一样短长。[①]"

马普尔小姐说:"我明白您的意思……不管生命长短,都是一个完整的经历。但是,"她迟疑着,"您不觉得,如果过于短暂,生命有可能不完整吗?"

"是的,没错。"

马普尔小姐看看身边的花,说:"这些芍药真漂亮。这么一大片——多么骄傲,但美得脆弱。"

伊丽莎白·坦普尔小姐把头转向她。

"你参加这次旅行是想参观那些房子,还是欣赏花园呢?"

"我想应该是房子吧。"马普尔小姐说,"虽然我更喜欢花园,不过参观房子对我来说是一种全新的体验。它们的种类和历史,还有那些美丽而古老的家具和画作。"她补充道,"有个好心的朋友将这次旅行作为礼物送给了我。我很感激。我这辈子没怎么见过著名的大庄园。"

"非常好心。"坦普尔小姐说。

"您经常参加这类旅行团吗?"马普尔小姐问。

"不,而且对我来说这并不算旅行。"

[①]原文为:The moment of rose and the moment of yew tree are of equal duration. 出自艾略特诗集《四个四重奏》中的第四篇《小吉丁》(Little Gidding)。译文出自《四个四重奏》,裘小龙译(漓江出版社,1985)。一九四八年,阿加莎还曾以笔名"Mary Westmacott"发表过爱情主题短篇小说《The Rose And The Yew Tree》,含义亦取自本诗。

马普尔小姐饶有兴致地看着她。她张开嘴准备说点什么，但克制住了没问出口。坦普尔小姐冲她笑了笑。

"你想知道我为什么在这儿，有什么动机和原因，对吗？那么，你来猜猜吧？"

"哦，我不喜欢猜测。"马普尔小姐说。

"来吧，猜猜嘛。"伊丽莎白·坦普尔小姐急切地说，"我觉得这很有意思。真的，我真的觉得有趣。猜猜吧。"

马普尔小姐沉默了好一阵子。她一直盯着伊丽莎白·坦普尔，若有所思地打量着她，然后说道："这并不像我所了解的您，或者说别人告诉我的您的样子。我知道您是个名人，您的学校也非常有名。这只是我根据您的外表所做的揣测。在我看来，您是一位朝圣者。您的样子就像一个去参拜圣地的人。"

一阵沉默后，伊丽莎白说道："描述得非常好。是的，我是一个朝圣者。"

一两分钟后，马普尔小姐说："那位邀请我来旅行并替我付了钱的朋友已经去世了。他是拉斐尔先生，一个非常富有的人。您知道他吗？"

"贾森·拉斐尔？当然，我知道这个名字，但不认识他，也没见过他。他曾经为一个教育项目捐赠过一大笔钱，而那个项目正是我所关注的，对此我很感谢他。就像你所说的，他是一个非常富有的人。几个星期前，我在报上看到了他的讣告。那么，他是你的朋友？"

"不是，"马普尔小姐说，"一年前，我在国外遇到他。在西印度群岛。我几乎不了解他，包括他的生活、家庭，以及私人朋友。他是个大金融家，然而，就像人们常说的那样，他自身非常节俭。您认不认识他的家人或什么人……"马普尔小姐顿了顿，

"我很好奇,虽然我不该总问问题,很八卦似的。"

伊丽莎白沉默了一会儿,说:"我之前认识一个女孩儿……那个女孩儿曾经是我的学校的学生,在法洛菲尔德。她跟拉斐尔先生一点关系也没有,但她曾经跟拉斐尔先生的儿子订过婚。"

"但没有嫁给他?"马普尔小姐问。

"是的。"

"为什么?"

坦普尔小姐说:"有人可能会想说——倾向于说,因为她想法太多。他不是那种随便找个人就结婚的人,而她是个非常美丽可爱的女孩儿。我不知道她为什么没嫁给他,没人告诉我。"她叹了口气,又说,"总之,她死了……"

"她为什么死了?"马普尔小姐问道。

伊丽莎白·坦普尔盯着芍药看了一会儿。再次开口时她只说了一个词。回声袅袅,仿如深沉的钟声久久不散。

"爱情!"她说。

马普尔小姐尖声惊叫起来。"爱情?"

"世界上最可怕的词语。"伊丽莎白·坦普尔说,她的声音再次变得痛苦而凄凉。

"爱情……"

第七章　一份邀请

1

马普尔小姐没有参加下午的行程,她承认自己有些疲惫,因此决定不去参观古老的教堂以及那些十四世纪的玻璃了。她要休息一下,然后去那家约好的、在主干道上的茶室跟他们会合。桑德邦太太表示理解,并同意了这一请求。

此时马普尔小姐坐在茶室外一张舒适的长椅上,思索着下一步的计划,以及这样做是否明智。

等到下午茶时间,其他人都过来了,她接近库克小姐和巴罗小姐的举动也不那么引人注意了。三人围坐在一张四人桌旁,卡斯珀先生坐在第四把椅子上。马普尔小姐认为他的英语对话能力很差,所以没有关系。

马普尔小姐慢慢地咀嚼着一片瑞士蛋糕卷,探身向前,对桌子对面的库克小姐说:"知道吗,我觉得我们以前肯定见过。我翻来覆去想了好几遍,现在我记人相貌不像以前那么厉害了,但我相信,我曾在什么地方见过您。"

库克小姐看上去很和气,但疑心很重。她看了看她的朋友巴罗小姐,马普尔小姐的眼睛也望向后者。但巴罗小姐也没能解开谜团。

"我不知道您是否在我那个地方待过,"马普尔小姐继续道,"我住在圣玛丽米德。一个小村庄,您知道吧?不过现在不小了,到处都在盖楼。离马奇贝纳姆不算远,离卢姆斯海岸只有十二英里。"

"哦,"库克小姐说,"让我想想。哦,我对卢姆斯很熟,也许……"

忽然,马普尔小姐开心地大声说道:"哎呀,当然了!有一天我在圣玛丽米德,我的花园中,你穿过小径的时候跟我说过话。你说你在那边住了下来,我记得,跟一个朋友……"

"是啊,"库克小姐说,"我真笨。我记起您了。我们还说,现如今找个有用处的人真难——我是指园艺工作。"

"是啊。我想您不是那儿的人吧?您跟某个人住一起。"

"是的,我跟……我跟……"库克小姐吞吞吐吐了半天,那语气像是记不起来那个名字了一样。

"是跟萨瑟兰太太吗?"马普尔小姐提醒道。

"不不,是……呃……"

"黑斯廷斯太太。"巴罗小姐拿起一块巧克力蛋糕,肯定地说。

"哦,对,住在那些新房子里。"马普尔小姐说。

"黑斯廷斯,"卡斯珀先生出人意料地开了口,他面带微笑,"我去过海斯廷斯,还去过伊斯特本。"他又笑了,"非常美,就在海边。"

"真巧,"马普尔小姐说,"这么快就又见面了——世界真小,对吧?"

"哦,是的,我们都喜欢花园。"库克小姐茫然地说。

"花朵很美,"卡斯珀先生说,"我非常喜欢……"他又微微一笑。

"这么多稀有而美丽的灌木。"库克小姐说。

马普尔小姐开始全力推进一场有关园艺技术的谈话,库克小姐负责回答,巴罗小姐偶尔插几句话。

卡斯珀先生又恢复了沉默,面带微笑。

过了一会儿,马普尔小姐像往常那样,在晚餐前去休息了一下,顺便理了一遍收集到的信息。库克小姐承认了自己曾住在圣玛丽米德,还曾经从马普尔小姐的房前经过,并说这非常凑巧。巧合?马普尔小姐默想着,嘴里反复念叨着"巧合"这个词,就像一个小孩不停嚼着一块棒棒糖以确定它的味道一样。是巧合吗?还是她有某个理由要去那儿?是被派去那儿的吗?派去那儿——为什么?会是想象中的那种荒谬的事吗?

"任何巧合,"马普尔小姐对自己说,"都值得去注意。如果它真的只是一个'巧合',那你可以稍后再排除它。"

库克小姐和巴罗小姐看上去只是一对普通的朋友,就像她们所说的,每年一起旅行一次。去年她们去了希腊,前年是荷兰,大前年是北爱尔兰。她们看起来就像很愉快、很平常的人。然而,马普尔小姐认为库克小姐似乎想否认她去过圣玛丽米德——当时她看着朋友巴罗小姐,像要从她那儿寻找该如何作答的指示一样。也许因为巴罗小姐年纪大一些。

当然了,确实,这一切很可能只是我的想象,马普尔小姐心想,它们可能没有任何意义。

她的脑海中忽然冒出"危险"这个词。拉斐尔先生在第一封信里提过,而在第二封信中他提出她需要一位守护天使。是说在这件事中她会遇到危险吗?为什么?谁会给她带来危险?

肯定不会是库克小姐和巴罗小姐,如此相貌平平的两个人。

不过库克小姐染了头发,换了发型,尽可能改变自己的外表。至少，这一点很古怪！她又思量了一番这位旅伴。

还有卡斯珀先生，想怀疑他很容易。或许他实际精通英语，只是假装成那样？马普尔小姐开始怀疑卡斯珀先生了。

马普尔小姐从未改变维多利亚时期对外国人的看法——你不可能了解一个外国人。当然了，这么想很荒谬，她有很多来自不同国家的朋友。但他们也一样是朋友吗？……库克小姐，巴罗小姐，卡斯珀先生，头发乱蓬蓬的年轻人——叫埃姆林什么的，一个革命者，无政府主义者？巴特勒夫妇——那么好的一对美国人，但也许好得太不真实了？

"确实，"马普尔小姐对自己说，"我必须重整旗鼓。"

她将注意力转移到了旅行指南上，心想明天会相当紧张。上午很早就要出发，下午还要在海滨路上进行一次距离不短的徒步，十分消耗体力。欣赏海浪之花——很可能会令人疲惫。不过有一则实用的建议，如果有人需要休息，可以待在旅馆里——金猪旅馆，那里有个宜人的花园，而且只需要一个小时就能步行到附近一处风景秀丽的景点。马普尔小姐觉得自己可能会这么做。

那时她还不知道，她的计划会突然改变。

2

第二天午餐前，马普尔小姐回房间洗完手出来，走下楼梯时，一个身穿粗花呢外套和短裙的女人紧张不安地走到她面前，对她说："对不起，您是马普尔小姐，简·马普尔小姐吗？"

"是的，我是叫这个名字。"马普尔小姐有些惊讶地说。

"我是格林太太，拉维妮娅·格林。我和我的两个姐妹住在附近，我们听说您要来，您瞧……"

"你们听说我要来?"马普尔小姐微微有些吃惊。

"是的。一个老朋友写信告诉我们的——哦,有些日子了,差不多三个星期前,他让我们记下这个日期。'大不列颠房屋花园'旅行团抵达的日期。他说他的一个朋友——或者是亲戚,我不太确定了 会参加这次旅行。"

马普尔小姐仍旧一脸吃惊的表情。

"我说的是拉斐尔先生。"格林太太说。

"哦,拉斐尔先生!"马普尔小姐说,"您——您知道他——"

"您想说他去世了?是的。太令人难过了。就在他的信件到达之后。我想是在他写信给我们之后没多久。我们感受到一种紧迫感,想赶紧按他的要求去做。您知道,他说也许您愿意过来跟我们一起住两晚,旅程的这一部分计划有些费力。我的意思是,对年轻人来说还好,但对上了年纪的人来说就很吃力了。要步行好几英里,还要攀爬一系列陡峭的山峰。如果您愿意留在我们家,我和姐妹们将会非常开心。从旅馆过来只要走十分钟的路,而且我相信,我们能向您展示许多有趣的当地事物。"

马普尔小姐迟疑了一会儿。她喜欢格林太太的外表:丰满,温厚,虽然有点腼腆,但很友好。况且这是拉斐尔先生的指示——她要继续下一步吗?没错,肯定要这么做。

她奇怪自己为什么会紧张。也许是因为现在她已经跟旅行团的人熟悉起来了,感觉是他们的一分子,虽然她才认识他们三天。

她转向格林太太站着的地方,急切地看着她。

"谢谢您——您真是太好了。我很愿意过去。"

第八章 三姐妹

马普尔小姐站在窗边朝外望。在她身后的床上，放着她的行李箱。她失神地望着外面的花园。她很少会看着一座花园失神，心里总会有些感触，无论是赞赏性的还是批判性的。在目前这种情况下，大概是批判性的吧。这个花园疏于照料，看起来好几年都没花钱管理了，也没人在里面工作。房子也荒废了，但结构匀称，里面的家具原本很精致，只是近年来少有人抛光或修理。总之，她认为没人在乎这幢房子，这倒也符合它的名字：旧园。这幢房子曾经优雅，还有些富丽，有人住、被人珍爱过。后来只有格林太太住在这里，儿女们都结婚离开了。她带马普尔小姐去看楼上的卧房时，透露了一个信息，她说这幢房子是她和姐妹们共同的财产，是从一个叔叔那里继承来的。因此，她丈夫死后，她就叫姐妹们都搬来住了。她们都老了，收入在减少，也很难找到工作。

她的两个姐妹大概都没有结婚，一个比格林太太大一点，一个比她小一点，两个都是布拉德伯里－斯科特小姐。

屋子里一件小孩的东西也没有。没有丢弃的球，没有旧婴儿车，没有小小的桌椅板凳。这是一幢住着三姐妹的房子。

"听起来像俄国人。"马普尔小姐嘀咕道。她指的是《三姐妹》，不是吗？是契诃夫的还是陀思妥耶夫斯基的来着？说真的，她记不起来了。三姐妹。但她们一定不是渴望去莫斯科的三姐妹。[①]马普尔小姐差不多能确定，这三姐妹对她们的现状还算满意。她被介绍给了另外两姐妹——她们一个从厨房过来，另一个从楼上下来，都表示了欢迎。她们很有涵养，也很谦和，是那种马普尔小姐年轻时所谓的（现在已经不流行这么叫了）淑女们——有一次她管她们叫"过时女人"，她父亲纠正道："不，亲爱的简，不是过时，而是落难贵妇。"

如今贵妇没那么容易落难了，会有政府、社会或者有钱人搀助她们，或者……像拉斐尔先生那样的人。毕竟这才是问题的关键所在，是她来这儿的理由，不是吗？拉斐尔先生安排好了一切。他肯定费尽了心思，马普尔小姐心想。他大概在死前四五个星期就预见到了，人在生命垂危的时候病情反而会有所缓和，这时医生一般会比较乐观，凭借经验判断病人会在什么时候死去，但病人却经常出人意料地拖延着，尽管最后还是会死去，却顽固地拒绝走完最后一步。另一方面，马普尔小姐凭自身经验认为，负责照顾病人的护士则总觉得病人第二天就会死掉，如果没死她们反而会非常惊讶。但等医生来了，她们表达完悲观的看法后，也会同意医生的观点。医生走出大门，她们就窃窃私语："还能再活上几星期啊。"护士们会觉得医生的乐观非常善良，但毫无疑问医生们错了。然而医生们往往没错，他们了解身处痛苦中的人，无助、病重，即便难过依旧渴望活着，并想一直活下去。他们会吃掉医生开的药片以顺利度过长夜，但他们绝不会吃过量，避免迈过通往那个他们一无所知的世界的门槛！

拉斐尔先生，马普尔小姐心不在焉地看向花园的时候心里

[①]《三姐妹》是俄国作家契诃夫的一部四幕剧本，讲述住在莫斯科郊外小城的三姐妹渴望去莫斯科生活的故事。

正想着这个人。拉斐尔先生？现在，她感觉自己快能理解摆在她面前的任务和对她提出的建议了。拉斐尔先生是个善于做计划的人，正如他规划、管理金融业务时那样。用女仆彻丽的话说，他遇到了麻烦。彻丽如果遇到麻烦，就会来找马普尔小姐咨询。

这是一个拉斐尔先生自己无法解决的问题，一定让他烦恼不已，马普尔小姐心想，因为他通常自己解决问题，而且坚持这么做。但他卧床不起而且快死了，他能安排自己的金融事务，跟他的律师、雇员和朋友亲戚联络，但还有些事或有些人他安排不了。有个问题他还没有解决，这个问题他想解决。有一个计划他想完成，而且显然不是钱能解决的，是商业交易、律师服务都解决不了的。

"于是他想到了我。"马普尔小姐说。

她仍然很惊讶。确实非常惊讶。但现在她更关注的是，他的信能看明白了。他认为她有天赋做某件事。马普尔小姐再次确信，这件事有犯罪的性质或者与犯罪有关。除了这方面，拉斐尔先生所知的关于马普尔小姐的另一特征就是她热爱园艺。但他想让她解决的绝不会是园艺方面的问题，他想起她时是和犯罪联系在一起的，和西印度群岛的案子，以及她邻居家的案子。

一桩犯罪——在哪儿呢？

拉斐尔先生已经安排好了。从律师开始。他们完成了自己的任务，在正确的时间把他的信交给了她。那是一封思虑周详、表达明确的信。当然了，如果他确切地告诉她想要她做什么，以及为什么想让她这么做，那事情就简单多了。她有点奇怪，他没有在去世之前派人去找她，这么做有点专断，他多少有些这样的想法，觉得自己的死亡能让她因害怕而屈服，可以强迫她答应他的要求。但这不是拉斐尔先生一贯的处事方式，她心想。他可以威吓，但在这件事上威吓的方法不适用，而且她相信他不会这么做。他只是求助于她，请她帮忙，请她去洗冤。不对，这也不是拉斐尔先生的处事方式。她想，他这是按需付钱，正如他这一生做事的原则。他想付给她钱让她做事，又想让她乐在其中。报酬是为了激起她的好奇心，而非真的诱惑，只是为了引起她的兴趣。她不认为他是这么想的——支付足够多的钱，她就会欣然接受。因为马普尔小姐很了解自己，金钱虽然听上去令人愉快，但她并不迫切地需要。她有个孝顺可亲的侄子，如果她缺钱，需要维护房屋、请专家看病或者需要特殊治疗，亲爱的雷蒙德会付钱的。不。他给的这笔钱确实令人激动，激动程度相当于有了一张去爱尔兰的车票。这笔钱的数目之大，除了运气，你不可能通过其他方式获得。

但同时，马普尔小姐心想，除了运气，她还需要辛苦的工作。她需要好好地思考，深思熟虑，而且她正在做的事可能会包含一定的危险。她还要自己去找危险所在，拉斐尔先生没告诉她，也许是不想影响她？不表达出自己的想法，就很难对别人说明白一些事。有可能拉斐尔先生认为自己的看法是错的？他不太像是会考虑这种事情的人，但也有这个可能。也许他怀疑疾病导致自己的判断力不如从前了。所以她——马普尔小姐，他的代理人，他的雇员——要自己去猜测，然后得出结论。那么，现在到她得出结论的时候了。换句话说，还是那个老问题：这一切到底是怎么回事儿？

第一，她收到过指示，一个已经死去的人的指示。她按指示离开了圣玛丽米德。因此，这项工作，不管内容是什么，都不可能跟圣玛丽米德有关。不是一个邻里关系的问题，不是一个你光看看报纸或者询问一下就能解决的问题，不是的，除非你知道自己问的是什么。她收到过指示：先去了律师的办公室；接着在家读了一封信——是两封；然后被邀请参加了一次愉快而顺利的、围绕大不列颠的房屋和大不列颠的花园而展开的旅行；从那儿她又开启了下一步——此刻她所在的这幢房子，旧园，乔斯林圣玛丽，住着克洛蒂尔德·布拉德伯里－斯科特小姐、格林太太和安西娅·布拉德伯里－斯科特小姐。这些都是拉斐尔先生事先安排好的，在他死前的几星期。他把她介绍给律师，用她的名字订了一趟旅行，之后又进行了一些安排让她此时待在这幢房子里，一切都是有目的的。也许只用待两个晚上，也许要更久一些。某些安排好的事情让她待得更久，或者不得不待得更久。她的思绪又回到现实中来。

格林太太和她的两个姐妹肯定与此事有关，不管关系多么复杂。她需要查清其中的关系到底是什么。然而时间紧迫，这是唯一的麻烦。马普尔小姐从来没怀疑过自己有查明事情真相的能力。她是那种爱唠叨、言之无物的老女人，人们喜欢跟她聊天，问一些问题，表面上看只是一些八卦问题。马普尔小姐会谈起自己的童年，也会引导她的姐妹谈一谈。她会说起自己吃过的食物、用过的仆人、女儿、堂兄弟和亲戚，还有旅行啦、结婚啦、生日啦，还有——对了，死亡。当她听到一起死亡事件时，并不会表现出特别的兴趣。完全没有。她很肯定自己会几乎下意识地做出应景的反应，叹道："啊，天哪，真悲惨啊！"她要找到其中的关联、事件、生活中的故事，看看会不会突然闪现一些暗示。可能是附近邻里发生的事件，与这三个姐妹没有直接的关系。她们也许知道些什么，会谈论一下，肯定会聊起一些事。不管怎样，这里肯定有事，一些线索，一些暗示。第二天，她就要归队继续去旅行了，除非发生点什么让她归不了队。她的思路瞬间从这幢房子回到了旅行车和车上的人。她一直寻找的也可能在车上，等她回去的时候会再次出现。一个人，几个人，一些人是无辜的（一些不那么无辜），藏着一些很久以前的事。她皱了皱眉头，想要记起某些事，一些曾在她脑中一闪而过的事。她心里想道：我真的确定吗——我确定些什么？

她的思路又回到三姐妹身上。她不能待太久，她得从箱子里取出住两个晚上所需用的东西，睡衣、洗漱用品袋，然后就可以下楼去跟女主人们愉快地聊天了。有一点需要确定：这三姐妹是她的盟友还是敌人？两者皆有可能，她必须仔细考虑清楚。

有人敲了敲门，格林太太走了进来。

"希望您在这儿住得习惯。需要我帮您打开行李吗？我们这儿来了一个很和气的女人，她只有上午在，她会帮您做任何事。"

"哦，不用了。谢谢您。"马普尔小姐说，"我只需要拿几件必需品。"

"我想我应该再带您去楼下走一次。您知道，这幢房子有点乱，有两个楼梯，有时候会让人迷路。"

"哦，您可真是太好了。"马普尔小姐说。

"我希望您下楼待一会儿，午饭前我们喝杯雪利酒。"

马普尔小姐感激地表示接受，随后跟着她下了楼。她判断格林太太要比自己年轻许多，也许有五十岁，不会大太多了。马普尔小姐很小心地走下楼梯，她的左膝盖不太舒服，幸好楼梯的一边有扶手。楼梯非常漂亮，她在心里评价着。

"这真是一幢可爱的房子，"她说，"我猜建于十七世纪，我说得对吗？"

"一七八〇年。"格林太太说道。

马普尔小姐的赞赏似乎让她很满意。她把马普尔小姐带进客厅——一个优雅的大房间，有一两件甚为精美的家具：一张安妮女王时代样式的桌子，一个威廉和玛丽时代样式的牡蛎壳衣柜，还有几个非常笨重的维多利亚式长靠椅和橱柜；印花棉布窗帘褪了色，还有些破旧；地毯，马普尔小姐觉得是爱尔兰的，可能是利默里克奥布松款式的；笨重的天鹅绒沙发也很破旧。

她的两个姐妹都在那儿。马普尔小姐进去的时候，她们站起身走向她，一个拿着一杯雪莉酒，另一个请她入座。

"不知道您是否愿意坐高点儿？很多人都喜欢这么坐。"

"喜欢。"马普尔小姐说，"这样舒服多了。您知道的，我的背不好。"

姐妹们似乎对背痛非常了解。大姐是个清秀的高个子女人，一头浓密的黑发。另外一个看上去要年轻很多，曾经漂亮的头发已有些发灰，凌乱地披在肩上，让她的样子像个幽灵。马普尔小姐心想，她要是扮演奥菲莉娅[①]，肯定会很成功。

大姐克洛蒂尔德则一定不是奥菲莉娅，马普尔小姐心想，但她会成为了不起的克吕泰墨斯特拉，在丈夫洗澡的时候刺死他。不过克洛蒂尔德没结过婚，所以不会发生这种事。马普尔小姐想不出除了丈夫她还会谋杀谁，而这幢房子里并没有阿伽门农。[②]

克洛蒂尔德·布拉德伯里-斯科特、安西娅·布拉德伯里-斯科特、拉维妮娅·格林，三姐妹中克洛蒂尔德最美，拉维妮娅相貌平平但是很亲切，安西娅的眼皮时不时地抽搐着，灰色的大眼睛总是古怪地左看看右看看，还会突然转过头，好像有人在背后盯着她似的。真是奇怪，马普尔小姐心想。她想知道一

[①] 莎士比亚剧作《哈姆雷特》中的女主人公。
[②] 阿伽门农是上文所说的克吕泰墨斯特拉的丈夫，出自古希腊悲剧诗人埃斯库罗斯笔下的悲剧名著《阿伽门农》。阿伽门农是远征特洛伊的希腊联军的统帅，为平息神怒祭出自己的女儿。战胜归来时，却被妻子克吕泰墨斯特拉谋杀。

些安西娅的情况。

她们坐下,说起话来。格林太太离开房间,显然是去了厨房,她似乎是三人中最爱做家务的。她们聊着平常的话题。克洛蒂尔德·布拉德伯里-斯科特说这是她们家族的房子,原来是她叔祖父的,后来成了叔父的,叔父死后就留给了她,于是她的姐妹也搬来跟她一起住了。

"他只有一个儿子,"布拉德伯里-斯科特小姐解释道,"死于战争。我们是这个家族最后的成员了,除了几个远房亲戚外。"

"一幢美观、结构匀称的房子,"马普尔小姐说,"您妹妹告诉我它建于一七八〇年左右。"

"我想是的。我们没想到它这么大,而且布局杂乱。"

"现在修理的话也比较困难。"马普尔小姐说。

"哦,是的,没错。"克洛蒂尔德叹了口气,"好多地方我们只能眼睁睁地看着它塌掉。令人难过,但也没办法。还有好几间附属建筑,比如说一间温室。那曾经是一间非常漂亮的大温室。"

"里面种着可爱的麝香葡萄。"安西娅说,"墙边长满了樱桃。没错,我觉得很可惜。当然了,战争期间很难找到园丁。我们有过一个很年轻的园丁,不过他入伍了。当然了,你不能抱怨什么。反正找不到修补房屋的材料,整个温室就塌掉了。"

"房子附近的暖房也一样。"

两姐妹双双叹息着,感叹时光流逝,时代变迁——然而没有变得更好。

马普尔小姐心想,这幢房子里弥漫着一种忧郁的气氛。不知为何,它透着悲伤,深沉得无法驱散或转移。它已渗透⋯⋯她突然颤抖起来。

第九章　　布哈拉蓼[①]

  这是一顿传统的午饭。一小块羊肉，烤土豆，甜点是一块梅子挞、一小罐乳酪和寡淡无味的酥油点心。餐室的墙壁上挂着几张肖像画，马普尔小姐推测那些应该是家庭肖像，都是维多利亚时代的肖像画，没有任何值得称道的特点。巨大沉重的餐具柜，精致的李子色桃花心木餐桌，窗帘是深红色锦缎做成的。那张桃花心木桌能轻轻松松坐下十个人。
  马普尔小姐聊起她在旅行中遇到的各种琐事，不过就三天时间，没有太多可讲的。
  "我想，拉斐尔先生是您的一个老朋友？"大姐布拉德伯里-斯科特说道。
  "算不上，"马普尔小姐说，"我去西印度群岛旅行的时候第一次见到他。我想，他去那里是为了自己的健康。"
  "是啊，他行动不便好几年了。"
  "真令人难过，"马普尔小姐说，"很悲惨。我真佩服他的毅力。他似乎要做很多工作。你知道，每天他都要向秘书口授，还要不停地发电报。他并没有因为自己是个病人就屈服了。"
  "是的，他不会。"安西娅说。

[①] 布哈拉蓼为一年生草本植物，多生郊野道旁，初夏于节间开淡红或白色小花。

"这几年我们很少见到他，"格林太太说，"当然了，他是个忙人。但每年圣诞节他都会记得我们。"

"您住在伦敦吗，马普尔小姐？"安西娅问。

"哦，不，"马普尔小姐说，"我住在乡下，在卢姆斯和马尔凯特贝辛之间的一个小地方，离伦敦大约二十五英里。之前是一座古香古色的美丽村庄，但是，就像其他事物一样，现如今它也像人们所说的，发展了。"她补充道，"拉斐尔先生住在伦敦吧？至少，我注意到他在圣多诺黑旅馆登记的地址是伊顿广场，还是贝尔格雷夫广场来着？"

"他在肯特有一幢别墅，"克洛蒂尔德说，"有时候会在那儿招待客人，生意伙伴或者从国外来的人。我们谁也没到那儿去拜访过他。若在伦敦碰巧遇到，他都会招待我们。"

"他人很好，"马普尔小姐说，"建议你们在我旅行的这段时间邀请我到这儿来。考虑得很周全。难以想象，像他这样繁忙的人也会这么周到。"

"我们以前也邀请过他的一些朋友。总的来说，他都安排得很周到。当然了，不可能符合每个人的口味。年轻人喜欢走路、长途跋涉、登高远望这一类的事情。然而老年人做不了这些，只能留在旅馆。不过附近的旅馆并非那么简陋。我相信您在今天的旅行中已有所发现。明天去圣文德也一样，会非常疲劳。明天您将参观一座岛屿，坐船去，有时候会碰上风浪。"

"绕着房子走一圈也很累人。"格林太太说。

"哦，我知道。"马普尔小姐说，"不停地走路，要不就一直站着，腿脚会非常累。我想我真不该参加这次远行。但是，看一看美丽的建筑、精致的房间及家具又很有诱惑力——所有这些。当然了，还有那些美轮美奂的画。"

"还有那些花园。"安西娅说,"您喜欢花园吗?"

"哦,是的,尤其是花园。我很期待旅行介绍上写的,参观历史建筑中那些保存完好的花园。"马普尔小姐说完微微一笑。

这一切都令人愉快,非常自然,然而,不知道为什么,她总有一种紧张的感觉,有些不自然,但她所谓的不自然是什么?对话的内容普通平常,不过是些陈词滥调。她自己说的都是家常话,那三姐妹也是。

三姐妹,马普尔小姐的思绪又回到这个说法上。为什么一想到三,就有种不祥的气息?三姐妹。《麦克白》里的女巫三姐妹。好吧,很难把这三姐妹和女巫三姐妹联系起来。不过,马普尔小姐觉得剧作家在塑造女巫三姐妹这个角色时犯了一个错误。其中一个设定她觉得非常荒谬。女巫们扑扇着翅膀,带着可笑的尖顶帽子,活像滑稽哑剧中的人物。她们跳着舞,走来走去。马普尔小姐还记得,她曾对站在旁边请她观看这出莎士比亚戏剧的侄子说:"雷蒙德,亲爱的,要是让我来制作这部伟大的戏剧,我会用完全不同的方式塑造这三个女巫。我会让她们三个变成再普通不过的老女人。苏格兰老女人,既不会跳舞也不会到处蹦跶。她们狡猾地望着彼此,你会因此感到隐藏在平凡背后的威胁。"

马普尔小姐吃下最后一口梅子挞,然后看看对面的安西娅。平庸、邋遢,面部轮廓不分明,有点浮躁。为什么她觉得安西娅带有恶意?

那只是我的幻想,马普尔小姐自言自语道,不可能真是这样。

午饭后,她打算参观一下花园,这次是安西娅陪她。马普尔小姐觉得这是一次悲惨的发现之旅。即便在过去受到悉心照料的时候,这也算不上一座精致特别的花园。它具备维多利亚时代普通花园的特点:一处灌木丛,一排斑驳的月桂树,不用说,还得有保存完好的草坪和小径，占地一英亩半左右的菜园。不过，对现在住在这里的三姐妹而言，它确实太大了。花园里有一部分什么都没种，杂草丛生。羊角芹占据了绝大部分花床，马普尔小姐忍不住伸手拔掉了一些乱长的旋花属植物，以便树木能更好地生长。

安西娅的长发在风中飘舞着，头上的发夹不时掉到小路或草地上。她说起话来断断续续的。

"我想，您的花园一定很漂亮吧？"她说。

"哦，很小的一个而已。"马普尔小姐说。

她们沿着一条长满杂草的小路走着，一直走到尽头，围墙边是一座小土坡。她们停下了脚步。

"我们的温室。"安西娅小姐难过地说。

"哦，对，您说过曾经有过美丽的葡萄藤。"

"三株。"安西娅说，"一株黑汉堡，一株是小白葡萄，很甜，你知道的。第三株是美丽的麝香葡萄。"

"您说过还有一棵向阳植物。"

"香水草。"安西娅说。

"啊对，香水草。那味道很香。这附近发生过爆炸吗？有没有，呃，把温室震塌了？"

"哦，没有，我们从没遇到过那种事。这里跟炸弹完全扯不上关系。温室坍塌恐怕是因为年久失修吧。我们在这儿并没住多久，也没钱重新修葺或者重建。老实说，它也不值得花钱，就算我们有钱，也不够维持，所以我们只能任凭它坍塌了。我们什么也做不了。所以您瞧，满是杂草。"

"啊，那个，完全覆盖了的——那个全是花苞的藤蔓植物是什么？"

"哦那个啊，非常普通的一种，"安西娅说，"以字母P开头，叫什么来着？"她不太确定地说道，"叫蓼什么的……"

"哦，我想我知道它的名字。布哈拉蓼。它长得非常快，对吧？如果一个人想把摇摇欲坠的建筑或者见不得人的东西遮盖起来，那它真的非常有用。"

绿色藤蔓和白色的花苞厚厚地覆盖在面前的小土坡上。就马普尔小姐所知，这种植物对其他植物的生长是一种威胁。布哈拉蓼能在很短的时间内覆盖一切事物。

"以前这间温室肯定非常大。"她说。

"哦，是的，我们还在里面种了桃树——油桃。"安西娅一脸伤感。

"现在它看上去依旧非常可爱。"马普尔小姐用安慰的语气说道，"非常漂亮的小白花，不是吗？"

"沿着这条路向前走，再左拐，能看到一棵很美的玉兰树。"安西娅说，"我相信这里曾经有非常美丽的花坛——草本植物围成的花坛。但同样没能保存下来。太难了。一切都太难了。一切都面目全非——全都毁掉了——都毁了。"

她带领着马普尔小姐快步右拐，走上墙边的一条小路。她加快了脚步，马普尔小姐都快跟不上她了。马普尔小姐觉得女主人似乎在故意带她绕开布哈拉蓼覆盖的山坡，让她远离那个丑陋的、令人不愉快的地方。她是因为过去的荣光不再而感到羞愧吗？布哈拉蓼恣意生长着，没人去修剪，让这座花园变成了野花盛放的荒野。

马普尔小姐跟在安西娅身后，觉得女主人像在逃避这个地方。没过多久，一个损毁的猪圈引起了她的注意。猪圈周围是一些玫瑰枝蔓。

"我的叔祖父养过几头猪,"安西娅解释道,"但现在人们做梦也不会想到去养猪的,对吧?那味道太臭了。这附近有一些丰花月季,我认为丰花月季真是个好品种。"

"哦,我知道这种花。"马普尔小姐说。

安西娅说起月季家族中新进品种的名字,马普尔小姐觉得,这些名字对安西娅小姐而言都是完全陌生的。

"您经常参加这类旅行吗?"

问题问得很突然。

"您是说参观建筑和花园的旅行吗?"

"是的,有些人每年都要旅行一次。"

"哦,我倒不希望这么做。您知道,太贵了。为了庆祝我即将到来的生日,一位好心的朋友把这次旅行作为礼物送给我。对我太好了。"

"哦,我很纳闷,纳闷您为什么来这儿。我是说——这肯定相当累人,不是吗?如果您经常去西印度群岛之类的地方……"

"哦,去西印度群岛也是承蒙别人的好意。那次是我的侄子帮我办理的。可爱的孩子,为他的老姑妈考虑得很周全。"

"哦,我明白了。嗯,我明白了。"

"我不知道如果没有年轻一代,老年人还能做些什么。"马普尔小姐说,"他们人很好,对吧?"

"我想——是这样的吧。我真的不知道。我——我们……没有什么年轻的亲戚。"

"您姐姐,格林太太,有孩子吗?她从未说起过。也许我不应该这么问的。"

"没有。她和她丈夫没有小孩。这样也比较好。"

"您这话是什么意思?"马普尔小姐追问时二人已回到了屋了。

第十章 "哦!多好啊,哦!这日子多么美好!"

1

第二天早上八点半,传来一阵轻轻的敲门声。马普尔小姐应了句"请进",门开了。一位老妇人走了进来,手上捧着一个托盘,上面放着一只茶壶、一个茶杯、一个牛奶壶,还有一小盘涂了黄油的面包。

"您的早茶,夫人。"她愉快地说,"今天天气不错,确实不错。我看到您把窗帘拉开了。您睡得还好吗?"

"非常好。"马普尔小姐说着,放下正专心阅读的小书。

"风和日丽,真是好天气。这种天气去博纳旺蒂尔岩石最合适了。您没去也挺好的,免得腿脚遭罪。"

"我能待在这儿真的很好,"马普尔小姐说,"感谢布拉德伯里-斯科特小姐和格林太太邀请我。"

"哦,她们也很开心。这房子里能来个客人她们会很开心。唉,如今这里太冷清了,真的。"

她拉上窗帘,把椅子搬回原处,然后把一罐热水倒进瓷盆里。

"楼下有浴室,"她说,"但我们觉得,对老年人来说,还是在这儿用热水洗洗更好,这样她们就不用爬楼梯了。"

"您可真好,你肯定很了解这幢房子吧?"

"我还是个小女孩儿的时候就在这儿了——那时候我是女仆。她们有三个用人,一个厨师,一个女仆,一个客厅女仆——有段时期她也去厨房帮忙。那时这里还是老上校的呢。他有很多匹马,还有一个马夫。啊,那些好日子啊。灾难降临之后,日子就渐渐悲惨了。他,我是指上校,失去了年轻的妻子,儿子死于战争,而他唯一的女儿也远走他乡。她跟一个新西兰人结了婚,生下孩子后就死了,孩子也死了。只剩他这个悲伤的人独自在这里生活,任由庄园荒废。上校死的时候把这个地方留给了侄女克洛蒂尔德小姐和她的两个妹妹。于是她就和安西娅小姐搬过来住了。之后拉维妮娅小姐丧夫,便也搬了过来,跟她们一起住。"她叹了口气,摇摇头,"但她们对这幢房子做不了什么——负担不起,花园也是,只能任其荒芜下去……"

"真令人遗憾。"马普尔小姐说。

"她们都是很善良的女人。安西娅小姐有些笨;克洛蒂尔德小姐上过大学,很聪明,能说三国语言;格林太太,她是个很好的人。我想她搬过来之后一切都会好起来的。可谁又知道未来什么样呢?我能感觉到些什么,好像这幢房子会带来厄运。"

马普尔小姐用探寻的眼光望着她。

"事情接连不断。可怕的飞机失事——在西班牙,所有人都死了。飞机真是个讨厌的东西,我从来没坐过。克洛蒂尔德小姐的两个朋友都死了,他们是一对夫妻。幸运的是他们的女儿当时在上学,逃过一劫。克洛蒂尔德小姐把她带到这儿来住,为她安排好了所有的事。带她去国外旅行,去意大利,去法国,对她就像亲生女儿一般。她是个快乐的女孩儿,性格可爱。您做梦也不会想到会发生这么一件可怕的事。"

"一件可怕的事?是什么?发生在这儿?"

"不，不在这儿，感谢上帝。虽然在某种程度上您也可以说发生在这儿。正是在这里，她遇见了他。他是她的邻居，这里的女人都知道他的父亲，一个非常富有的人，他来这里度假，事情就这样开始了……"

"他们相爱了？"

"是啊，她对他一见钟情。他是个颇有吸引力的男孩儿，谈吐优雅。您肯定不会想到——您压根儿就不会想到——"她打住了。

"是感情出了问题？闹别扭了，于是姑娘自杀了？"

"自杀？"老妇人吃惊地瞪着马普尔小姐，"是谁告诉您的？那是谋杀，赤裸裸的谋杀。她被勒住脖子，头都被打烂了。面目全非，克洛蒂尔德小姐不得不去辨认尸体。他们在离这儿三十英里远的地方找到了她的尸体，在一处废弃的采石场的树丛中。而且人们认为这并非凶手的第一次行凶，还有别的女孩儿受害。六个月前她失踪了，警方展开了广泛的搜查。哦！他是个邪恶的魔鬼——从出生那天起他就是个坏蛋。现在总有人说这些人控制不了自己的行为，精神失常，所以不追究其责任。这样的话我一个字儿都不信！凶手就是凶手。可直到今天，这些人还没被绞死。我知道，古老的家族中经常出现疯子——布拉辛顿的德温特家族，每一代都会有一两个死在疯人院里。还有波莱特老太太，戴着钻石头饰在小路上走来走去，说她是绝代艳后玛丽·安托瓦内特，直到他们把她关起来。可她没有什么严重的问题，只是有点蠢而已。但这家伙，没错，就是个十足的恶魔。"

"他们对他做了什么？"

"那时已经废除绞刑了，或者是他太年轻，还不够判刑。我不记得了。总之，他们发现他有罪，然后就把他送到一个以字母

B开头的地方去了，叫波斯托还是布罗德桑德之类的。"

"那个男孩儿叫什么名字？"

"迈克尔——我不记得他的姓了。事情发生在十年前，我真的记不清太多了。是个意大利姓氏，像个画家的姓，一个画画的人——拉斐尔，就是这个——"

"迈克尔·拉斐尔？"

"正是！有传言说他父亲很有钱，把他从监狱里弄了出来，就像银行抢劫犯逍遥法外一样。不过我认为那只是说说而已——"

所以，那不是自杀，而是一场谋杀。

爱情！伊丽莎白·坦普尔认为这是那女孩儿被杀的原因，在某种程度上她是对的。一个年轻的女孩儿爱上了一个杀人犯，并且因为爱他而毫无戒心，最终悲惨地死去。

马普尔小姐微微颤抖了一下。昨天她沿着乡间小路散步的时候看到过一个宣传栏，上面写着：埃普索姆丘陵谋杀案，发现第二具女孩儿的尸体，年轻人请配合警局调查。

所以，历史重演了。已有模式——丑恶的模式。几行被遗忘的诗句慢慢浮现在她的脑海中：

> 白玫瑰般的青春，热情却苍白，
> 寂静的山谷，歌唱的溪流，
> 平凡故事中的白马王子，
> 哦，生命中，没什么能比白玫瑰般的青春
> 更脆弱的了。

谁能保护青春不受死亡和痛苦的折磨？年轻人从来不懂得保

护自己。是他们知道得太少，还是知道得太多？让他们认为自己无所不知。

2

那天早上，马普尔小姐下楼的时间比人们预料得早了一点。她没看到女主人们，便从前门出去，绕着花园散起步来。她并不是太喜欢这个特别的花园，只是模模糊糊地觉得，这里有什么东西值得注意，或许能给她一些启发，或许已经给了她某些启发，只不过她还不——好吧，坦白说，就是她还不够聪明，没有意识到那个清楚的启示是什么。她应该留意某些事，而那些事就是线索。

现在，她并不着急见三姐妹，她需要再反复思考几件事。跟珍妮特在早茶时的闲聊，让她掌握了一些新线索。

她穿过一扇开着的侧门，来到乡村的街道上。走过街边的一排小商铺，来到一个矗立着尖塔的地方，这表明这里是教堂和它的墓地。她推开停柩门，在坟墓之间踱着步。有些墓碑上的日期已经很久了，墙边的日期要近一些，墙那边更远一些地方的一两座坟墓则很明显是新建的。旧墓碑没什么大价值，上面的某些名字她在村子里经常听到，村子里的王公贵族大都埋在这里。贾斯珀王子，深深哀悼；马杰里王子，埃德加与沃尔特王子，梅兰尼王子，四岁；一份家谱；海勒姆爵士-艾伦·简爵士，伊莱扎爵士，九十一岁。

马普尔小姐注意到，一位上了年纪的男人正在坟墓间缓慢地移动着，边走边打扫。她转向他。他向她行了一礼，说"早上好"。

"早上好。"马普尔小姐回道,"天气真不错。"

"一会儿就要下雨了。"老头儿说道,语气非常肯定。

"这儿似乎安葬了很多王子和爵士。"马普尔小姐说。

"啊,是的,确实有很多王子,之前很多土地都是他们的。好多年了,还有很多爵士。"

"我看到还有个孩子葬在这儿。看到小孩子的坟墓真令人难过。"

"啊,那是小梅兰妮,我们叫她梅丽。唉,死得很惨。她是被碾死的。她跑到街上,去糖果店买糖果。如今很多人死于车祸。"

"想到这个真让人难过,"马普尔小姐说,"总有那么多死亡方式。要不是看到刻在教堂墓地上的铭文,你都不会意识到这一点。疾病、衰老,小孩儿被碾死,甚至还有更可怕的事。年轻女孩儿被杀。我指的是,犯罪。"

"唉,是啊,这种事很多。傻姑娘们——我一般都这么叫她们。现如今,母亲们没有更多的时间照顾她们——要在外面工作,花去很多时间。"

马普尔小姐非常同意他的观点,但她可不想浪费时间跟他讨论社会问题。

"您住在'旧园',对吗?"老头儿问道,"我看您是坐旅行大巴来的。我想您一定觉得很辛苦,有些人不一定能经受得住。"

"我确实觉得有些疲惫。"马普尔小姐说,"幸好有位非常好心的朋友,拉斐尔先生,写了封信给他在这里的几个朋友,于是她们就邀请我来这儿住两晚。"

"拉斐尔"这个名字显然对老园丁毫无意义。

"格林太太和她的两个姐妹都很好客,"马普尔小姐说,"她们在这儿住了很久了吗？"

"没那么久，大概二十年吧。是老上校布拉德伯里-斯科特的后代。他是'旧园'的主人，死的时候快七十岁了。"

"他有孩子吗？"

"有一个儿子，在战争中死了。所以他才会把这个地方留给侄女。因为再没别的人能继承了。"

他又继续打扫坟墓了。

马普尔小姐走进教堂。在这里，能感受到一种维多利亚时代的修复风格，有明亮的维多利亚式窗户，一两件黄铜器皿，墙上还有几块纪念碑，都是过去留下来的东西。

马普尔小姐坐在一张不怎么舒服的教堂长凳上，陷入了沉思。

她现在所处的轨道是正确的吗？事情确实联系起来了，但这联系远远不够清晰。

一个女孩儿被杀了（实际上，是好几个女孩儿被杀了）；可疑的年轻人（或者像现在人常说说的，"年轻人们"）被警察局传讯过，"协助他们调查"。一种普遍的模式。但这些都是陈年往事了，要追溯到十年或二十年前。眼下，还是什么发现都没有，也没有什么问题需要解决。悲剧已宣告终结。

她能做什么？拉斐尔先生想让她做什么？

伊丽莎白·坦普尔……她必须让伊丽莎白·坦普尔告诉她更多事情。伊丽莎白说过，曾有一个女孩儿与迈克尔·拉斐尔订了婚，这是真的吗？看上去"旧园"里的人并不知道此事。

马普尔小姐想到一个更常见的版本，这种故事常在她的家乡流传。开头是这样的：男孩儿遇见了女孩儿，按照通常的方式发展下去——

"然后，女孩儿发现自己怀孕了，"马普尔小姐自言自语道，

"她告诉了男孩儿,还说想跟他结婚。可是,也许他并不想娶她,也许他从未有过跟她结婚的念头。在这种情况下,他觉得很难办。也可能是他父亲不喜欢这种事,但女孩儿的亲戚坚持要他'做正确的事'。如今他厌倦了这个女孩儿——也许另结新欢了,于是他采取了一种快速而又残忍的办法:勒死她,把她的脑袋打碎以免被别人认出来。但这也成了他挥之不去的过去——一桩残忍的、肮脏的犯罪,但已被遗忘、不了了之。"

马普尔小姐坐在教堂里,环顾四周。周围看上去如此安宁,很难相信现实中会发生什么罪恶的事。然而拉斐尔先生看中的正是她在破案方面的天赋。她站起身,走出教堂,站在外面再次环顾教堂墓地。在这里,只有墓碑和上面已经磨损的碑文,她看不到罪恶的迹象。

昨天在"旧园"中,她感觉到罪恶了吗?那种深切又压抑的失望,那种黑暗的、绝望的悲伤。安西娅·布拉德伯里-斯科特,她恐惧地扭过头注视身后,好像害怕有什么东西站在那儿——一直站在那儿,在她身后。

她们知道些事情,这三姐妹。可她们都知道些什么呢?

她又想起了伊丽莎白·坦普尔,脑海中浮现出伊丽莎白·坦普尔和其他游客的样子,此刻他们正跨越小山丘,爬上一条陡峭的小径,眺望悬崖那边的大海。

明天,等她回到旅行团之后,一定要让伊丽沙白告诉她更多事情。

3

马普尔小姐走上了回"旧园"的路。她走得很慢,因为她累了。这个早上依然毫无收获。迄今为止,这座庄园没给她带来任何明确的指示,只有珍妮特说的那个悲伤的故事。过去的事,家里的女仆们总会以一种神奇的方式记得清清楚楚,无论悲惨的还是快乐的,比如盛大的婚礼,豪华的宴会,成功的经营,或者家里人从灾难中死里逃生。

快走到大门的时候,她看到两个女人站在门边。其中一个走上前来迎接她,是格林太太。

"哦,您在这儿啊。"她说,"我们正在找您呢。我觉得您去什么地方散步了,希望您没累着。要是我知道您下楼出去了,我会陪着您的,去值得一看的地方瞧一瞧。虽然也没有什么地方可看。"

"哦,我只是随便溜达了一下。"马普尔小姐说,"您知道,就是墓地和教堂。我很喜欢教堂,有时候会发现一些奇怪的墓志铭,我收集了很多。我想那座教堂在维多利亚时代重新翻修过吧?"

"是的,他们在里面放了一些难看的靠背长椅。都是好木头做的,很结实,不过没什么艺术美感。"

"希望他们没把一些有特殊价值的东西拆掉。"

"不,我想不会的。不过那座教堂也算不上古老。"

"嗯,里面没有多少纪念碑或铜制品之类的东西。"马普尔小姐表示同意。

"您对教堂建筑很有兴趣吗?"

"哦,我对这些东西一点研究也没有,不过,在我的家乡圣玛丽米德,所有的事情都围着教堂转。我是说,以前总是这样。在我年轻的时候,自然是这样的。现如今当然有很大的不同了。您是在这附近长大的吗?"

"哦,不算是。但我们住得不远,离这儿大约三十英里,在小赫斯莱。我父亲是名退伍军人——炮兵少校。我们偶尔会来看望我叔父——事实上是来看望叔祖父。后来的几年我就不来了。叔父死后,我的两个姐妹搬了过来,那时候我和我丈夫在国外,他去世不过四五年。"

"哦,我明白了。"

"她们特别希望我能过来跟她们一起住,这样确实是最好的安排。我们在印度住了很多年,我丈夫去世前还待在那儿。如今人们很难知道自己会在哪里……呃,容我这么说,扎根。"

"确实,我能理解。而既然您的家人在这儿住了那么久,您想来这儿也是理所当然的。"

"没错,没错,就是这种感觉。当然了,我跟姐妹们一直有联系,也常去拜访她们。但事实总跟人们所想的不一样。我在伦敦附近买了一幢小别墅,靠近汉普顿宫的地方,在那儿度过了很长一段时间,偶尔为伦敦的一两家慈善机构做点事。"

"您让日子充实起来了,多聪明啊!"

"最近我觉得应该多来这儿住住,我有点担心我的两个姐妹。"

"是担心她们的健康吗?"马普尔小姐问,"如今这种事确实让人操心。尤其是根本雇不到合适的人来照顾身体越来越差的或者生病了的人,有风湿病的,有关节炎的……总是担心洗澡的时候摔倒,或者下楼时出什么事故,诸如此类的事。"

"克洛蒂尔德的身体一向硬朗,"格林太太说,"应该说壮实。但我很担心安西娅。您知道,她迷迷糊糊的,非常迷糊。有时候还会到处乱走,而且似乎都不知道自己在哪儿。"

"是啊,担心总会让人难受。一个人有太多的事要担心了。"

"我觉得没什么事让安西娅担心。"

"她也许在担心税务，金钱方面的事。"马普尔小姐说。

"不，不，不太可能……哦，她很担心花园。她记得花园从前的样子，而且，她很想……花点钱让一切恢复旧貌。克洛蒂尔德跟她说过，如今我们负担不起，但她仍然不停地谈论那些温室，从前里面种着什么桃树、葡萄什么的。"

"还有墙边的香水草吧？"马普尔小姐想起之前的对话，问道。

"没想到您还记得。是的，是的，那种植物值得人们记住。味道芬芳的向阳植物。名字也好听，香水草。人们总会记住它。还有葡萄藤，小小的、软软的早熟甜葡萄。啊，一个人不能总想着过去。"

"我想还有花坛。"马普尔小姐说。

"是啊，是啊，安西娅想要一个大一点的草本植物花坛。但现在确实不太可行，必须找个当地人每两星期来修剪一次草坪，可如今人们恨不得每年都换工作。安西娅还想重新种蒲苇，还有辛普钦太太的石竹，您知道，白色的那种，沿着石花坛种。还有温室外面的无花果树，所有这些她都记得，并且常常提起。"

"您一定觉得很难办。"

"哦，是的，您也知道，争论没什么用。克洛蒂尔德处理事情很干脆，她直截了当地拒绝了，而且说不想再听到这种话了。"

"很难说怎么处理最恰当。"马普尔小姐说，"可能果断些更好，也可能商量着来要好。也许，甚至，呃，要言辞激烈一些，您知道的，要不就带有同情心，明知道不合理，还要抱着希望听下去。是啊，很难。"

"不过对我来说也算容易。因为，您瞧，我可以再次离开，偶尔过来住住。我可以假装一切都很容易解决,并装作打算去办,这对我来说一点都不难。可是,某一天我回到家,发现安西娅正打算请一家最贵的园艺公司来翻新花园,重建温室。这简直太荒唐了。就算把葡萄种进去,没个两三年,它是不可能结果的。克洛蒂尔德对此事一无所知。当她在安西娅的书桌上发现这项工程的预算单时,立刻大发雷霆。确实很不客气。"

"很多事都很难。"马普尔小姐说。

这话很实用,她经常说。

"我觉得明天早晨我应该早点儿走。"马普尔小姐说,"我询问了金猪旅馆,得知他们明天上午集合。很早就会起程,据我所知是九点。"

"哦,亲爱的,希望您不会觉得太疲劳。"

"哦,我想不会。我还问到我们接下来要去的地方叫——等一下,叫什么来着?——斯特灵圣玛丽。大概是这么个名字。好像离这儿不太远。去的路上还要参观一座有趣的教堂和一座城堡。下午要去一个美丽的花园,占地不大,但是种了很多奇花异草。在这儿充分休息后,我感觉很好。如果这两天我都在爬山,那我一定会非常疲惫。"

"好吧。那您今天下午一定要好好休息,以便明天体力充沛。"她们走进屋子时,格林太太说道,然后对克洛蒂尔德说,"马普尔小姐去过那座教堂了。"

"那儿恐怕没什么可看的。"克洛蒂尔德说,"我觉得维多利亚式的玻璃窗很丑,不惜工本。恐怕我的叔父也要负上一部分责任。他十分喜欢那种天然的红色和蓝色。"

"越天然,越粗俗。我一直这么认为。"拉维妮娅·格林说。

吃过午饭后,马普尔小姐小憩了一会儿。一直到快吃晚饭的时候，她才又跟女主人们在一起。晚饭后她们开始聊天，一直聊到睡觉时间。马普尔小姐将主题定格在回忆方面——她年轻的时候，她早年的生活，她去过的地方，参加过的旅行或游览团，偶然认识的人。

　　她疲惫地上床睡觉了，带着一种失败感。她没能知道更多的事，也许是因为没什么事可以让她知道的了。钓鱼，鱼却没上钩，可能是因为那儿没有鱼。或者是她不知道如何使用正确的鱼饵？

第十一章　意外

1

第二天早晨，为了让马普尔小姐有充足的时间起床并整理行李，早茶直到七点半才送过来。她刚刚合上小手提箱，就听到一阵急促的敲门声。克洛蒂尔德不安地走了进来。

"哦，亲爱的马普尔小姐，楼下有个叫埃姆林·普赖斯的年轻人要见您。他是您的旅伴，是他们派他来的。"

"当然，我记得他。很年轻吧？"

"哦，是的。非常时髦，留着长头发什么的。不过他来，呃，给您带来一些坏消息。很抱歉，是一场意外事故。"

"意外事故？"马普尔小姐目瞪口呆，"你是说——汽车吗？路上出了车祸？有人受伤了？"

"不不，不是客车，那倒没什么问题。是昨天下午出游的过程中。也许您还记得，有一阵大风，虽然我认为这跟风没什么关系。我想是人们稍微偏离了路线。有一条常规路线，但你也可以翻越山坡，绕过去。这两条路都通往博纳旺蒂尔山顶的纪念塔——他们就是要去那儿。人们可能走散了，我想，没有人引导并照看他们，但其实应该有的。他们的脚步原本就没那么稳健，峡谷外的斜坡又很陡峭。恰好有一堆碎石或者岩石从山上滚下来,砸中了下面小路上的某个人。"

"哦,天哪,"马普尔小姐说,"真可怕。太可怕了。谁受伤了?"

"听说是一位叫坦普尔还是坦普顿的小姐。"

"伊丽莎白·坦普尔,"马普尔小姐说,"老天,太可怜了。我跟她聊过天。在车上,我就坐在她旁边。她是个退休的校长,一个很有名气的人。"

"没错,"克洛蒂尔德说,"我很熟悉她。她是著名的法洛菲尔德学校的校长。我不知道她参加了这次旅行。我想她大概退休了一两年了,新校长是个年轻的女人,思想很激进。但坦普小姐还不算太老,我想大约六十岁。她很活跃,喜欢爬山、徒步这类活动。说起来真的非常不幸。希望她伤得不太严重。我还不知道详细情况。"

"我准备好了,"马普尔小姐说,啪的一声关上她的箱子,"我马上下楼去见普赖斯先生。"

克洛蒂尔德抓过箱子。

"让我来吧。我拿这个不费力的。您跟在我后面下楼,小心楼梯。"

马普尔小姐下了楼,赖普斯先生正在等她。他的头发比平时还显凌乱,身穿皮夹克,脚上是一双精致的皮靴,还有鲜亮的翠绿色裤子。

"真是不幸,"他说着,抓住马普尔小姐的手,"我认为我应该亲自过来,呃,告诉您这桩意外。我想布拉德伯里-斯科特小姐已经告诉过您了,是坦普尔小姐。学校的校长。我不太清楚当时她在做什么或者发生了什么事,但是一些石块,或者是岩石,从山上滚了下来。斜坡非常陡峭,石头打中了她。大家连夜把她送到了医院里。我想她可能伤得很重。总之,今天的旅行计划取消了,我们晚上只能留在这儿了。"

"哦,天哪,"马普尔小姐说,"我很难过。非常难过。"

"我想,他们决定今天不再继续观光是因为他们真的想等诊疗报告出来。所以我们建议在金猪旅馆再住一个晚上,并重新调整一下行程。所以我们也许去不成格兰梅林了,原本我们明天要去那儿的,反正也没什么意思。桑德邦太太今天早晨去医院查看情况了,她会在十一点钟回到金猪旅馆,跟我们一起喝咖啡。我想也许您愿意过来听听最新的消息。"

"我当然要跟你一起过去。"马普尔小姐说,"肯定,现在就走。"

她转身向克洛蒂尔德和格林太太说再见。

"我要衷心地谢谢你们。"她说,"你们太热情了,我在这里度过了两个愉快的夜晚。我休息得很好,一切都很好。发生这种意外真是不幸。"

"如果您还想再住一晚,"格林太太说,"我相信——"她看着克洛蒂尔德。

马普尔小姐只用那锐利的眼神一扫,就看出克洛蒂尔德略有些不同意。她摇了摇头,以为如此微小的动作不会被人察觉。马普尔小姐知道她不会同意的,果然,她否决了格林太太的建议。

"我自然不介意,不过我想您跟他们住在一起或许会更好,而且——"

"哦,是的,我想那样会更好一些。"马普尔小姐说,"我能知道他们的计划,有什么事需要去做。也许我还能帮上忙。谁知道呢。所以,再次感谢你们。我想,在金猪旅馆找个房间应该不难。"她看看埃姆林。

后者很有信心地说:"没问题。今天腾出了七个房间,不会都住满的。我想,桑德邦太太已经替所有留在那儿的人订了房间。明天我们就能知道——嗯,知道该怎么办了。"

又一次说过道别和感谢的话。埃姆林·普赖斯拿着马普尔小姐的行李,大踏步走了出去。

"只需要拐一个弯,就在第一条街的左边。"他说。

"哦,我想我昨天路过过那儿。可怜的坦普尔小姐,真希望她伤得不严重。"

"我觉得她伤得挺重的。"埃姆林·普赖斯说,"当然了,您也知道,那些医生和医院的人,他们总说同一句话:'一切都在掌控之中。'当地没有医院,他们只好送她去卡里斯镇,离这儿大概八英里。总之,等您在旅馆里安顿好之后,桑德邦太太就会带着新消息回来了。"

到了那儿,他们发现旅伴们都在咖啡室里,咖啡、小圆面包和糕点也都准备好了。巴特勒夫妇正说着话。

"哦,这真是太、太悲惨了,"巴特勒太太说,"太让人不安了,不是吗?就在我们都兴高采烈的时候,可怜的坦普尔小姐。我一直以为她的腿脚很稳。可是,什么都很难说,是吧亨利?"

"没错,确实是。"亨利说,"确实。我一直在想——你知道,我们的时间太短了——是否该——呃,在此时此地,取消这次旅行。不要再继续了。我觉得,要还原这件事,直到我们都清楚明白,似乎有些困难。如果这是——呃——我的意思是,如果这件事严重到足以致命的程度,那也许——呃——我是说也许还会有一番审讯之类的事。"

"哦,亨利,别再说这种可怕的事了!"

"我相信,"库克小姐说,"您有点太悲观了,巴特勒先生。

我肯定事情没那么严重。"

卡斯珀先生操着一口外国腔说道:"但是,事情确实很严重。昨天,桑德邦太太给医生打电话的时候我都听到了。真的非常、非常严重。他们说她有严重的脑震荡——很严重。一位专科医生过来,看能否手术,有没有可能做手术。没错——非常严重。"

"哦,老天,"拉姆利小姐说,"如果在这方面存疑的话,也许我们应该回家,米尔德里德。我必须去查一下火车时刻表。"她转向巴特勒太太,"您瞧,我请邻居帮我照看猫,如果要迟一两天回去,也许会给双方造成很大的不便。"

"我们在这儿瞎研究没有任何用处。"莱斯利-波特太太发出深沉而颇具威严的声音,"乔安娜,把这块小面包丢进废纸篓里可以吗?真是难以下咽,太多倒胃口的果酱了。但我不愿意把它剩在盘子里,感觉不好。"

乔安娜处理完面包,说道:"我可以跟埃姆林一起散个步吗?我是说,只是去镇上瞧瞧。坐在这儿说些丧气的话总是不太好,对吗?我们什么都做不了。"

"我认为出去散步是个聪明的做法。"库克小姐说。

"是啊,你走吧。"巴罗小姐抢在莱斯利 波特太太开口之前说道。

库克小姐和巴罗小姐对视了一下,叹口气,摇了摇头。

"草地太滑了,"巴罗小姐说,"我就滑倒了一两回,你知道的,就在那个浅草坪上。"

"还有石头,"库克小姐说,"我正在小路上转弯的时候,碎石块像大雨一样从天而降,还有一块狠狠地砸在了我的肩膀上。"

2

　　茶、咖啡、饼干和蛋糕都分发完毕,大家看上去都很疏远、局促不安。当灾难发生的时候,很难知道如何才能正确地应对。每个人都有自己的观点,都表示出惊讶和沮丧。现在,他们正在等待消息,与此同时,还有点渴望以某种形式继续观光,渴望能有些有趣的事帮他们度过这个早晨。午饭要到一点钟才开始,坐在一起重复相同的话题确实是一件很枯燥的事。

　　库克小姐和巴罗小姐不约而同地站起身,说她们需要买一些东西,还想去邮局买些邮票。

　　"我要寄一两张明信片,还要问一下寄信到中国要多少邮费。"巴罗小姐说。

　　"我要去配点毛线,"库克小姐说,"而且在我看来,市场广场的另一边有一座很有趣的建筑。"

　　"我想,离开这儿对大家都好。"巴罗小姐说。

　　沃克上校和沃克太太也站起身,并且建议巴特勒夫妇也出去看看。巴特勒太太说想去一家古董店。

　　"哦,我不是指一家真正的古董店,说旧货店也许更好。有时候你能在那儿挑到一些真正有趣的东西。"

　　他们成群结队地离开了。埃姆林·普赖斯已经侧身走出门去追乔安娜了,这样就无须麻烦地解释离开的原因了。莱斯利-波特太太试图喊她侄女回来,说她觉得坐在这儿比出去闲逛要舒服,但为时已晚。拉姆利小姐表示同意,卡斯珀先生则像个外国侍从似的护送着女士们。

　　旺斯特德教授和马普尔小姐留了下来。

　　"我觉得,"旺斯特德教授对马普尔小姐说,"还是坐在旅馆外面舒服些。街上有个露天休息区,一起过去坐坐?"

马普尔小姐谢过他,然后站起身。在此之前,她几乎没跟旺斯特德教授说过话。他随身带着几本学术书,其中一本他经常在读,即使在车上也手不释卷。

"也许您更想去商店?"他说,"我自己,则更愿意安静地待在某个地方等桑德邦太太回来。我觉得,明确地知道我们面对的是什么,这一点很重要。"

"我非常同意您的说法,至于去商店,"马普尔小姐说,"我昨天围着镇子转了好几圈,我觉得今天没必要再这么干了。我就在这儿等着吧,万一有什么我能帮忙的。我并不真的这么认为,不过谁知道呢。"

他们一起穿过旅馆大门,转个弯便是一个小小的方形花园,紧贴旅馆的墙边是一条突起的可供散步的小石子路,路面上有几把形状不同的藤椅。此时这儿一个人也没有,于是他们坐了下来。马普尔小姐若有所思地看着对方——满脸皱纹,浓密的眉毛,长满灰白色头发的脑袋。他走路时有点驼背。马普尔小姐认为他有一张有趣的脸。他的声音干巴巴的,有些刻薄。她心想,他属于专家那一类人。

"我没弄错吧,"旺斯特德教授说,"您是简·马普尔小姐?"

"是的,我是简·马普尔。"

她有一点惊讶,虽然没有特别的原因。他们在一起的时间没多久,确实不足以认出彼此。而且,前两晚她都没跟旅行团的人在一起。不太认识也是很自然的。

"我能认出您,"旺斯特德教授说,"是因为听了别人对您的描述。"

"对我的描述?"马普尔小姐又有点惊讶了。

"是的,我听过一次对您的描述——"他停顿了片刻,并没有刻意压低声音,但音量确实变小了,不过她仍能听得很清楚,"是听拉斐尔先生说的。"

"哦,"马普尔小姐吃了一惊,"听拉斐尔先生说的。"

"您很惊讶吗?"

"哦,是的,我很吃惊。"

"我没想到您会吃惊。"

"没想到——"马普尔小姐欲言又止。

旺斯特德教授没再说话。他只是坐在那儿,目不转睛地看着她。有那么一会儿,马普尔小姐认为他再开口时会这么说:到底是什么症状呢,亲爱的小姐?是吞咽不适吗?缺乏睡眠?消化正常吗?她几乎可以肯定他是个医生。

"他是什么时候向您说起我的?肯定是——"

"可以说是不久之前——几星期前。在他死之前,就是这样。他告诉我您会参加这次旅行。"

"而且他知道您也会参加——您也要参加。"

"您可以这么说。"旺斯特德教授接着说道,"他说您会参加这次旅行,事实上,是他替您安排了这次旅行。"

"他很好心,"马普尔小姐说,"非常好心。当我发现他替我订了旅行时,我惊讶极了。这种待遇我自己是负担不起的。"

"是的,"旺斯特德教授说,"说得好。"他点点头,好像在称赞学生表现得好一样。

"旅行就这么被打断了,真是令人遗憾。"马普尔小姐说,"不然的话,我相信我们会玩得很尽兴。确实可惜。"

"是的,"旺斯特德教授说,"没错,非常可惜。一场意外,还是您觉得那并非意外?"

"您这话是什么意思呢，旺斯特德教授？"

他动了动嘴角，露出一丝微笑，迎上她挑衅的目光。

"拉斐尔先生，"他说，"曾相当详尽地向我说起过您，马普尔小姐。他建议我跟您一起参加这次旅行，在适当的时候跟您熟悉起来。旅客们免不了彼此熟识，通常需要一两天，他们就会在相同的兴趣或爱好的驱使下分为几个小组。他还进一步建议我，应该——我可以这么说吗——盯着你。"

"盯着我？"马普尔小姐说着，露出几分不悦，"出于什么理由？"

"我想是为了保护您。他想确保您身上不会发生什么事。"

"发生什么事？我想知道什么事会发生在我身上？"

"类似于发生在伊丽莎白·坦普尔小姐身上的事。"旺斯特德教授说。

这时乔安娜·克劳福德从旅馆的拐角处走了出来，手里提着一个购物篮。她从他们身边走过，微微点了点头，略带好奇地看了他们一眼，然后走到街上去了。等她的身影消失之后，旺斯特德教授才再次开口说话。

"一个好女孩儿，"他说，"至少我是这么想的。在专制的姑妈面前，她就像一只背着重物的动物。但她很快就到叛逆的年纪了，我毫不怀疑。"

"您刚才说的话是什么意思呢？"马普尔小姐说。乔安娜什么时候会叛逆，她可不感兴趣。

"鉴于已经发生的事情，也许我们必须要讨论这个问题了。"

"您的意思是，因为这场意外？"

"是的。如果这是一场意外的话。"

"你认为不是一场意外吗？"

"好吧，我认为这只是一种可能。仅此而已。"

"我对此毫不知情。"马普尔小姐迟疑地说。

"没错，您不在现场。您——可否允许我这么说——您也许在其他地方另有任务？"

马普尔小姐沉默了一会儿。她看了旺斯特德教授一两次，然后说道："我不明白您到底在说什么。"

"您很小心。您是对的，要多加小心。"

"我一贯如此。"马普尔小姐说。

"一贯小心？"

"我不该说得那么确切，不过我对别人告诉我的话总是半信半疑。"

"没错，您说得很对。您完全不了解我，您是从一份旅客名单上知道我的名字的。这次愉快的旅行包括参观古堡、有历史价值的建筑物和壮观的花园。您最感兴趣的应该是这些花园吧？"

"也许吧。"

"还有一些人也对花园感兴趣。"

"或者自称对花园感兴趣。"

"啊，"旺斯特德教授说，"您注意到了。"他接着说，"好吧，不管怎样，首先我要观察您的一举一动，万一有什么——呃，我们粗略地称之为肮脏的行为——发生。但是现在，情况有点变化。您必须做个决定：我究竟是敌是友。"

"也许您是对的。"马普尔小姐说，"您说得非常清楚，但您没有向我提供任何您自己的情况，以便我进行判断。我想，您是已故的拉斐尔先生的朋友？"

"不，我不是拉斐尔先生的朋友。"旺斯特德教授说，"我只见过他两次。一次是在一家医院的委员会，另一次是因为一件公事。我了解他，我猜，他也了解我。马普尔小姐，如果我跟您说，在我所处的行业我是个名人，您也许会认为我过于自负了。"

"我不会这么认为，"马普尔小姐说，"如果您如此介绍自己，那我想您说的应该是真的。您也许，是个医生。"

"啊，您真是善于观察，马普尔小姐。非常善于观察。我有医学学位，但还有其他专业，我是个病理学家和心理学家。我没有随身携带证书，您只能在某种程度上相信我所说的话，不过我可以给您看别人写给我的信，还有一些官方文件，或许能让您信服。我主要从事跟法医学有关的专业工作，通俗地说，我对各种犯罪心理很有兴趣。我已研究多年，写过几本这方面的书，其中一些引起了激烈的争论，另一些获得了认同。现在我已不再承接艰辛的实际工作，而把大部分时间用于钻研课题上，特别是某些我所感兴趣的问题。我经常遇到一些让我感兴趣的事情，一些让我想做进一步研究的事情。恐怕我的话让您觉得乏味了。"

"完全没有。"马普尔小姐说，"我还希望您能向我解释一下，拉斐尔先生认为不适合对我讲的事情。他要我开始实施一项计划，至于如何工作却并未给我任何有用的信息。他让我开展一项工作，却没告诉我具体是什么。他让我接受，可事到如今我仍完全不辨方向。在我看来，他以这种方式处理事情真是太愚蠢了。"

"但您接受了？"

"我接受了。老实说，我受到了金钱的刺激。"

"钱对您有影响吗？"

马普尔小姐沉默了一会儿，接着她缓缓地说："您也许不会相信，但我的回答是：没有。"

"我一点也不惊讶。这件事引起了您的兴趣，您想告诉我的是这个吧。"

"是的。引起了我的兴趣。我跟拉斐尔先生不是很熟,我们的相识很偶然,只有一小段时间——其实就几个星期——在西印度群岛。我想您多多少少知道那件事吧。"

"我知道拉斐尔先生是在那儿遇见您的,以及你们——我该怎么说呢——你们是如何合作的。"

马普尔小姐非常怀疑地看着他。"哦,"她说,"他说了,是吗?"她摇摇头。

"是的,他说过。"旺斯特德教授说,"他说,您对犯罪事件有一种非同凡响的天赋。"

马普尔小姐扬了扬眉毛,看着他。

"我猜您觉得不太可能吧。"她说,"您似乎很惊讶。"

"对于已然发生的事,我很少会感到惊讶。"旺斯特德教授说,"拉斐尔先生是个非常精明且敏锐的人,善于看人。他认为您也很善于观察别人。"

"我并不认为我善于观察人。"马普尔小姐说,"我只能说,有些人让我回想起了我所知道的另外一些人,所以我能根据某种相似性推测出他们的做事方式。如果您认为我知道自己在这儿要做什么的话,那您可错了。"

"计划总是赶不上意外,"旺斯特德教授说,"这儿真是个适合讨论某些问题的场所。不用刻意避开别人的注意,不用担心我们的谈话会被人听到。不靠近门窗,头上也没有窗户或阳台。实际上,我们可以随心所欲地谈话。"

"对此我很满意。"马普尔小姐说,"我要强调一个事实,我完全不知道自己在做什么或者应该做什么,我不明白拉斐尔先生为什么要这么做。"

"我想我能猜到。他想让您去接触一系列偶然发生的事件,不会因为别人事先对你说过的话而产生偏见。"

"所以您也不打算告诉我什么了?"马普尔小姐恼火地说,"说真的!"她说,"人是有局限性的。"

"是的,"旺斯特德教授说道,突然笑了,"我同意您的说法。但我们必须打破局限。我可以告诉您一些情况,让您清楚目前所处的状况。作为回报,您也要告诉我一些事。"

"我恐怕办不到,"马普尔小姐说,"也许有一两桩特殊的迹象,但迹象并不是事实。"

"所以——"旺斯特德教授说到一半打住了。

"看在上帝的分上,跟我说吧。"马普尔小姐说。

第十二章 一次会谈

"我不打算长篇大论,我只想简单解释一下我是如何卷入这件事的。我偶尔会担任内政部的机密顾问,也跟某些机构有联系。有一些机构,专门给某些已经定了罪的罪犯提供膳食和住宿。他们留在那儿,并称之为女王的旨意。有时候他们被判的时间跟他们的年龄有直接关系。不到法定年龄的罪犯就要被拘禁在某些特定的地方。不用说,您肯定明白。"

"是的,我明白您所说的意思。"

"通常来说,罪行一发生,就会立刻有人来找我咨询,关于这类事的判决,案件的可能性,预测是好是坏,各种各样。他们并没有更深层的意思,我也不想参与太深。但是偶尔,会有这种机构的主管,出于某种特殊原因来向我咨询。在这种情况之下,我会收到内政部通过某部门转发给我的一封信,然后我去见那个机构的主管。实际上,那个机构负责管理那些犯人或者称为病人——怎么称呼都可以。我通过这一渠道认识了一个朋友,友情维系了很多年,但算不上亲密。这位主管告诉我他遇到一些麻烦,有一个特别的囚犯,他们对这个囚犯不太满意,可以说持有一定的怀疑。那是一个年轻人,事实上他来这儿的时候还是个孩子。那是几年前的事了。随着时间的推移,当现任主管在那里住下之后(这个囚犯刚来的时候他并不在那儿),他开始担心起来。

并非因为他是一位专业人士，担心来自他对犯罪心理和犯人的经验。简单来说，就是一个从小就对一切心怀不满的男孩儿。随便你怎么称呼他：少年犯、小恶棍、坏蛋、不负责任的人。有很多叫法，有的合适，有的不合适，有的说不上来是否合适。唯一确定的是，他是个潜在的罪犯。他加入帮派，打人，当贼，偷窃，挪用公款，参与诈骗，带头欺诈。总之，就是个让所有父亲绝望透顶的家伙。"

"哦，我明白了。"马普尔小姐说。

"您明白什么了，马普尔小姐？"

"嗯，我想我明白您说的是拉斐尔先生的儿子。"

"您说得很对。我说的就是拉斐尔先生的儿子。您对他了解多少？"

"一无所知。"马普尔小姐说道，"我只听说——就在昨天——拉斐尔先生有一个行为不良的，或者说得委婉一点，有一个不那么令人满意的儿子。一个有犯罪记录的儿子。我对他知之甚少。他是拉斐尔先生的独子吗？"

"是的，他是拉斐尔先生唯一的儿子。不过拉斐尔先生还有两个女儿，其中一个在十四岁的时候就死了，大女儿结婚后生活幸福，不过没有孩子。"

"他真是可怜。"

"也许吧。"旺斯特德教授说，"没人知道。他妻子很年轻的时候就去世了，我想她的死让他非常伤心，虽然他从来不愿意表现出来。我不知道他有多关心子女们。他抚养他们，为他们尽了最大的努力——他为自己的儿子尽了最大的努力——然而没人能知道他的感受。他不是一个能轻易让人读懂的人。我想他把全部生命和兴趣都用来赚钱了。和所有伟大的金融家一样，他所感兴趣的不是已经获得的金钱，而是如何去赚钱。也许您会说他擅用钱财，就像用一个好仆人，去以一种更有趣、更出人意料的方式赚取更多的钱。他享受金融。他热爱金融。他很少想其他的事。

"我想他在儿子身上已经尽了最大的努力。帮他脱离学校的困境，雇用优秀的律师尽一切可能让他从审判程序中解放出来。但最后一击来了，或许早期发生的一些事件中也可以看到预兆。男孩儿以侵犯一名年轻女孩儿的罪名被带到法庭。据说是殴打和强暴，他为此遭到监禁。因为他年纪小，获得了宽大处理。可他故技重施，这次受到了真正严厉的控诉。"

"他杀了一个女孩儿，"马普尔小姐说，"是吗？我听说的是这样的。"

"他引诱一个女孩儿离开了家。过了一段时间，她的尸体才被发现。她是被勒死的，脸部和头部被石头或岩石损毁，也许是为了防止她被人认出来。"

"真不是件好事。"马普尔小姐以老太太的口吻评论道。

旺斯特德教授看了她一眼。

"这就是您的想法吗？"

"在我看来就是这样。"马普尔小姐说，"我不喜欢这类事。从不。如果您希望我表达同情和遗憾，规劝一个有不幸童年的孩子，责备糟糕的环境；如果您希望我为他——这个年轻的凶手——悲伤哭泣，我很遗憾，我不愿意这么做。我不喜欢做恶事的恶人。"

"听到您这么说我很高兴。"旺斯特德教授说道，"我在工作的过程中感到最痛苦的，就是人们不停地哭泣，咬牙切齿地指责过去发生的事，您简直难以相信。如果人们了解他们所处的环境非常恶劣，生活的残忍和种种困境，以及他们终将平安度过这一事实，我想他们就不会总持相反的观点了。没错，无法适应环境令人同情，如果他们生下来基因里就有缺陷，并且不能控制，那我可以说他们是值得同情的，正如我同情癫痫病人。如果您知道基因——"

"我多多少少了解一些。"马普尔小姐说，"如今这已经是常识了，虽然我不懂化学或技术方面的知识。"

"这位主管是个颇有经验的人，他明确地告诉我为何他如此渴望知道我的结论。凭借经验，他越来越觉得这个犯人非常特别，直说了，他觉得这个男孩儿并非凶手。他认为他不属于杀手那一类人，完全不像他之前见过的杀人犯。他认为这个男孩儿是不可能改过自新的，无论你怎么教他，对他说什么话，都无济于事。然而，与此同时，他也越来越觉得针对男孩儿的判决是错误的。他不相信这个男孩儿杀了一个女孩儿，先勒死她，接着毁容，并把她的尸体推进水沟。他无法让自己相信这一点。他翻阅了卷宗，证据似乎非常充分。男孩儿认识女孩儿；案发前，两人在很多场合被人们看见；人们猜测他们上过床。还有几点：在现场附近有人见过他的车，他本人也被认了出来，等等。判决公正。但我的朋友对此非常不满。他一向对正义有强烈的直觉，他对此有不同的看法。他想要——说白了，他想要的不是警方的结论，而是从医学角度出发的专业意见。那就是我的领域了，完全归我。他让我去见那个年轻人，跟他交谈，对他进行专业的评价，并告诉他我的想法。"

"非常有趣，"马普尔小姐说，"是的，我认为非常有趣。毕竟，您的朋友——我是说那位主管——是个有经验的人，一个热爱公正的人，一个您愿意听从其意见的人。您大概听从了他的意见吧。"

"是的,"旺斯特德教授说,"我很感兴趣。我去见了研究对象——我这样称呼那个年轻人,用不同的方式接近他。我跟他谈话,和他讨论审判中可能发生的各种变化;我告诉他哪些部分可能对他有利,从而打倒一位御用律师。我像个朋友一样去接近他,有时又像一个敌人,以便看到他不同的反应。我还对他做过很多体能试验,如今这些都很常见了。我不会跟您深入谈论这些的,纯属技术问题。"

"那么,最终您得出了什么结论?"

"我想,"旺斯特德教授说,"我的朋友可能是对的。我不认为迈克尔·拉斐尔是凶手。"

"您之前提到的更早发生的那个案子又如何呢?"

"当然对他很不利。但那不是陪审团的意见,他们不会听陪审团的意见,重要的是法官的最后陈词,那是法官的意见。情况对他很不利,但之后我自己做了一番调查。法官说他侵犯了一个女孩儿,试图强暴她,但他并没打算勒死她,而且在我看来——在巡回审判之前我翻看了很多起案子——它并不是一桩典型的强奸案。别忘了,和过去相比,现在的女孩儿更容易'被强奸'。她们的母亲会一口咬定是强奸,这种事多了。而涉案的女孩儿有好几个男性朋友,关系明显超出了友情的范畴,我认为那些证据并不足以指控他。至于那桩谋杀案——是的,那无疑是一起谋杀——我进行了各种试验,身体上的、精神上的、心理上的,但没一个试验符合这一特殊的罪行。"

"然后您怎么做了?"

"我给拉斐尔先生写了封信,说我想跟他见个面,聊聊关于他儿子的事。我去见了他,告诉他我的想法和那位机构主管的想法。然而我们没有证据,所以目前没有理由上诉,可是我们都相信此案审判有误。我建议再进行一次调查，向内政部提供一些新证据。那要花很多钱，可能成功，也可能失败。但如果你去寻找，就可能发现一些事，一些证据。我说过这会花很多钱，但我认为任何一个处在他这个位置上的人都不会舍得钱。就是在这个时候，我意识到他是个病人，一个病得很厉害的人。他亲口对我说，他知道自己就要死了，两年前就有人警告过他，说他可能活不过一年了。不过后来人们发现，凭借不同寻常的体力，他还能活得更久一点。我问他对他儿子有什么看法。"

"他有什么看法？"马普尔小姐说。

"啊，您想知道这个啊。我也想。我认为他对我非常诚实，虽说……"

"虽说很无情？"马普尔小姐说。

"是的，马普尔小姐，您用词很准确。他是个无情的人，但也是一个正直和诚实的人。他说：'多年来我当然清楚自己的儿子是个什么样的人。我没有试图改变他，因为我不相信有人能改变他。他天生就这样。他走入了歧途。他是个坏蛋，总是处在麻烦之中。他不诚实。没有什么人或什么事能让他走上正道，我对此深信不疑。在某种意义上我已经跟他断绝了关系，虽然没有通过法律，也没有公开声明。但如果他需要钱，我总是会给他；如果他有了麻烦，我也会给他法律或者其他方面的帮助。我总是尽我所能。哦，就像如果我有一个儿子患有痉挛、瘫痪或者癫痫病，我会尽我所能给他治病；所以我儿子有道德上的疾病，那么就算无法医治，我也会尽我所能去救治他。现在我能为他做什么呢？'我告诉他这取决于他想怎么做。'很简单，'他说，'虽然我身患残疾，但我非常明白我要做什么。我想证明他是无辜的，我想把他从监狱中解救出来，我想让他获得自由，继续过好自己的生活。如果他重回老路,那也随他的便。我会供他生活,做一切能做的事。我不想让他因为本性和一个不幸的错误而遭受苦难、坐牢,甚至丢掉性命。如果是别人杀了这个女孩儿,我就要揭露事情的真相,公诸于众。我要还迈克尔一个公道。但是我行动不便。我的病太重了,如今我的生命已不能用年或者月来计算,而要用星期来计算了。'

"'律师,'我提议,'我认识一家公司——'他打断了我的话。'你的律师们没有用。你可以雇他们,但他们没什么用处。我必须在这段有限的时间里安排好我能安排的事情。'他给了我一大笔钱用来弄清事情的真相,让我不要有所顾忌,采取一切可行的措施。'我自己什么也做不了,死亡随时都会降临。我授权你作为我的主要助手,并且,我会找一个人按照我的要求给你提供帮助。'他给我写下了一个名字:简·马普尔小姐。他说:'我不想给你她的地址,我想让你在我所选定的环境中跟她见面。'然后他跟我说起了这次旅行——这趟关于历史建筑、城堡和花园的旅行,迷人的、无害的、单纯的旅行。他会帮我定好未来的某个日期。'简·马普尔小姐,'他说,'也会参加这次旅行。你会在那儿见到她,你要在不经意间跟她见面,就像一次偶然的相遇。'

"我可以根据自己的判断,选择一个最合适的时间和机会来认识您。您刚才问我,或者我的朋友,就是那位主管,有没有怀疑其他人犯案。他当然没有这么认为过,他和负责此案的警察共同承担这个案子。后者是位非常可靠的探长,对此类案件有非常丰富的经验。"

"没有别的嫌疑人了吗?女孩儿的其他朋友呢?之前的朋友都被排除在外了吗?"

"没有发现这类迹象。我让他告诉我一些关于您的情况,可他怎么都不愿意说。他跟我说您上了年纪,告诉我您是个会洞察人心的人。他只跟我说起一件事。"到此教授没有继续说下去。

"什么?"马普尔小姐说,"我确实有点好奇,你知道,我真的想不出我还有其他什么优点了。我有点耳背,视力也不如从前那么好了。除了愚蠢和头脑简单,我还有什么其他优势呢?事实上,我总被人们称作'多嘴多舌的老太婆'。我是个多嘴多舌的老太婆,他说的是这一类的话吗?"

"不是,"旺斯特德教授说,"他说的是,他认为您对犯罪有着非常敏锐的感觉。"

"哦。"马普尔小姐说,她大吃一惊。

旺斯特德教授注视着她。

"您说那是真的吗?"他问道。

马普尔小姐沉默了好长一段时间。最后,她说道:"也许是。是的,也许吧。我这一生曾有过一些焦虑的时刻,我感觉到罪恶就在附近,在周围,我附近的某个人是魔鬼,跟发生的事件有关。"

她忽然看着他,微笑起来。

"您知道,"她说,"就像有人生来就对气味敏感,能闻到别人闻不到的轻微煤气泄漏,能轻易地辨别各种香水。我有一个姑妈,"马普尔小姐若有所思地继续说着,"她说她能闻出别人在说谎。她说那有种特殊的臭味。她说,他们的鼻子一吸,气味就传出来了。我不知道这是真是假,不过,呃,有几次她是对的。有一次她对我叔叔说:'杰克,别雇今天上午跟你讲话的那个年轻人,他跟你说的话全都是谎言。'后来证明这是真的。"

"对罪恶的感觉。"旺斯特德教授说,"哦,如果您能感觉到罪恶的存在，那就告诉我吧。我很愿意知道。我觉得我自己对罪恶没有什么特别的感觉。健康，不健康，我能分出来，但是罪恶就不行了。"他敲了敲额头。

"现在，我最好简要地跟您说一下我是如何卷入这件事的。"马普尔小姐说，"拉斐尔先生，正如您所知，死了。他的律师们叫我过去，告诉我他临终的建议。接着我收到他的一封信，但里面没多加解释，之后我就没再听到什么消息了。然后，我收到这家旅行社的一封信，说拉斐尔先生去世之前为我安排了一次令人愉悦的旅行，当作一份意外惊喜送给我。我很吃惊，但我认为这是让我采取行动的第一步指示。我打算参加旅行，我猜想在旅行中会得到其他指示、暗示、线索或指导。我是这么想的。昨天，不，是前天，我又收到住在'旧园'里的三位女士的好心邀请。她们是遵从拉斐尔先生的旨意，她们说他在去世之前写信给她们，说他有个老朋友要来此旅行，问她们可否留她住两三天，因为他认为她不太适合去爬山参观那儿的纪念塔，而这是昨天行程中的主要内容。"

"那么，您认为这也是给您的一个指示吗？"

"当然，"马普尔小姐说，"不会有其他原因。他不是那种不求回报而进行施舍的人，也不是在怜悯一个不擅长爬山的老太太。不是的。他想让我去那儿。"

"然后您去那儿了，之后呢？"

"什么也没有。"马普尔小姐说，"三姐妹。"

"怪异的三姐妹？"

"应该是，"马普尔小姐说，"但我没看出哪儿怪。不管怎么看她们都不算怪。我还没搞清楚，我想或许她们以前很怪——我想说也许吧，因为她们看上去太普通了。她们不属于那座房子。

那房子是她们的一个叔叔的,她们几年前才搬过来,日子比较贫困。虽然和气,但并不有趣。每个人的性格都不一样。表面上看她们跟拉斐尔先生不太熟悉,在跟她们的交流中,我也一无所获。"

"所以,停留在那里的那段时间里,您并没了解到什么?"

"我只了解到您刚刚告诉我的那起案件,但不是听她说的,是一个老仆人告诉我的,她还记得她们的叔叔在那座房子里的事。虽然她只知道拉斐尔先生这个名字,但关于谋杀,她口若悬河:从拉斐尔先生的坏儿子来此地拜访开始说起,到那个女孩儿如何爱上他,他又如何勒死了她,多么悲伤、多么悲惨。'兴致勃勃',也许您会这么说,"马普尔小姐用了一个她年轻时流行的短语,"过于夸张。那故事确实令人不快,而且她似乎相信警察的看法——这不是他犯下的唯一的谋杀。"

"您认为,怪异的三姐妹与此事无关?"

"无关。她们曾经是那个女孩儿的监护人,而且很爱她。仅此而已。"

"也许她们知道什么事,关于另外一个男人的事?"

"是的——而这正是我们想要的,对吗?另外一个男人,一个残忍的男人,在杀害一个女孩儿之后还能毫不犹豫地砸碎她的头。一个被疯狂的嫉妒所驱使的男人。有这样的人。"

"在那个'旧园'里没有发生什么怪事吧?"

"算不上怪事。其中一个,我觉得是姐妹中最小的那个,不停地说花园的事,听上去好像非常热心于园艺,但其实不是,因为那些植物的名字她有一半说不上来。我给她设了一两个陷阱,提到一些稀有的灌木,问她是否知道。她说知道,都是多么美丽的植物啊!我说它不太耐寒,她表示同意。她对植物一无所知,这让我想起——"

"让您想起了什么?"

"哦,这些花园和植物的事一定让您觉得我很傻,我想说的是一个知道些这类知识的人。比如,我不怎么了解鸟类,却对植物有所了解。"

"听起来不是鸟,而是与花园有关的事在困扰您。"

"是的。在这次旅行中,您有没有注意到那两个中年女人,巴罗小姐和库克小姐?"

"是,我注意到她们了,一对搭伴儿旅行的老姑娘。"

"没错。我发现库克小姐有些地方很古怪。她是叫这个名字,对吗?我是说她旅行时用的名字?"

"怎么了?她还有另外一个名字?"

"我想是的。她曾来拜访过我——确切地说不是拜访,她曾经站在我在圣玛丽米德的花园栅栏外夸赞了我的花园,跟我谈论起了园艺。她告诉我她也住在村子里,在某个人的花园里工作,就在刚建起的新房子里。但我觉得,"马普尔小姐说,"所有这些都是谎话。而且,对园艺她同样知之甚少。她假装很懂,都是假的。"

"您觉得她为什么去那儿?"

"那时候我并不知道。她说她叫巴特莱特,而跟她住在一起的那个女人的名字是以 H 开头的,但是我这会儿不记得了。她换了发型,发色也和那时不同,着装风格也不一样。旅行刚开始的时候我都没认出她来,只是隐隐约约觉得她有点面熟。然后,我忽然想起来了,因为那染过的头发。我对她说我之前见过她。她承认她去过那儿,却装作没认出我来。全都是谎话。"

"对这些您怎么看呢?"

"这个,有一件事很肯定,库克小姐——就用她现在这个名字吧——去圣玛丽米德是为了看看我,这样等我们再见面的时候她就能准确地认出我来了……"

"那她为什么这么做呢?"

"我不知道。有两种可能,但我不知道更倾向于哪一个。"

"我也不知道。"旺斯特德教授说,"两种我都不喜欢。"

两个人都沉默了一会儿,然后旺斯特德教授说道:"我讨厌发生在伊丽莎白·坦普尔身上的事。这次旅行中,您跟她说过话吗?"

"是的,说过。等她好一点之后我还想再跟她谈谈,她可能会告诉我——我们——一些关于那个被杀害的女孩儿的事。她向我说起过那个女孩儿,她上过学,准备嫁给拉斐尔先生的儿子,但是没嫁成。她死了。我问她是怎么死的,为什么会死,她的回答是'爱情'。我以为是自杀,但其实是谋杀。出于嫉妒,这个解释比较合理。是另一个男人所为。一个需要我们去发现的人。也许坦普尔小姐能告诉我们他是谁。"

"没有其他更可怕的可能性了吗?"

"确实,这是我们要注意的。但我认为,没有理由怀疑车上的旅客,或者住在'旧园'里的人有什么阴暗的动机。三姐妹中的一个也许知道或者记得那个女孩儿或者迈克尔曾经说过的话。克洛蒂尔德过去常带那个女孩儿出国,也许她知道在国外旅行时发生的一些事,女孩儿说过或者做过的事,还有女孩儿遇到过的男人。但这些事跟'旧园'无关。仅仅通过聊天,从一些偶然获得的信息中,你很难掌握什么线索。二姐格林太太很早就结婚了,我猜她在印度和非洲居住过。也许她从丈夫那里,或者从她丈夫的亲戚那里,从跟旧园无关的各种人那里听到过什么。她会时不时地回到'旧园',假设她认识被杀的女孩儿——但我觉得她知道的不如另外那两个姐妹多,但这并不意味着她没可能知道与那个女孩儿有关的一些重要的事情。三妹是个浮躁、目光短浅的人,不太认识那个女孩儿。但她也许知道女孩儿的秘密情人或者男朋友,见过女孩儿跟某个陌生的男人在一起。对了,现在走过旅馆的那个人就是她。"

尽管马普尔小姐正说得滔滔不绝,但她仍未丢弃这一生最大的习惯。对她而言,一条大马路就是一个观察站。所有路过的行人,不管是悠闲的还是急匆匆的,都能引起她不自觉的注意。

"安西娅·布拉德伯里-斯科特,拿着个大包裹。我想她是要去邮局。邮局就在转角,对吗?"

"我觉得她看上去有点傻乎乎的,"旺斯特德教授说,"蓬松的灰白头发,就像五十岁的奥菲莉娅。"

"我第一次见她的时候也想到了奥菲莉娅。老天,真希望我知道接下来该怎么做,是在金猪旅馆待上个一两天呢,还是继续坐车旅行?这就像在一堆干草中寻找一根针。如果你将手指伸得足够深,就应该能碰触到什么,哪怕在这个过程中被刺伤也没事。"

第十三章　红黑格子

1

桑德邦太太回来的时候，大家正在吃午饭。她带来的消息不是很好。坦普尔小姐仍在昏迷之中，肯定几天内都无法行动了。

告诉大家这些情况之后，桑德邦太太将话题转移到实际问题上来。她给那些想返回伦敦的人提供了列车时刻表，给打算接着去旅行的人制定了合适的计划。她有一张单子，列出几条适合今天下午分组坐出租车在周围一带短途旅行的线路。

人们走出餐厅时，旺斯特德教授把马普尔小姐拉到一旁。

"也许今天下午您想休息一下。如果不是的话，我一小时后去找您。有座很有意思的教堂，也许您愿意看看？"

"那太好了。"马普尔小姐说。

2

马普尔小姐安安静静地坐在接她的汽车里。旺斯特德教授在他说的时间里过来找她了。

"看完这座独特的教堂，我想您会很开心。还有这么美丽的村庄。"他解释道，"为什么不好好欣赏一下当地风光呢？"

"您真是太好了。"马普尔小姐说。

她有点不安地盯着他。

"太好了,"她说,"就像——唉,我不想说这么做似乎很冷血,您知道我的意思。"

"亲爱的女士,坦普尔小姐跟您并非老朋友这一类的关系。虽然她遭遇意外确实令人难过。"

"哦,"马普尔小姐再次说道,"您可真好。"

旺斯特德教授打开车门,马普尔小姐钻了进去。她猜想这是一辆租来的车。带一位上了年纪的老太太去参观附近的风景,这个想法不错。他本可以带上一个年轻一点的、更有趣也更漂亮的人。当他们穿过村庄的时候,马普尔小姐若有所思地看了他一两次。他正凝视着窗外。

车子驶离村庄,转入一条二级乡村公路,绕着山坡行驶。这个时候,他扭过头对她说:"恐怕,我们要去的不是教堂。"

"嗯,"马普尔小姐说,"我想不是。"

"哦,您也想到了。"

"我可否问问,我们要去哪儿?"

"我们要去卡里斯镇的一家医院。"

"啊,是的,坦普尔小姐被送去那儿了?"

这个问题有点多余。

"是的。"他说,"桑德邦太太去看过她,并从医院给我带回来一封信。我刚刚跟他们通过电话。"

"她还好吗?"

"不,不太好。"

"我明白了。至少——真希望我没明白。"马普尔小姐说。

"很难预测她会不会康复,但是已经没什么能做的了。也许她无法恢复意识了,但她突然清醒过几次。"

"那您为什么要带我去那里呢?我不是她的朋友,您知道。这趟旅行中我才第一次见她。"

"是的,我知道。我带您去那儿,是因为在一次清醒的时候,她问起了您。"

"明白了。"马普尔小姐说,"真奇怪她为什么会问起我,为什么她会觉得我——我可能会对她有用,或者能做什么事。她是一个有洞察力的女人。您知道,她是个伟大的女人。作为法洛菲尔德的校长,她在教育领域地位显赫。"

"我想,是那里最好的女子学校吧?"

"是的。她是一个了不起的人物,一个学识渊博的人。数学是她的专长,但她还是一个多才多艺的人,我们应该称她为教育家。她关心教育,懂得应该如何教育女孩儿,如何鼓励她们。哦,还有许多别的事。如果她死了,那就太令人难过了,而且非常残酷。"马普尔小姐说,"似乎是一个损失。虽然她已经从校长这个职位上退下来了,但她仍然手握不少权力。这次事故——"她停下来,"您并不想讨论这次意外吧?"

"我想我们最好讨论一下。一块巨大的石头从山上坠落。之前也发生过这种事,但那是很久以前的事了。总之,事发后有人过来跟我说过这件事。"旺斯特德教授说。

"和您说起那次意外?是谁?"

"两个年轻人。乔安娜·克劳福德和埃姆林·普赖斯。"

"他们都说了什么?"

"乔安娜跟我说她觉得有人在山上。山太高了。她和埃姆林从下面的主路爬,顺着一条蜿蜒而上的崎岖小路。当他们拐弯的时候,她清楚地看到在天空之下,有一个男人或女人正用力把一块大石头沿着路面滚下去。石头摇晃着,终于滚了起来。起初很缓慢,之后加速滚下了山。坦普尔小姐正好走在下面的主路上,石头滚下来的时候,她正好走到那个位置上。当然了,即便是有意的,也不一定能成功,石头可能砸不到她——但事实上确实砸到她了。如果这是一次蓄意攻击,那就是非常成功的。"

"他们看到的是个男人还是女人?"马普尔小姐问。

"不幸的是,乔安娜·克劳福德说不准。但她看到那人穿了条工装裤或普通长裤,上身是俗气的红黑格子高领套头毛衣。那个身影转了个弯,然后立刻消失了。她倾向于男人,不过不能确定。"

"她觉得,或者您觉得,那人是蓄意谋害坦普尔小姐?"

"她越想越觉得是这样。那个男孩儿也同意。"

"您不知道这个人可能是谁吧?"

"不知道。他们也不知道。可能是我们旅伴中的一个,那天下午有人出去散步了。也有可能是一个完全陌生的人,他知道客车会在这儿逗留,于是选择那个地方袭击其中一位游客。某个暴力的年轻情人,或者有可能是个仇人。"

"如果说是'秘密仇杀',那也太夸张了。"马普尔小姐说。

"是的,没错。谁会想杀死一个退了休的、令人尊敬的女校长呢?这是我们要回答的一个问题。坦普尔小姐可能——有一点点可能——告诉我们。也许她认出了上面的那个人影,更大的可能是,也许她知道某个人由于某个特殊的原因而对她不怀好意。"

"这似乎不太可能。"

"我同意您的看法。"旺斯特德教授说,"她完全不像个会遭受攻击的受害者。然而想一想,一个女校长肯定认识很多人。或者我们可以这么说,很多人受过她的教育。"

"您的意思是,很多女孩儿受过她的教育。"

"是的,是的,我就是这个意思。女孩子们和她们的家人。一个女校长必须拥有很多的知识。比如,女孩子们都喜欢浪漫,家长们却毫不知情。您知道,这种事经常发生,尤其是在近十年、二十年。人们都说女孩子成熟得太早了。从生理上来说确实如此,但从更深层次的意义上来说,她们成熟得比较晚。她们很幼稚,喜欢穿孩子气的衣服,像孩子那样披着头发,甚至她们的超短裙都透着一股孩子气。她们的娃娃式睡袍,她们的无袖制服和短裤——全是儿童时装。她们不想长大,不想承担责任。然而,就像所有的孩子一样,她们又希望人们认为她们长大了,并且能无拘无束地去做大人们做的事。有时这会导致悲剧,产生悲惨的后果。"

"您想到了某些特殊的案件吗?"

"不不,不是这样的。我只是在想,呃,可以说我在想各种可能性。我不相信伊丽莎白·坦普尔有仇人。一个希望能找到机会杀死她的冷酷无情的仇人。我想——"他看着马普尔小姐,"您有什么想法吗?"

"您是说可能性吗?哦,我想我知道或者说猜到您想说什么了。您想说坦普尔小姐知道一些事,这些事如果被人知晓,就会对某人不利,甚至带来危险。"

"是的,我确实是这么想的。"

"要是那样的话,"马普尔小姐说,"这似乎表明,在我们的旅行中有人认出了坦普尔小姐,或者知道她是谁。但是过了这么多年,坦普尔小姐已经不记得甚至不认识他了。似乎问题又回到我们的旅伴身上了,对吗?"她顿了顿,"你提到的那个套头毛衣——您说的是红黑格子吗?"

"嗯？那件套头毛衣——"他好奇地看着她，"您怎么忽然想到它了呢？"

"因为它太扎眼了。"马普尔小姐说，"您所说的话让我想到这一点。它太扎眼了，以至于乔安娜明确地提到了它。"

"是的。您从中得到了什么启发？"

"蛛丝马迹。"马普尔小姐沉思着说，"有些事总会被看到、被记住、被发现、被辨认出来。"

"没错。"旺斯特德教授鼓励地看着她。

"当你描述一个人，不是近在咫尺而是远远地看见的人，你首先会描述他们的穿着，而不是他们的脸，也不是走路的姿势或他们的手脚。比如，深红色的苏格兰圆扁帽，一件紫色斗篷，一件奇特的皮夹克，一件扎眼的红黑格子毛衣。因为这类东西非常容易辨认，非常明显。那个人脱掉衣服后肯定想处理掉，把它打包寄往某个地方，比如说一百英里以外，或者扔进城里的一个垃圾箱里，或者烧掉、撕了、毁掉。她或者他，可能是一个谨慎、平日里衣着单调的人，不会被人想起来，不会受到怀疑。那件红黑格子毛衣是有意为之的，这样人们就会想找到那件红黑格子毛衣，然而，它再也不会出现在那个人的身上了。"

"一个非常好的想法，"旺斯特德教授说，"就像我跟您说过的，法洛菲尔德离这儿并不太远，我想有十六英里。所以，这里也算是伊丽莎白·坦普尔的圈子，这个地方的人很可能认识她，或对她非常熟悉。"

"是的，这样就扩大了范围。"马普尔小姐说，"我同意您的看法。"她快速说道，"袭击者更有可能是个男人而非女人。如果这是蓄谋已久的，那么，巨石的滚动路线就要非常准确。男人在准确性方面比女人做得好。另外，可能是我们的旅行车上的人，也可能是附近的某个人,在街上看到了坦普尔小姐,可能是她以前的一个学生。但过去这么久,坦普尔小姐不认识这个人了,但这个女孩儿或者女人能认出她来,因为一个男校长或女校长在五十岁和六十岁的时候变化不大。她被认了出来。某个女人认出她是以前的校长,女校长知道一些她的坏事,在某种程度上来说对她是一种威胁。"马普尔小姐叹了口气,"可我对这里完全不了解。您知道这儿的情况吗?"

"不知道。"旺斯特德教授说,"我对这里也不太熟悉。我所知道的发生在这里的各种各样的事都是您告诉我的。如果没有认识您,我连您告诉我的这些事也不知道。

"而您来这儿究竟是要做什么呢?您什么都不知道,就被送到了这里。拉斐尔先生精心安排您来这儿,来参加这次旅行,和我见面。我们去了许多地方,或停留或经过,但您被特意安排要在这里住两个晚上,由他的老朋友接待您。她们不会拒绝他提出的任何要求。这其中有什么原因吗?"

"这样,我就能了解一些我必须知道的事实。"马普尔小姐说。

"许多年前发生的一系列谋杀案?"旺斯特德教授疑惑地看着她,"这种事并不奇怪。英格兰和威尔士的很多地方都有这种事,而且总是一连串地发生。首先,一个女孩儿被害,然后在不远的地方又发现了一个女孩儿。接着,在二十英里以外的地方又发现了类似的事件。同样的死法。

"报道说有两个女孩在乔斯林圣玛丽失踪了,六个月之后,我们所谈论的那具尸体被发现,在相隔很远的地方。人们最后一次见到她时,她正跟迈克尔·拉斐尔在一块儿——"

"另一个呢?"

"另一个叫诺拉·布罗德,不是那种'没有男朋友的安静姑娘',她也许有不少男朋友。她的尸体一直没被发现。也许——有一天会发现吧。有的案件拖了二十年。"旺斯特德教授的语气渐缓,"我们到了。这就是卡里斯镇,这儿是医院。"

马普尔小姐跟在旺斯特德教授身后走了进去。显然教授已经事先约好了,他们被领进一个小房间,书桌旁边的一个女人站起身来。

"哦,"她说,"旺斯特德教授吧?这位——呃——这位是——"她有点迟疑。

"马普尔小姐,"旺斯特德教授说,"我在电话里跟巴克护士长说过。"

"哦对,巴克护士长说她会过来陪您。"

"坦普尔小姐情况如何?"

"我想还是那样,恐怕没有太多的进展能跟您说。"她说,"我带您去见巴克护士长。"

巴克护士长是一个瘦高的女人,声音低沉、吐字清楚,深灰色的眼珠子,习惯看你一眼后迅速将目光挪开,给人的感觉是她已经在很短的时间里审视过你并得出结论了。

"我不知道您想如何安排。"旺斯特德教授说。

"哦,最好把我们的安排告诉马普尔小姐。首先我必须向您说明,病人坦普尔小姐仍然处于昏迷状态,偶尔出现清醒的时刻,能辨认出周围的环境,可以说几个字。但是不能受刺激。对她必须有极大的耐心。我想旺斯特德教授已经跟您说过了,有一次清醒的时候,她非常清晰地说出了'简·马普尔小姐'这个名字。接着还说:'我想跟她说话。简·马普尔小姐。'说完之后她又陷入了昏迷。医生认为最好能跟旅行团的负责人联系一下,但旺斯特德教授过来找我们，做了一番解释，并说他会把您带过来。恐怕我们能要求您做的，就是坐在坦普尔小姐的单人病房里准备着，如果她清醒过来，就把她所说的话都记下来。然而她可能没多大希望了。我觉得坦白一些更好。既然您不是她的近亲，那么我要说的事可能也不会让您觉得非常不安。医生认为她的生命正在迅速衰竭，可能没能恢复意识就死去了。脑震荡太严重了，没办法减轻。但该有个人听听她要说什么，这个很重要。而且医生认为她清醒过来的时候周围不要有太多人。如果马普尔小姐觉得一个人坐在那儿太枯燥，房间里还有一个护士，在不显眼的地方，从病床上看不见。而且除非必要，护士不会走动。她会坐在房间的角落里，一个屏风后面。"护士长又补充道，"还有一个警察，会记下所有的事。医生认为他也不应该被坦普尔小姐看到，这样比较好。只有一个人，一个她希望看到的人，这样就不会惊动她，她就不会忘记要跟您说的话了。希望这对您来说不会太难。"

"哦，不会，"马普尔小姐说，"我已经完全准备好了。我带了一个小笔记本，一支圆珠笔，都很不起眼。我还能在很短的时间内用心记住事情，所以我不需要明显地表现出是在记录她说的话的样子。您可以相信我的记忆力，而且我不聋。我的听力确实不像从前那么好了，但如果我坐在床边，应该能听清她所说的每句话，就算耳语也可以。我习惯和病人在一起。年轻的时候我曾和他们一起度过了很长时间。"

巴克护士长又迅速地瞥了马普尔小姐一眼，这一次她的头微微倾斜着，显得很满意。

"您真是太好了。"她说，"我敢说我们可以完全相信您。如果旺斯特德教授愿意坐在楼下的候诊室，那么在必要的时候我们就能随时找到您了。现在,马普尔小姐,请跟我过来吧。"

马普尔小姐跟着护士长沿着一条走廊走进一个小小的、装备齐全的单人房间。窗帘半拉着,房间里光线昏暗,伊丽莎白·坦普尔躺在床上。她像一座雕像,然而看上去不像是睡着了。她呼吸不均、略带喘息。巴克护士长俯下身去检查病人,示意马普尔小姐坐到床边的一把椅子上去。然后她穿过房间走向门口。一个年轻男人手拿笔记本从屏风后面走了出来。

"医生的命令,雷吉特先生。"巴克护士长说道。

护士也出现了,她一直坐在对面的角落里。

"有事就叫我,埃德蒙兹护士。"巴克护士长说,"马普尔小姐需要什么也请满足她。"

马普尔小姐脱下了外套,房间里很暖和。护士走过来从她手中接过外套,然后回到自己原来的位置上。马普尔小姐坐到了椅子里,若有所思地看着伊丽莎白·坦普尔,就像之前在车上看到她时那样。她的头部轮廓很好看,灰色的头发向后拢,就像戴着一顶帽子似的。一个漂亮的女人,一个有个性的女人,马普尔小姐心想,如果这个世界失去了伊丽莎白·坦普尔,该是多么的遗憾啊。

马普尔小姐把垫子垫在背后,挪了挪椅子,静静地坐在那儿等着。她不知道将会是白等一场还是会有所收获。时间在流逝。十分钟,二十分钟,三十分钟,三十五分钟。然后,突然,非常出人意料地响起一个声音。低沉却清晰,略带沙哑,不像之前听过的嗓音。"马普尔小姐。"

伊丽莎白·坦普尔的眼睛睁开了,正望着马普尔小姐,她看上去是清醒的。她正仔细研究着坐在她床边的这个女人,除了惊讶,脸上没有任何其他的表情。可以说是在审视她,充满警惕。

然后，她又开了口。

"马普尔小姐。您是简·马普尔？"

"是的。"马普尔小姐说，"我是简·马普尔。"

"亨利经常提起您。他说了关于您的事。"

声音停住了。马普尔小姐略带疑问地说："亨利？"

"亨利·克利瑟林，我的一个老朋友——很老的朋友。"

"也是我的一个老朋友。"马普尔小姐说，"亨利·克利瑟林。"

她的思绪回到很多年前，她刚认识他的时候。亨利·克利瑟林先生对她说过的话，请她帮过的忙，而她又是如何帮助他的。一个很老的朋友。

"我记得你的名字。在游客名单上看到时，我就想那一定是你。你能帮忙。亨利也会这么说——如果他还在的话。你能帮忙。找到真相。这很重要。非常重要。虽然——这是很久以前的事了——很久——以前了。"

她的声音有点颤抖，眼睛半闭着。护士站起来，走到房间的另一端，拿起一小杯水端到伊丽莎白·坦普尔的唇边。坦普尔小姐喝了一小口，虚弱地点点头。护士放下玻璃杯，回到自己的椅子上。

"如果我能帮上忙，我会帮的。"马普尔小姐说。她没再多问。

坦普尔小姐说："好。"过了片刻，又说："好。"

她闭着眼睛在那儿躺了两三分钟。也许是睡着了，也许又昏迷过去了。接着，她忽然再次睁开了眼睛。

"哪一个？"她说，"他们中的哪一个？必须得知道。你知道我在说什么吗？"

"我想我知道。一个女孩儿死了——诺拉·布罗德？"

伊丽莎白·坦普尔立刻皱起眉头。

"不不不。另外一个女孩儿。维里蒂·亨特。"

她顿了顿，接着说："简·马普尔。你老了——比他说起你的那个时候要老。虽然你老了，但仍然能找出真相，对吗？"

她提高了嗓音，语气更加迫切。

"你可以的，对吗？说你可以。我没有多少时间了。我知道。我很清楚。他们之中的一个，是哪个？找出来。亨利说你可以。对你来说可能是危险的——但是你能找出真相，对吗？"

"上帝保佑，我会的。"马普尔小姐说。这是个誓言。

"啊。"

眼睛闭上了，然后又睁了开来。她抖动着嘴唇，像是在努力挤出一丝笑容。

"从上面来的大石头。死亡的石头。"

"是谁把石头推下来的？"

"不知道。没关系——只有——维里蒂。找到维里蒂。真相。真相的另外一个名字，维里蒂。[①]"

马普尔小姐意识到床上的身体微微放松了。一阵微弱的低语："再见了。尽你所能……"

她的身体松弛，闭上了眼睛。护士再次来到床边。这次她测试了脉搏，冲马普尔小姐做了个手势。马普尔小姐顺从地站起身，跟在她身后走出了房间。

"她耗费了很大的力气，"护士说，"一段时间内都不会再恢复知觉了。也许永远都不会了。希望您了解到了什么。"

---

①维里蒂原文为"verity"，有真相的意思。

"我想没有。"马普尔小姐说,"但谁知道呢……"

"您知道些什么事了吗?"他们走向汽车的时候,旺斯特德教授问道。

"一个名字。"马普尔小姐说,"维里蒂。是那个女孩儿的名字吗?"

"是的。维里蒂·亨特。"

一个半小时以后,伊丽莎白·坦普尔去世了。死前再也没有恢复知觉。

第十四章　布罗德里伯先生感到疑惑

"看今早的《泰晤士报》没？"布罗德里伯先生问他的同事舒斯特先生。

舒斯特先生说他没来及看《泰晤士报》，他买了《电讯报》。

"哦，上面可能也会有，"布罗德里伯先生说，"在丧事栏，理学博士，伊丽莎白·坦普尔。"

舒斯特先生有点迷惑不解地看着他。

"法洛菲尔德的校长。你听说过法洛菲尔德吗？"

"当然。"舒斯特说，"女子学校。有五十多年历史。一流的学校，学费昂贵。这么说她曾经是这所学校的校长，对吗？我想这位女校长已经退休有一阵子了。至少有六个月。我肯定曾在报纸上读到过。另外还有关于新任女校长的一些事情。已婚，还年轻，三十四五岁，新思想，给女孩子们上美容课，教她们穿长裤套装。诸如此类。"

"哼。"他这个年纪的律师，基于自己的常年经验对某些事发表评论时都会发出这种声音，"别以为她会像伊丽莎白·坦普尔那样有名气。坦普尔以前也是个人物，在那儿待了很久。"

"是的。"舒斯特先生有些乏味地说，他奇怪为什么布罗德里伯对那个死去的女校长这么有兴趣。

对这两位先生来说，学校并没有什么特别的吸引力。他们的孩子差不多都已经安排好了。布罗德里伯先生的两个儿子分别在文职机构和一家石油公司工作,舒斯特先生的孩子们稍小一点,还在不同的大学读书,都给学校带来了无尽的麻烦。

舒斯特先生问:"她怎么了?"

"她参加了一次汽车旅行。"布罗德里伯先生说。

"那种旅行,"舒斯特先生说,"我是不会让我的任何一个亲戚去的。上星期,一辆汽车在瑞士的悬崖翻车了;两个月前,撞碎了一辆,死了二十个人。不知道现在都是什么人在开车。"

"那趟旅行的主题为参观英国乡村的旧宅和花园——随便你怎么叫。"布罗德里伯先生说,"名字我可能没说对,但你知道我说的是什么。"

"哦,是的,我知道。哦,呃,是的,就是我们送那位叫什么的小姐去参加的旅行团。是老拉斐尔订的。"

"简·马普尔小姐就在这辆车上。"

"她也死了吗?"舒斯特先生问。

"据我所知,没有。"布罗德里伯先生说,"我只是觉得有点奇怪。"

"是一次公路事故?"

"不是。发生在风景区。他们正走在一条上山的小路上,一次艰难的徒步,爬一座都是石头的陡峭小山。有一些石头松动了,滚到了山下。坦普尔小姐被砸中了,脑震荡,被送往医院,然后死了……"

"真倒霉。"舒斯特先生说着,等待下文。

"我觉得有些奇怪,"布罗德里伯先生说,"因为我记得,嗯,法洛菲尔德刚好是那个女孩儿上学的地方。"

"哪个女孩儿?我真的不知道你在说什么,布罗德里伯。"

"被小迈克尔·拉斐尔杀死的那个女孩儿。我忽然想起拉斐尔所关心的、又跟这个奇怪的简·马普尔小姐有关的几件事。要是他能多告诉我们一些就好了。"

"有什么关系?"舒斯特先生问道。

这会儿他看上去有些兴趣了。他在法律上的才智已被激发出来,可以就布罗德里伯先生将要告诉他的事情给出正确的意见了。

"那个女孩儿,我不记得她姓什么了,教名是霍普或者费丝之类的①。名字叫维里蒂,我想她叫维里蒂·亨特。那一系列谋杀案的受害者之一。在距离失踪地大约三十英里的一条水沟里发现了她的尸体,已经死去六个月了。显然是被勒死的,头部和脸部都被损毁了——他们觉得这样是为了避免她被认出来,但她还是被认了出来。衣服、手袋、首饰,身上的痣或者伤疤。哦是的,她很容易就被认出来了……"

"她就是让小迈克尔·拉斐尔进监狱的女孩儿吧?"

"是的。我怀疑在那一年,迈克尔可能杀死了三个女孩,但其他几起案子的证据没那么明显。这一次,警察尽了全力——充足的证据,不良记录,早期的暴力和强奸记录。我们都明白'强奸'是什么意思。妈妈们都教育女儿,只要母亲不在家或者爸爸度假时,有个年轻人跟女孩儿待在屋子里,即便他压根没什么想法,是女孩儿不断勾引,最终两人上了床,也要指控他强奸。就像我说的,妈妈告诉女儿这就是强奸罪。然而这不是重点。"布罗德里伯先生接着说,"我想知道这些事是不是彼此相关。我认为,拉斐尔先生让这个简·马普尔做的事情,可能跟迈克尔有

---

①这些名字都有希望或信念的意思。

关。"

"他被判有罪了,对吗?判了终身监禁?"

"我不记得了——太久了。也许他们申请了减刑?"

"而维里蒂·汉特,还是亨特,曾在那所学校上过学,坦普尔小姐的学校?她被杀的时候已经不是个学生了吧,还是吗?我不记得了。"

"哦,不是了。她那时十八九岁了,跟她父母的亲戚或者朋友一类的人生活在一起。好房子,善良的人,美丽的姑娘,人人都这么说。女孩儿的亲戚们总说:'她是个安静的女孩儿,很害羞,不会跟陌生人出去,也没有男朋友。'亲戚们从来不知道女孩儿有什么样的男朋友,而小拉斐尔很有魅力。"

"没有人怀疑过可能不是他干吗?"舒斯特先生问。

"完全没有。他在证人席上说了一大堆谎言。他的律师本可以做得更好,避免检方提出会判他罪的证据。他的那些朋友提供的不在场证明全都站不住脚,你明白我的意思。他所有的朋友看起来就像骗子。"

"你有什么看法,布罗德里伯?"

"哦,我还没有什么想法,"布罗德里伯说,"我只是在想,这个女人的死是不是跟他有关。"

"在哪方面?"

"哦,你知道,大石头从山上滚下来,落到了某个人的头上。这可不像是一种自然现象。依我的经验来看,石头是不会自己动弹的。"

第十五章　维里蒂

1

"维里蒂。"马普尔小姐喃喃道。

伊丽莎白·玛格丽特·坦普尔前一晚去世了。死得很平静。马普尔小姐再次坐在铺满褪了色的印花棉布的旧园客厅里,把别人预订的、这几天一直赶工编织的粉红色儿童上衣放在一旁,转而拿钩针钩起一条紫红色的围巾。维多利亚早期的婉约性格让马普尔小姐在面对惨剧时表现出合适的半丧期气息。

第二天进行了尸检。教区牧师来了,同意一旦准备妥当,就举行一个简单的追悼会。丧事承办人穿着合适的衣服,带着适度悲伤的表情,承担起联络警方的任务。尸检从第二天上午十一点钟开始,旅行团的成员同意接受讯问。还有几个人选择留下来,以便去教堂做礼拜。

格林太太来到金猪旅馆,催促马普尔小姐回"旧园",直到旅程重新开始。

"这样您能避开那些记者。"

马普尔小姐热情地对三姐妹表示感谢,并接受了邀请。

旅程将在追悼会结束后重新开始。汽车会先开往三十五英里之外的南贝德斯顿,那儿有一家高级旅馆,也是原定的休息处。

之后,旅行计划照常进行。

然而,就像马普尔小姐所想的那样,有几个人想退出回家,或者不跟团了,转而去其他地方。不管哪种决定都有充分的理由。离开一次可能会成为痛苦回忆的旅行,或者继续游览观光,反正费用已经付过了,不过是被一次悲惨的意外事件打断了,这种意外在任何一次旅行中都有可能发生。马普尔小姐认为,一切都要看尸检的结果。

跟三位女主人闲聊过一阵后,马普尔小姐又专心致志地钩起紫红色围巾来,并思索着接下来的调查。就这样,她手上忙着,嘴里吐出一个词:"维里蒂。"就像把一颗小石子扔进小溪,仅仅是为了观察结果——假如有的话。这对她的女主人们意味着什么吗?也许有也许没有。另外,今晚回旅馆和旅伴们用餐的时候她也想试试。她想,这差不多是伊丽莎白·坦普尔临死前说的最后一个词,因此,马普尔小姐心想(她的手指仍然忙活着,因为她不需要看手上的针织物,她可以在织毛线的同时看一本书或者和别人聊天,尽管风湿病让她的手指有点弯曲,但仍然可以准确地进行这项活动)……维里蒂。

就像把一颗石头扔进水里,激起水花,漾开涟漪;或者什么也没有。无论如何,总会有这样或那样的反应。虽然她此时面无表情,但多年来她已练就一双锐利的眼睛,它们透过镜片注意着那三个人。在圣玛丽米德,当她想要获得一些有趣的消息或八卦新闻时,就会在教堂、妈妈会或其他公共场所观察她的邻居们。

格林太太放下了手中的书,略显吃惊地看着马普尔小姐。惊讶,似乎是因为马普尔小姐说出了一个特殊的词,但不是因为听到它而感到吃惊。

克洛蒂尔德的反应有所不同。她抬起头,身体前倾。她没有看马普尔小姐，而是望着窗户的方向，拳头紧紧地攥着，非常冷静。虽然马普尔小姐的头微微低着，好像没在看什么，实际上却注意到她眼含泪水。克洛蒂尔德静静地坐在那儿，任凭泪水滑落脸颊，没掏出手帕，默不作声。马普尔小姐觉得她周身透着一股悲伤的气息。

安西娅的反应又不一样。迅速、兴奋，几近愉悦。

"维里蒂？您说的是维里蒂？您认识她？我没听清，您说的是维里蒂·亨特吗？"

拉维妮娅·格林说："那是一个教名吗？"

"我从来不认识叫这个名字的人，"马普尔小姐说，"但它确实是一个教名。是的，很不常见，我想。维里蒂。"她若有所思地重复道。

她故意让紫红色的毛线球掉了下来，略带抱歉和窘迫地看了看四周，就像自己犯了一个严重的错误，但是不确定为什么。

"我——非常抱歉。我是不是说了不该说的话？那是因为……"

"不，当然没有，"格林太太说，"只是——我们知道这么一个名字，这个名字跟我们——有关。"

"我只是想起来了，"马普尔小姐仍略带歉意地说，"因为，您知道，可怜的坦普尔小姐说出了这个名字。跟您说吧，我昨天下午去见过她，旺斯特德教授带我过去的，他似乎认为我能……能——我不知道这么说是否合适——用某种方式唤醒她，她处在昏迷之中。虽然我算不上是她的朋友，但在旅行中我们说过话，经常坐在一起。您知道，我们相处了一些日子，也聊过。旺斯特德教授也许认为我能帮上忙。但恐怕我没什么用。我只是坐在那儿，等着，然后她说了一两句话，但什么意义也没有。最后，就在我要走的时候,她睁开了眼睛,看着我——我不知道她是否错把我当成别人了——说出了那个词:维里蒂。维里蒂!当然,它刻在了我的心里,尤其是昨天晚上她去世了。她心里一定想着某个人或某件事,当然了,这个词有可能是指——呃,当然,是指真相。那就是维里蒂的意思,对吗?"

她从克洛蒂尔德看向拉维妮娅,又从拉维妮娅看向安西娅。

"那是我们认识的一个女孩儿的教名。"拉维妮娅·格林说,"这是我们吃惊的原因。"

"尤其是她死得那么吓人。"安西娅说。

克洛蒂尔德压低声音说道:"安西娅!没有必要说细节。"

"可每个人都清楚她的情况,"安西娅说,又看了看马普尔小姐,"我想也许您已经听说她的事了,因为您认识拉斐尔先生,对吗?哦,我的意思是,他写信说到了您,所以您肯定认识他。而且,我想,也许,呃,他跟您说了整件事。"

"很抱歉,"马普尔小姐说,"恐怕我不太明白您在说什么。"

"他们在一条水沟里发现了她的尸体。"安西娅说道。

安西娅说话不加控制,马普尔小姐心想,她已经不止一次让话题不受控制了。但她同时觉得,安西娅嚷嚷式的说话方式给克洛蒂尔德带来了额外的紧张感。这会儿,她静静地、若无其事地拿出一块手帕,擦了擦眼里的泪水,然后坐直身子。她的脊背笔挺,眼睛深邃而悲伤。

"维里蒂,"她说,"是一个我们非常关心的女孩儿。她在这儿住过一阵子,我很喜欢她——"

"她也很喜欢你。"拉维妮娅说。

"她父母是我的朋友。"克洛蒂尔德说,"他们在一次飞机事故中丧生。"

"她在法洛菲尔德上过学,"拉维妮娅解释道,"我想这就是坦普尔小姐会忽然记起她的原因。"

"哦,我知道了,"马普尔小姐说,"坦普尔小姐是那儿的校长,对吗?当然了,我常常听到法洛菲尔德这个名字,是一所非常好的学校,对吧?"

"是的。"克洛蒂尔德说,"维里蒂以前是那儿的学生。她父母去世后,她来跟我们住了一阵子,那段时间她正在考虑自己的将来。她十八九岁了,是一个非常甜美、多情又讨人喜欢的女孩儿。她似乎想当护士,但她很聪明,坦普尔小姐坚持她应该去上大学。于是她开始学习、接受辅导,就在这时——可怕的事情发生了。"

她扭过头。

"如果现在我不想再说了,您不会介意吧?"

"哦,当然不会,"马普尔小姐说,"很抱歉,我勾起了你们的伤心事。我不知道……我没听说过……我想——呃,我是说……"她越来越语无伦次了。

2

那天晚上,马普尔小姐听到了更多的事。她正换衣服准备去旅馆跟其他人会合时,格林太太来到了她的卧室。

"我想我应该稍微解释一下,"格林太太说,"关于维里蒂·亨特的事。您不知道我的姐姐克洛蒂尔德多么喜爱她,自然无法想象在得知那恐怖的死亡消息时她所受到的打击有多大。我们能不提就绝不提起她,但是——我想如果我把事实原原本本地告诉您,事情也会容易一些。显然,维里蒂背着我们跟一个不受欢迎的人交朋友——非常不受欢迎，后来证明甚至是危险的，那是个有犯罪记录的年轻人。有一次，他经过这儿的时候顺道来看望我们。我们跟他的父亲很熟。"她顿了顿，"我想我最好告诉您全部实情，您看上去还不知情。他其实是……拉斐尔先生的儿子，迈克尔——"

"哦，老天，"马普尔小姐说，"不不，我不知道他的名字，但我确实听说他有个儿子，而且是个不太令人满意的儿子。"

"不仅不令人满意，"格林太太说，"他总是制造麻烦。他上过法庭一两次，因为不同的原因。一次是袭击了一名少女。当然，我个人认为法官对于这类事情处理得太宽容了，他们不想毁掉一个年轻人的大学前途，就把他给放了——我不记得他们是怎么说的了，总之是缓刑一类的。如果能把这种孩子立刻送入监狱，也许能警告他们远离那样的生活。他还是个小偷，伪造支票，勒索。他是个彻彻底底的坏蛋。我们跟他母亲是朋友。我想她很幸运，年轻时就死掉了——在遭受儿子带来的痛苦之前死了。我想拉斐尔先生做了所有他能做的事，尽力为这个孩子找一个合适的工作，替他交罚款，诸如此类。但我觉得这对他来说是个很大的打击，虽然他多多少少装得有些冷漠，不理会发生的那些事。住在这个村子里的人都会跟您说，我们这儿发生过一起暴力谋杀案。不仅这儿，其他村子里也有，有的在二十英里外，有的在五十英里外，还有一两起发生在大约一百英里之外。不过似乎都集中在这一地区。总之，有一天，维里蒂外出去看一个朋友，唉，她没有回来。我们去警察局报告了此事，警察搜遍了整个村子，但是没发现她的任何踪迹。我们登了广告，警方也发布了启事，然后有人说她是跟男朋友一起出去的。接着，开始有流言说看到她曾跟迈克尔·拉斐尔在一块儿。于是，警方根据几桩已经发生的罪行，将迈克尔作为疑犯进行监视，尽管他们没有找到任何直接证据。有人根据维里蒂的穿着及其他一些特征，说曾看到她跟一个长得很像迈克尔的年轻人在他的汽车里，但没有更多的证据了。直到六个月后，她的尸体被发现——在距离这儿三十英里的一个树木繁茂的村子，一条全是石头和土块的沟渠里。克洛蒂尔德只好去认尸，正是维里蒂。她被勒死了，头被敲碎。克洛蒂尔德受到的打击过大，一时没能认出来。但有一些特征，一个黑痣和一处旧疤痕，当然还有她的衣服和手袋里的东西，都表明就是她。坦普尔小姐非常喜爱维里蒂，她去世前一定想起了她。"

"很抱歉，"马普尔小姐说，"我真的非常非常抱歉。请告诉您的姐姐我以前不知道。我真的不知道。"

第十六章 验尸

1

马普尔小姐沿着村里的小路缓缓朝市集走去，验尸将在一幢乔治时代的旧式建筑中进行，一百年来，人们一直把这座建筑称为"宵禁武器"。她瞥了一眼手表，距离约定到达那里的时间还有二十分钟。她看着街边的商店，在一家卖毛线和童装的店铺前停了下来，朝里面望了一会儿。店里有个姑娘，正在招呼客人。两个小孩儿正在试穿羊毛大衣。柜台的另一端有一个上了年纪的女人。

马普尔小姐走进店里，沿着柜台走到那个上年纪的女人对面，拿起一团粉红色的毛线样品，解释说她的毛线快用完了，可毛衣还差一点才能织完。毛线很快就配好了，店员还拿出其他几种样品给她看。马普尔小姐赞不绝口。很快，两个人就聊上了，她们谈论起刚刚发生的不幸事故。梅丽皮特太太——如果她的名字跟店铺招牌上的一样的话——对这次事故非常重视，也很关心当地政府对人行道和公共道路的改造。

"您知道，下过雨后，泥土都被冲走了，石头就会松动，滚落下来。我记得有一年滚落过三次——发生了三次事故。一个男孩儿差点死掉。那一年的下半年，哦，我想是六个月以后，一个男人的一只胳膊被砸断了。第三次是可怜的沃克老太太。她瞎了,而且聋得厉害。她什么也没听见,不然就可以躲开了。有人看到了,冲她大喊,但他们离得太远了,跑过去也来不及,所以她死了。"

"哦,太惨了,"马普尔小姐说,"真是悲惨啊。这种事情是不容易忘记的,对吧?"

"确实。我想今天验尸官也会说到的。"

"希望他会。"马普尔小姐说,"看起来似乎是一件自然发生的事,这样很可怕。当然了,有时候有些事故是人为操纵的,您知道。只需一推,晃动石头,诸如此类的事。"

"啊,是男孩子们干的事儿。不过我觉得他们不会那么愚蠢的。"

马普尔小姐把话题转移到套头毛衣上,色彩鲜艳的套头毛衣。

"不是买给我自己,"她说,"给我一个侄孙。他想要一件圆领的套头毛衣,而且他喜欢颜色鲜艳的。"

"哦,现如今人们都喜欢鲜艳的颜色,不是吗?"梅丽皮特太太表示赞同,"除了牛仔裤,牛仔裤还是黑色的好,或者深蓝色的。不过他们喜欢颜色稍微鲜艳一些的上衣。"

马普尔小姐描述了一种颜色鲜亮的格子图案套头毛衣。看样子套头毛衣和运动衫有很多款式,单单没有红黑格子的,最近进的货里都没有。看了几件样品之后,马普尔小姐又挑起话头,说起她听说的之前发生在这片地区的谋杀案。

"最后他们抓住了那个家伙,"梅丽皮特太太说,"是个英俊的男孩儿,很难想到会这样。要知道,他受过良好的教育,上过大学什么的。人们说他父亲很有钱。我想,他可能心理有缺陷。这和送他去百老汇或其他什么地方无关,事实上他们并没这么做，我认为他肯定是个疯子——听说还有五六个女孩儿受害。警察挨个儿询问这一带的年轻人，他们首先怀疑杰弗里·格兰特，几乎确定是他干的。他还是个孩子的时候就有点古怪了。在上学的路上骚扰女孩子们，给她们糖，让她们跟他一起去小巷里看樱草花，等等。没错，他们对他产生了非常强烈的怀疑。但凶手不是他。后来又出现了一个人，伯特·威廉斯，但至少有两个案子发生时他在很远的地方——就是他们说的不在场证明，所以也不会是他。最后找到了他身上——他叫什么名字来着，我不记得了。鲁克——不，叫迈克什么的。反正就像我所说的，长像英俊，但他有案底。没错，偷窃、伪造支票，诸如此类。还有两桩……您管那个叫什么，父亲鉴定……不不，总之您明白我的意思。如果一个女孩儿怀了孕，您知道的，她们就会提出要求，让那家伙赔偿。在此之前，他已经让两个女孩儿怀了孕。"

"这个女孩儿有没有怀孕呢？"

"哦，是的，她怀孕了。刚发现尸体的时候，我们还以为是诺拉·布罗德，布罗德太太的侄女，在磨坊店工作。她经常跟男孩子们在一块儿，也离家失踪了，没人知道她在哪儿。因此，六个月之后发现了这具尸体，大家起先都以为是她。"

"但不是？"

"不是——完全不同的人。"

"她的尸体找到没有？"

"没有。我想总有一天会找到的，他们认为尸体被扔进了河里！啊，谁知道呢，你永远不会知道能从一块土地里挖掘出什么。我曾经去看过那些宝藏，叫卢顿胡饭店——诸如此类的名字。在东郡的某个地方。一块耕地的下面，非常壮观。有黄金船、维京船，还有金餐盘，巨大的盘子。哦，世事难料，你可能会发现一具尸体，也可能是一只金盘子，它还有上百年的历史，就像那个金餐盘似的。又或者那是一具死了三四年的尸体，就像失踪了四年的玛丽·卢卡斯，尸体是在靠近赖盖特的一个地方发现的。啊，这些事情啊！悲惨的人生。没错，非常悲惨，你永远不知道接下来会发生什么。"

"还有一个住在这儿的女孩儿被杀了，是吗？"马普尔小姐接着问。

"你是说误以为是诺拉·布罗德，其实不是的那个？没错。我不记得她的名字了。我想是叫霍普，霍普或查里蒂，大概是这一类的名字吧，如果您明白我的意思的话。在维多利亚时代，这种名字很多，现如今很少听到了。她住在'旧园'。父母遇难后，她在那儿住了一段时间。"

"她的父母死于一次意外事故，是吗？"

"是的。他们坐的那架去西班牙还是意大利的飞机出事了。"

"您说她来这儿住了？在亲戚家？"

"我不知道她们有没有亲戚关系，不过我想格林太太是她母亲的好朋友。当然了，格林太太结婚后出国了，但是克洛蒂尔德小姐——最年长的那个，黑皮肤的——她很喜欢那个女孩儿。她带着她出国，去意大利、法国，以及其他地方。她教她打字、速记这一类的事，还让她上美术课。克洛蒂尔德很有艺术气质，哦，她非常喜欢那个女孩儿。她失踪后，她的心都碎了。跟安西娅完全不一样……"

"安西娅小姐是最小的那个，对吗？"

"是的。有人说她有些头脑不清。您知道的，有点疯癫。有时候你会看到她一边走路一边自言自语，而且奇怪地点着头。有时候还会吓到小孩子。人们说她做事有点古怪，我不知道。您在村子里时应该听说了吧？从前住在那里的叔祖父也有点怪，经常在花园里练习左轮手枪射击，没人知道他为什么要那么做。他说以自己的射击术为傲，任何一种射击术。"

"但是，克洛蒂尔德小姐不奇怪吧？"

"哦，不，她很聪明。我相信她懂拉丁语和希腊语。她曾经想上大学，但要照顾生病已久的母亲。不过她很喜欢那个叫什么名字的小姐，也许是叫费丝。她很喜欢她，待她像自己的女儿一样。然后，那个叫什么——我想是叫迈克尔——的年轻人就来了。然后，有一天，这女孩儿没跟任何人说任何话就离开了。我不知道克洛蒂尔德知不知道她怀孕了。"

"可你知道。"马普尔小姐说。

"啊，我很有经验。女孩儿怀孕了我通常都能看出来。这是明摆着的，逃不过我的眼睛。您可能会说是因为身材，不止这个，还能从她们的眼睛、走路姿势和坐着的样子看出来，还有时不时的头晕和生理疾病。哦，没错，我心想，她们的队伍里又多了一个人。克洛蒂尔德不得不去认尸，这差点儿让她病倒。几个星期后，她就像变了个人。她的确非常喜爱那个女孩儿。"

"那另一个呢，安西娅小姐？"

"说来真怪，您知道，我想她看起来似乎有点高兴——对，就是高兴。感觉不怎么好，对吧？农夫普卢默的女儿以前也那样，经常去看杀猪，非常享受。她家里出了很多可笑的事。"

马普尔小姐说了再见，发现自己还有十分钟，便走进一家邮局。邮局和乔斯林圣玛丽市场刚好都在附近。

马普尔小姐进了邮局，买了些邮票，看了几张明信片，然后就把注意力转移到了各种各样的平装书上。一个看起来不太好说话的中年妇女在柜台后面，她帮助马普尔小姐从放书的架子上拿下了一本书。

"有时候会粘住，您瞧，人们总是不放好。"

此时邮局里一个人也没有。马普尔小姐厌恶地看着书的封面：一个相貌阴险的杀手，手握一把血淋淋的匕首，探身看向一个满脸血迹的裸体女孩儿。

"说真的，"她说，"我不喜欢现在的这些恐怖小说。"

"封面是有点过分了，对吧？"酸脸夫人说，"不是每个人都喜欢。我得说，现如今各个方面都很暴力。"

马普尔小姐取下第二本书。"《宝贝简的遭遇》。"她念着，"哦，老天，我们生活的世界真悲惨。"

"哦，是的，我知道。我看了昨天的报纸，有个女人把她的孩子丢在超市外面，然后有个人过来用车子带走了孩子。没人知道为什么。还好警察找到了她。他们说的好像都一样，无论是从超市偷了东西还是带走一个婴儿，都说不知道自己做了什么。"

"也许他们真的不知道。"马普尔小姐说。

酸脸夫人的表情更酸了。

"要让我相信这个还得再努点力。"

马普尔小姐看了看四周——邮局里仍然没有人。她走到窗边。

"如果您不是很忙，我想可否请您回答我一个问题。"马普尔小姐说，"我做了一件非常蠢的事情。最近这些年我犯了很多错误。我给一个慈善机构寄了个包裹，都是些衣服——套头毛衣和儿童羊毛衫。我打好包，写了地址，寄了出去——就在今天早上，可我突然想起自己犯了一个错误，把地址写错了。我想你们的单子上应该不会留地址，但有可能刚好有人记住了。我打算写的地址是：造船厂和泰晤士河边福利协会。"

酸脸夫人突然变得亲切了，她被马普尔小姐显而易见的无能、衰老和颤抖触动了。

"您自己带来的吗?"

"不,不是——我住在'旧园'——她们中的一个,我想是格林太太——她或者她的姐妹帮我寄的。她人很好……"

"让我想想。是星期二,对吗?不是格林太太拿来的,是最小的那个,安西娅小姐。"

"没错,没错,我想就是那天——"

"我记得很清楚,是个人小正好的衣箱,重量也适度,我想。但不是你说的造船厂协会——我记得完全不是这个名字。马修斯教士——东哈姆妇女儿童毛料衣物诉讼协会。"

"哦,没错,"马普尔小姐欣喜地握着她的手,"您太聪明了——我明白了。圣诞节的时候,东哈姆协会说急需编织品,我便寄了些东西过去。我肯定是抄错了地址。您能再重复一遍吗?"她小心翼翼地把地址记在了一个小笔记本上。

"但恐怕包裹已经寄走了……"

"哦,是的,但我可以写封信解释一下,请他们将包裹寄到造船厂协会。非常感谢您。"

马普尔小姐急急忙忙地走了出来。

酸脸夫人拿邮票给下一位顾客,跟身旁的同事说:"真是笨到家了,可怜的老家伙。想必她经常出这种事。"

马普尔小姐走出邮局,撞见了埃姆林·普赖斯和乔安娜·克劳福德。

她注意到乔安娜的脸色苍白,模样有些不安。

"我必须提供证据,"她说,"可我不知道——他们会问什么?我很害怕。我——我不喜欢这个。我告诉了警官,我告诉他我们看到了什么。"

"别担心,乔安娜,"埃姆林·普赖斯说,"这不过是一次验尸,你知道。我相信他是个和气的人,一个医生。他不过问你几个问题,你说出你所看到的就行了。"

"你也看见了。"乔安娜说。

"是的,我看到了。"埃姆林说,"至少我看到有人在上面,就在大石头附近。打起精神来,乔安娜。"

"他们过来搜查我们的房间,"乔安娜说,"虽然征求了我们的同意,但他们有搜查证。他们查看我们的房间,检查行李中的东西。"

"我想他们想找到你描述的那件格子套头毛衣。不管怎样,你不用担心。如果你有一件红黑格子的套头毛衣,你就不会说出来了,对吧?是红黑相间的,对吗?我不知道,"埃姆林·普赖斯继续说道,"我分不太清这些东西的颜色。我想是一种鲜艳的颜色,我只知道这些。"

"他们没有找到,"乔安娜说,"我们带的东西都不太多,参加汽车旅行你不会带多少东西。大家的行李里都没有那种衣服,我也没见过谁穿过那种衣服——目前还没有,你呢?"

"我也没见过。不过我想——即便我见过,也分辨不出来。"埃姆林·普赖斯说,"我向来分不清红色和绿色。"

"哦,你有点色盲,对吗?"乔安娜说,"几天前我就发现了。"

"你说你发现了是什么意思?"

"我问你有没有看见我的红围巾,你说你在某个地方见过一条绿色的,并拿给了我——但那是条红的。我落在餐厅了。不过你真不知道它是红色的?"

"哎呀,不要到处说我是色盲。我不喜欢。会让大家躲着我。"

"男人比女人更容易患色盲症，"乔安娜说，"这事儿和性染色体有关，"她很有学问地补充道，"你知道的，在女性身上时是隐性的，但在男性身上就是显性。"

"听起来像麻疹似的。"埃姆林·普赖斯说，"哦，我们到了。"

"你好像并不介意。"他们走上台阶的时候，乔安娜说。

"哦，我确实不介意。我从来没参加过验尸。当你第一次做某件事时，它总会显得非常有趣。"

2

斯托克斯医生是一位头发灰白、戴着眼镜的中年人。首先由警察提出证据，然后是医生，说明关于造成死亡的脑震荡损伤的技术细节问题。桑德邦太太提供了旅行的细节，那个特别的下午，安排的长途旅行，以及那起致命意外是如何发生的。她说，虽然坦普尔小姐不年轻了，走路却很轻快。他们一行人正沿着一条非常有名的、蜿蜒而上的山间小路慢慢地走向老穆尔兰教堂——始建于伊丽莎白时代，后来又重建、修葺过。相邻的山峰叫博纳旺蒂尔，非常陡峭。人们在攀爬的时候步伐各不相同，年轻人经常走在前面，更早到达目的地。老年人则走得缓慢一些。一般她自己会在队伍的最后，有必要的话，她会建议那些累了的人回去。她说坦普尔小姐原本在跟巴特勒夫妇说话，虽然她六十多岁了，却对他们缓慢的步伐有些不耐烦，于是把他们丢在身后，转过一个弯，迅速走到前面去了，她之前也经常这样。如果等人赶上来的时间过长，她就会变得不耐烦，宁愿自己走。巴特勒夫妇听见前面大叫一声,桑德邦太太和其他人跑过去,发现普尔小姐躺在一条小径的转弯处。一块巨石从山坡上掉下来,在那个位置还有几块同样的石头。他们推测,肯定是坦普尔小姐走过的时候恰好石头滚落下来,砸到了她。真是场不幸而悲惨的意外。

"除了意外,您还有别的看法吗?"

"没了,确实没有。除了意外,我觉得不会有其他可能。"

"在山坡上,您没看到有什么人吗?"

"没有。那是一条环山主路,当然了,人们确实喜欢在山顶闲逛。不过那天下午我没看到其他人。"

然后是乔安娜·克劳福德。在详细问过她的姓名年龄之后,斯托克斯医生问道:"你没跟团里的其他人一起走?"

"是的,我们没走小路,是绕着略高的斜坡走的。"

"你还有同伴一起?"

"是的。跟埃姆林·普赖斯先生。"

"没有其他人和你们一起走了?"

"没有。我们聊着天,观赏一两种鲜花,它们看上去不怎么常见。埃姆林对植物学颇感兴趣。"

"你们离开队伍了?"

"不算吧。他们沿着主路走——在我们下面。"

"你看到坦普尔小姐了吗?"

"是的。她走在其他人前面,我想我看见她在他们前头拐了个弯,接着我们就看不见她了,被山遮住了。"

"你有没有看到上方的山坡上有人走动?"

"是的。在上面的很多大圆石中间。山的另一边,有许多大圆石块。"

"好,"斯托克斯医生说,"我完全清楚你所说的地方。巨大的花岗岩石,有时候人们称之为阉羊或者灰阉羊。"

"我想从远处看它们肯定很像羊。但我们离得不够远。"

"那么,你看到有人在上面了吗?"

"是的。在那些石头之中,有人弯着腰。"

"你认为那人正在推石头?"

"是的,我是这么认为的,不知道为什么,他看上去就像是在推靠近边缘的一块石头。石头很大很沉,我以为不可能推得动。但是那个人,他或是她,正在推一块松动了的石头。"

"克劳福德小姐,你开始说是'他',现在你又说'他'或'她',你认为是男的还是女的?"

"呃,我想——我猜——我想是个男人,不过老实说现在我不这么想了。他或者她——穿着一件套头毛衣,高领的男士套头毛衣。"

"套头毛衣是什么颜色的?"

"非常鲜艳的红黑格子。戴一顶贝雷帽,后面露出长发,很像女人的头发,但也有可能是男人的。"

"当然有可能,"斯托克斯医生非常冷淡地说,"如今想单凭头发来判断是男是女确实不容易。"他又说,"接着发生了什么?"

"哦,石头开始滚动。从上面翻滚下来,然后开始加速。我对埃姆林说:'哦,就要滚到山下面去了。'接着我们听到砰的一声。我想我听见从下面传来一声大叫,不过也可能是我的想象。"

"然后呢?"

"哦,我们又往上跑了一段,跑到拐弯处,想看看石头落下后发生了什么。"

"那你看到了什么?"

"我们看到石头落到了小路上,石头下面有一个人,人们从下方跑了上来。"

"发出喊叫声的是坦普尔小姐吗?"

"我觉得是她,但也有可能是从下面赶上来的其他人。哦,实在是——太可怕了。"

"是的,我相信。你看到的上面的那个人影怎么样了?那个穿着红黑格子套头毛衣的男人或女人,他还在石头中间吗?"

"我不知道。我没再往上面看。我——我只顾着关注这场事故了,还跑下山看能不能帮上忙。不,我想我确实往上看过,但没见什么人,只有石头。那儿有很多东西,在那个地方视线会很容易被遮挡。"

"会不会是你的一个旅伴?"

"哦,不是的。我确定不是我们中的任何一个。我如此确定是因为,我是说,能从衣服上认出他们来。我确定没人穿红黑格子的套头毛衣。"

"谢谢你,克劳福德小姐。"

接下来是埃姆林·普赖斯,他的叙述几乎就是重复乔安娜的话。

还有几个不太重要的证人。

验尸官提出没有确凿证据证明伊丽莎白·坦普尔的死因,两星期后再进行一轮审讯。

第十七章　马普尔小姐走访

1

回金猪旅馆这一路没人说话。旺斯特德教授走在马普尔小姐身边，由于她走得不是很快，于是他们就悄悄地落在了其他人后面。

"接下来会怎样呢？"终于马普尔小姐先问道。

"您指法律上，还是我们？"

"我想两者都有吧。"马普尔小姐说，"因为其中一个必定会影响另一个。"

"那两个年轻人提出的新证言大概会让警方进行一番深入调查。"

"没错。"

"深入调查是必要的。验尸也该延期，你不能指望验尸官对一起意外死亡事件做出明确的判断。"

"是的，我理解。"她说，"对他们的证言，您怎么看？"

旺斯特德教授的双眼从突出的眉毛下放射出锋利的一瞥。

"在这个问题上您有什么想法，马普尔小姐？"他语带暗示，"当然了，"旺斯特德教授说，"我们早就知道了。"

"是的。"

"您的意思是，您想知道我对他们，以及他们感受的看法？"

"有趣，"马普尔小姐说，"非常有趣。红黑格子的套头毛衣。非常重要，我是这么想的，您觉得呢？非常引人注目。"

"是的，确实是。"

他又从眉毛底下瞥了她一眼。"您到底在暗示什么？"

"我想，"马普尔小姐说，"这样的描述可以给我们提供一条很有价值的线索。"

他们回到金猪旅馆时才十二点半，桑德邦太太建议午饭前先用些茶点。雪利酒、番茄汁和其他饮料快要喝完的时候，桑德邦太太发表了一番讲话。

"我已经从验尸官和道格拉斯检察官那儿得到可靠消息，"她说，"鉴于医学证据已十分充分，明天十一点，教堂将举行葬礼，由我和当地牧师考特尼先生来操办。我想后天最好就恢复行程。由于我们浪费了三天时间，所以安排上会有些改变，我认为可以重新组织一些简单的路线。我听说我们团队里的一两个人想乘坐火车回伦敦，我非常理解这种感受，并且不想对你们有任何影响。这是一起非常悲惨的事件，我依旧认为坦普尔小姐的死亡是个意外。之前那条路上也发生过类似事件，虽然这次看上去不是地理或气候因素导致的。我想进一步的调查马上就会开展。当然了，也可能是一些背包客，在徒步旅行中无意间推动了那些石头，当他或她这么做的时候，并没有考虑到下面走路的人，没有意识到这很危险。如果真是这样，只要那个人主动承认，整件事很快就会真相大白。不过我觉得，目前大家并不这样认为。已故的坦普尔小姐看样子不像有仇人，或有人想置她于危险之中。我建议我们不要再讨论这桩意外了，当地政府会进行调查的，这是他们的职责所在。我想我们去参加明天在教堂举行的追悼会，之后继续旅行。我希望旅行能让我们从打击中解脱,接下来还有很多有趣而著名的古宅和非常美丽的景观。"

紧接着是午饭,没人再提那个话题,或者说不再公开讨论了。午饭过后,服务员把咖啡端进休息室。人们分坐几处,讨论着以后的安排。

"您会继续旅行吗?"旺斯特德教授问马普尔小姐。

"不了,"马普尔小姐若有所思地说,"不了。我想——已经发生的这些事会让我在这儿多逗留一段时间。"

"是金猪旅馆,还是'旧园'?"

"这取决于我是否会收到'旧园'的邀请。我不愿意自己提出来,因为最初的邀请只是让我在旅行中途在那儿住两个晚上。我想,也许留在金猪旅馆对我更好一些。"

"您不想回圣玛丽米德吗?"

"还不想。"马普尔小姐说,"我想这儿还有一两件事要我做。其中一件我已经做完了,"她遇上了他询问的目光,"如果您想——"她说,"跟其他人继续旅行,我会告诉您我现有的信息,并提出一条可以从侧面进行调查的小线索,也许会有帮助。而我想留在这里的另一个原因,稍后我会告诉您。我想再打听打听——在当地打听。可能不会有任何收获,所以我现在不太想说。您呢?"

"我该回伦敦去,那儿有工作等着我去做。除非,我在这儿能帮上什么忙?"

"不用了,"马普尔小姐说,"我想目前没有。我想您也想自己进行各种调查。"

"我参加旅行是为了跟您见面,马普尔小姐。"

"您已经见过我了,知道我所知道的事,实际上几乎知道我所知道的一切。而您手上还有其他线索，我明白。但在您离开这儿之前，我想会有一两件事——唔，有帮助，或者有结果。"

"我明白，您有想法了。"

"我记得您说过的话。"

"您闻到了罪恶的气味？"

"这很难，"马普尔小姐说，"要想知道空气中有什么不对劲儿，是很困难的。"

"但是您确实感觉到有什么不对了？"

"哦，是的，非常清晰。"

"尤其是在坦普尔小姐死后。当然了，无论桑德邦太太怎么认为，她的死都不是一次意外。"

"是的。"马普尔小姐说，"不是意外。我想我没有告诉你，坦普尔小姐曾有一次跟我说，她是个朝圣者。"

"有意思。"旺斯特德教授说，"是的，很有趣。她没告诉您她要朝拜什么，要去什么地方或者朝拜什么人吗？"

"没有，"马普尔小姐说，"如果她能活得久一点，没那么虚弱，她也许就能告诉我了。但不幸的是，死亡来得太快了。"

"关于这一点，您没有更进一步的想法了？"

"没有。只有一种确定的感觉，她的朝圣之旅被某个邪恶的计划打断了。有人想要阻止她去某个她想去的地方，或者阻止她去见某个她想见的人。现在只能希望上天来给我们启发了。"

"这就是您要待在这儿的原因？"

"不仅如此，"马普尔小姐说，"我想知道关于那个叫诺拉·布罗德的女孩儿更多的事。"

"诺拉·布罗德。"旺斯特德教授看上去有点迷惑。

"跟维里蒂·亨特同时失踪的一个女孩儿，记得吧，您跟我提起过她。一个有很多男友的女孩儿，而且我听说她很喜欢结交男性朋友。傻姑娘。但是显然对男性很有吸引力。我想多了解一些关于她的情况，"马普尔小姐说，"可能对我的调查点帮助。"

"照您的方式做吧，马普尔探长。"旺斯特德教授说。

2

追悼会在第二天早上举行，旅行团的所有成员都去了。马普尔小姐看了看教堂四周，有几个当地人。格林太太和她姐姐克洛蒂尔德都在，最小的那个——安西娅——没来。有几个从乡下来，马普尔小姐觉得他们或许不认识坦普尔小姐，只是对如今被人们称为"暴行"的这件事带有病态的好奇心。一位上了年纪的牧师，七十多岁，打着绑腿，宽肩膀，一头高贵的白色长发。他有点跛，跪着站着都比较困难。马普尔小姐觉得他的脸真是和善，好奇他是什么人。她猜想也许是伊丽莎白·坦普尔的一个老朋友，从很远的地方赶来参加追悼会的。

走出教堂时，马普尔小姐跟同伴们说了几句话，非常清楚地知晓他们都要做什么了。巴特勒夫妇要回伦敦。

"我告诉亨利我就是不能继续旅行了，"巴特勒太太说，"你知道——我总觉得我们拐弯的时候，某个人，你知道，随时会冲我们开枪，或者向我们扔石头。或许是个讨厌英格兰著名建筑的人。"

"唉，玛米，好啦，"巴特勒先生说，"别乱想了！"

"哎呀，你是不知道现如今的情况，到处都是抢劫和绑架。我觉得哪儿都没有保障。"

老拉姆利小姐和本瑟姆小姐要继续旅行，她们的焦虑已经消除了。

"我们已经为这次旅行花了很多钱,仅仅因为这次悲惨的意外事件而错过了什么,那将非常可惜。昨天晚上我们给一位非常好的邻居打了电话,他们会照看猫咪的,所以我们不用担心。"

拉姆利小姐和本瑟姆小姐仍然认为那是一场意外,她们觉得这么想可以让自己感觉舒服一些。

莱斯利-波特太太也会继续旅行。沃克上校和沃克太太认为没有什么事能阻止他们去参观一种罕见的吊兰,它们就在后天要去的花园里。建筑师詹姆森也想去参观他所感兴趣的各种建筑。不过卡斯珀先生说他要乘火车离开。库克小姐和巴罗小姐似乎还没决定好。

"在这儿散散步挺好的。"库克小姐说,"我觉得我们应该在金猪旅馆再待上一阵子。您也想这样,对吗,马普尔小姐?"

"我确实是这么想的,"马普尔小姐说,"我不认为自己有能力继续旅行了。这件事发生之后,我觉得休息一两天对我还是有好处的。"

这几个人分开后,马普尔小姐独自走上一条不起眼的小路。她从手提包里拿出两页笔记本纸,上面写着两个地址。第一个是布莱克特太太的,她住在一座漂亮的带花园的小房子里,就在这条通往溪谷的斜路的尽头。一位灵巧的小个子女人开了门。

"是布莱克特太太吗?"

"是的,是的,夫人,这是我的名字。"

"我能否进来跟您说一会儿话?我刚参加过一场追悼会,感觉有点头晕。我能在这儿坐一会儿吗?"

"哦,老天,真让人难过。请进来吧,夫人,快进来。好的,您坐在这儿,我给您倒一杯水——还是您想要一壶茶?"

"不用了,谢谢您。"马普尔小姐说,"一杯水就好。"

布莱克特太太端着一杯水回来了，轻松愉快地谈起了慢性病、眩晕及其他毛病。

"您知道，我有个侄子就这样。他还不到那个年纪，没超过五十岁，但动不动就忽然晕过去，除非立刻坐下来——您可不知道，有时候他会直接晕倒在地上。可怕，可怕。而医生似乎也无能为力。这是您的水。"

"啊，"马普尔小姐啜饮着，说，"我觉得好多了。"

"您参加的是那位可怜的女士的追悼会吧。有人说她是被谋杀的，有人说是一次意外事故。我想说那肯定是意外，可那些审讯官和验尸官看什么都觉得是犯罪，他们一贯如此。"

"哦，没错，"马普尔小姐说，"我听说了很多这种让人难过的事。还有一个叫诺拉的女孩儿。我想是诺拉·布罗德。"

"啊，诺拉，是啊，她是我表妹的女儿。很久以前，是啊，她出去了就再没回来。没什么能约束这些女孩儿。我经常对我表妹南希·布罗德说：'你就知道一天到晚在外面工作。'我还说：'诺拉在干什么？你知道她喜欢跟男孩子们在一块儿。哼，会有麻烦的，等着瞧吧。'果不其然，我说对了。"

"您是说——"

"啊，那种通常会出的麻烦，是的，怀孕。听着，我认为我表妹南希还不知道。但是，当然了，那时我六十五岁，知道是怎么一回事儿，看女孩儿的表情就知道，而且我想我知道那个男孩儿是谁，但不是太肯定。也许我弄错了，因为他还待在原来的地方，诺拉的失踪让他非常伤心。"

"她离家出走了，是吗？"

"哦，有人送了她一程——一个陌生人。那是人们最后一次见到她。我不记得汽车的样子了，它有个可笑的名字，叫'审计'之类的。不管怎样,有一两个人看见她在那辆车里,她是坐着车出去的。有人说那个被杀了的可怜女孩儿也坐过同一辆汽车,但是我不认为诺拉也遇害了。如果诺拉被杀了,那现在应该发现尸体了。您认为呢?"

"看上去是的。"马普尔小姐说,"她是那种在学校表现不错的女孩儿吗?"

"哦,不是,她不是。她懒散,读书也不够聪明。她十二岁的时候就在想着男孩子们的事了。我认为最终她会跟某个人私奔。不过她不想让别人知道,她从来没寄过明信片。我想,她发现自己有孕在身就跟某个人私奔了。您知道,我认识一个女孩儿——不过是在我年轻的时候——跟一个非洲人私奔了。他跟她说自己的父亲是一个酋长,这话很好笑,但我认为确实是个酋长。不管怎么说吧,是非洲或阿尔及利亚的某个地方。没错,是阿尔及利亚,那儿的某个地方。反正她去了,去见识各种神奇的东西。她说那男孩儿的父亲有六头骆驼和整整一群马,他们会住在一座奇特的房子里,墙上挂着毯子,看上去很有意思。于是她就走了。三年之后她又回来了。没错,她度过了一段恐怖的时光。可怕。他们住在一间肮脏的小土房里。没错,就是那样的。他们没什么东西可吃,除了一个被他们称为'科斯科斯'的东西。我一直以为是莴苣,但好像不是,更像是小麦布丁。哦,太可怕了。最后他说她对他不好,还跟她离了婚。他说他只要跟她说三次'我要跟你离婚'就行了,而他确实这么做了,然后就离开了。之后,某个社会团体帮助了她,给了她回英国的钱,然后她就回来了。啊,差不多是三四十年前的事情了。说回到诺拉,那不过是七八年前的事。我希望有一天她会回来,吸取教训,并发现那些花言巧语根本算不上什么。"

"还有没有其他人来过这儿呢,除了她——她母亲——我是说您的表妹,还有谁?"

"哦,有很多人对她好。你知道,住在'旧园'的人,那时格林太太还没在那儿。克洛蒂尔德小姐总是对上学的女孩子特别好。是的,她送过很多精美的礼物给诺拉,一条非常漂亮的围巾和一条好看的裙子。非常好看,是夏天的连衣裙,一种软薄绸做的。啊,克洛蒂尔德小姐,她人很好。她努力让诺拉对学校感兴趣,她做了很多事。我经常劝她不要这样,因为您瞧——呃,我不喜欢这么说,不是因为她是我表妹的孩子——我叫她妈妈表妹不过是因为她嫁给了我侄子——我的意思是,诺拉跟男孩子们交往的方式很可怕。谁都可以缠着她,真让人难过。要我说,她最后肯定是个站街女,我认为除了这个她没什么将来了。我不想说这些事,但事实如此。不管怎么说,她也许比住在'旧园'里、被杀害了的亨特小姐要好。太残忍了。他们认为她跟某个人私奔了,而警察,他们很忙。他们一直在问问题,询问跟这个女孩儿接触过的年轻人。有杰弗里·格兰特、比利·汤普森,还有兰德福德的哈利。全都没工作——如果他们想工作,会有很多机会。我年轻那会儿事情可不是这样的,女孩子们举止得当,男孩子知道如果想有点成就就必须工作。"

马普尔小姐又聊了两句,然后说她完全恢复了,很感谢布莱克特太太,就离开了。

接下来她要去拜访一个种植莴苣的女孩儿。

"诺拉·布罗德?哦,她好多年前就不在村子里了。跟某个人私奔了。对男孩子们来说她是个尤物。我总在想她死在了哪里。您有什么事要找她吗?"

"我从一个国外朋友那儿收到一封信,"马普尔小姐谎称,"一个不错的家庭,他们在考虑要不要雇用一位叫诺拉·布罗德的小姐。我想她遇到麻烦了,嫁给了一个坏蛋,那人抛弃了她,跟另一个女人私奔了。于是她想找一份工作,赚钱照顾孩子们。我的朋友对她一无所知,但我想她是在这个村子里出生的,所以我想知道这儿有没有人能——呃,告诉我一些她的事。你曾跟她是同学?"

"哦,是的,我们在同一个班里。跟您说,我并不赞成诺拉的行为,她是个为男生疯狂的人。我曾有过一个帅气的男朋友,那时候我想稳定下来。我告诉她,随便跟男人在一起,搭他们的车或者跟他们去酒吧——她在那儿应该虚报了年龄——对她没什么好处。她是个成熟过早的女孩儿,看上去比实际年龄要大。"

"头发是黑色的还是金色的?"

"哦,她有一头黑发。很漂亮的黑发。总是披着,您知道,和其他女孩子一样。"

"她失踪之后警方担心吗?"

"是啊。您瞧,她什么都没说就走了。某天晚上,她就那么走了,再也没回来。有人看见她钻进了一辆汽车,不过没人见过那辆车,也没人再见过她。就在那时,冒出许多谋杀案,您知道,不是在这附近,而是遍及全国。警方抓捕了很多年轻人。人们认为诺拉死了,但一直没找到尸体。我想她可能还活着,也许在伦敦或者其他大城市里跳脱衣舞之类的,赚大钱。她是那种人。"

"我认为,"马普尔小姐说,"如果您说的是同一个人的话,那她非常不适合我的朋友。"

"如果想适合,她就得做出改变。"女孩儿说。

第十八章　布拉巴宗副主教

马普尔小姐有点气喘地回到金猪旅馆，她非常疲惫，侍者从房间里走出来迎接她。

"哦，马普尔小姐，这儿有个人想跟您说话，是布拉巴宗副主教。"

"布拉巴宗副主教？"马普尔小姐一脸迷惑。

"是的。他一直在找您。他听说您参加了这次旅行，所以想在您回伦敦之前跟您谈一谈。我告诉他一些游客打算乘今天下午的晚班火车回伦敦，他非常非常着急，想在您走之前跟您谈谈。我请他去了申视休息室，那儿很安静，这会儿其他地方都很吵。"

马普尔小姐有点惊讶地走进侍者指给她的房间。原来，布拉巴宗副主教正是她在追悼会上注意到的那位老牧师。他站起身来，走向她。

"马普尔小姐。是简·马普尔小姐吗？"

"是的，那是我的名字。您想——"

"我是布拉巴宗副主教，今天早上，我来这儿参加我的一个老朋友伊丽莎白·坦普尔小姐的葬礼。"

"哦，是吗……"马普尔小姐说，"请坐。"

"谢谢。我确实不像从前那样强壮了。"他小心地弯腰坐进椅子里。

"那您……"马普尔小姐坐在他旁边,"哦,您想要见我?"

"嗯,我得解释一下这是怎么回事儿。我很清楚,对您来说我完全是个陌生人。实际上,我曾到卡里斯镇进行过一次短暂的拜访,跟护士长谈过话。是她告诉我说,伊丽莎白去世前要求见一位旅行团的成员,叫简·马普尔小姐。护士长还说简·马普尔小姐去看望了伊丽莎白,并在她去世之前跟她待了一会儿,虽然只是一段非常短暂的时间。"

他焦急地看着她。

"是的,"马普尔小姐说,"是这样的。我是被叫过去的,这让我十分吃惊。"

"您是她的老朋友?"

"不是。"马普尔小姐说,"只是在这次旅行中我们才认识,所以我才吃惊。我们交流过,因为碰巧在汽车上比邻而坐,所以比较熟悉。但我很惊讶,她病得那么重时竟然表示想见我。"

"是啊是啊,可以想象。正如我说过的,她是我的一个老朋友。其实,她这次是要来看望我的。我住在菲尔敏斯特,也就是你们后天将要停留的地方。我们约好了她要来看我,跟我聊一聊她认为我能帮上忙的一些事。"

"我明白了。"马普尔小姐说,"我能问您一个问题吗?希望没有侵犯您的隐私。"

"当然可以,马普尔小姐,您尽管问吧。"

"和坦普尔小姐曾经告诉我的一件事有关。她参加这次旅行不仅是为了参观历史悠久的房屋和花园,她在描述时用了一个不同寻常的词——朝圣。"

"是吗?"布拉巴宗副主教说,"她真的这么说吗?啊,很有意思。也许很重要。"

"所以，我想问您的是，她提到的朝圣是去拜访您吗？"

"我想肯定是的。"布拉巴宗副主教说，"是的，我想是的。"

"我们谈起过一个年轻女孩儿，"马普尔小姐说，"叫维里蒂。"

"啊，是的，维里蒂·亨特。"

"我不知道她姓什么。我记得坦普尔小姐提到她的时候只说了'维里蒂'。"

"维里蒂·亨特死了，"布拉巴宗副主教说，"已经好几年了。您知道吗？"

"是的，"马普尔小姐说，"我知道。坦普尔小姐和我谈起她，告诉了我一些我不知道的事。她说维里蒂跟拉斐尔先生的儿子订过婚。我得再强调一遍，拉斐尔先生是我的一个朋友，他好心地帮我支付了这次旅行的费用。然而，我认为，也许他想——他确实这么想——让我在这次旅行中遇到坦普尔小姐，他觉得她能告诉我一些信息。"

"一些关于维里蒂的信息？"

"是的。"

"这也是她来见我的原因。她想知道一些事实。"

马普尔小姐说，"她想知道维里蒂为什么毁了跟拉斐尔先生的儿子之间的婚约。"

"维里蒂没有毁约。"布拉巴宗副主教说，"我可以确定。确凿无疑。"

"但坦普尔小姐并不知道，是吗？"

"对。我想她很迷惑，而且不太高兴，于是想来问我为什么没有举行婚礼。"

"那为什么没有举行婚礼呢？"马普尔小姐问，"请不要以为我太好奇了,驱使我的并非闲得无聊的好奇心。我也是——不是朝圣——不过我称之为使命。我也想知道迈克尔·拉斐尔和维里蒂·亨特为什么没有结婚。"

布拉巴宗副主教仔细地看了她片刻。

"您多多少少也牵涉其中了,"他说,"我看出来了。"

"我牵涉其中是因为,"马普尔小姐说,"迈克尔·拉斐尔父亲的遗愿。他请我为他这么做。"

"我没道理不告诉您我知道的全部事情。"副主教缓缓地说,"您问我的,也是伊丽莎白想问我的,但我也不知道这个问题的答案。马普尔小姐,那两个年轻人是准备结婚的。他们订了婚,请我去为他们证婚,我猜想将是一场秘密婚礼。我认识那两个年轻人,很久之前我就认识那个可爱的孩子维里蒂了。我知道她是个怎样的孩子,我以前常在四旬斋、复活节等节日里,去伊丽莎白的学校主持仪式。那是一所很好的学校。她是个好人,一位优秀的教师,很了解女孩子们的才能,知道她们最适合学什么。她鼓励那些她认为喜欢工作的女孩儿去工作,但不会勉强她们去做不适合的事。她是一个伟大的女人,也是我的挚友。而维里蒂,是我见过的孩子中——女孩儿——最漂亮的一个,她的精神、心灵和外貌都是美丽的。她成年之前就很不幸地痛失双亲,他们在去意大利度假的途中遭遇飞机事故。维里蒂离开学校之后,跟克洛蒂尔德·布拉德伯里-斯科特小姐住在一起。或许您知道她,她是维里蒂母亲的好朋友。三姐妹中的老二结婚了,住在国外,所以只有两姐妹住在这儿。克洛蒂尔德,最大的那个,极为喜欢维里蒂,尽可能给她提供幸福的生活。带她到国外去了一两次,让她在意大利上美术课,在各方面都疼爱她、照顾她。维里蒂,也像爱自己的母亲那样爱着她、依恋她。克洛蒂尔德是一位聪明、有教养的女人,她并不催着维里蒂上大学——不过我想主要还是因为维里蒂不愿意上大学,她更喜欢研究美术、音乐这一类的科目。我想,她在'旧园'过着幸福的生活,看上去总是那么快乐。自然,她来这儿之后我就再没见过她,因为我所在的教堂菲尔敏斯特距离这里大约六十英里。但我会在圣诞节和其他节日里写信给她,而她也总会记得给我寄卡片。直到有一天,她忽然出现在我面前——她已长成一个非常迷人、成熟的女孩儿了。还有一位英俊的年轻人跟她一起,而我刚好知道那是拉斐尔先生的儿子,迈克尔。他们来找我,因为他们彼此相爱,打算结婚。"

"于是您同意为他们证婚了?"

"是的,我同意了。也许,马普尔小姐,您可能认为我不该那么做。他们是偷偷来见我的,我能想象到,克洛蒂尔德·布拉德伯里-斯科特试图阻止他们之间的情事。她有权这么做。坦白跟您说,迈克尔·拉斐尔不是您想为自己的女儿或亲戚选择的丈夫。维里蒂真的太年轻了,思想不成熟。迈克尔在很早之前就是个问题少年了。他上过初级法庭,结交的都是狐朋狗友,被引诱参加各种黑帮活动,破坏公共建筑和电话亭,跟好几个女孩儿都很亲密。没错,就像在其他方面一样,在和女孩儿们交往时他也是个坏蛋。然而他很有魅力,她们都迷上了他,非常愚蠢。他曾在监狱中度过两个短刑期,也就是说,他有犯罪记录。我认识他父亲,虽然不那么熟悉,但我认为他父亲已经尽了最大的努力——一个男人所能做的一切——来帮助他的儿子。他营救他,给他找他能干好的工作,替他还债,支付赔偿金。他做了所有的事。我不知道——"

"但您认为他可以做得更多?"

"不,"副主教说,"到了现在这个年纪,我已认识到江山易改本性难移，用个现代词，基因决定了一个人的性格。我认为拉斐尔先生并不喜爱他的儿子，起码不是无时无刻都爱着他。可以这么说，他对儿子的感情是理智的，不是爱。我不知道对迈克尔来说，如果得到父亲的爱，他是否会好一些。也许没什么区别。如果是这样，那很悲哀。那个男孩儿不蠢，有一定的聪明才智。如果他愿意做好事并且愿意承担的话，那他能做得很好。但是我们得坦白地承认，他生来就是个罪犯。他有某些令人欣赏的品质，具有幽默感，在很多方面很慷慨、亲切。他会站在朋友这一边，帮助他们脱离困难。但他对他的女朋友很坏，总是让她们陷入麻烦之中，正如当地人所说的那样，然后抛弃她们，另觅新欢。所以，当我面对这两个人——是的，我同意给他们证婚。我坦白地告诉维里蒂她要嫁的男孩儿是个什么人，我发现他没打算欺骗她。他跟她说过他总是惹麻烦，包括警察局和其他方面。他告诉她，娶了她之后他就会改过自新。什么都有可能发生变化，但我提醒她说那不可能，他不会改变的。人不会改变的，哪怕他打算改变。我想维里蒂也明白这些，她承认她知道。她说：'我知道迈克尔是什么人。我知道他也许会一直这样，但是我爱他。我也许能帮助他，也许不能，但我想冒这个险。'我要告诉您，马普尔小姐，我知道——我促成了很多年轻人，为很多年轻人证婚。我见过他们失败受伤，也见过他们出人意料地好转起来——我能看得出来。我能看得出来他们是不是真心相爱，我的意思可不是性方面的吸引，关于性说得太多了，对它的关注太多了。我并不是说性是不对的，这没有道理。但性是代替不了爱情的，它与爱情相随，但只有性却不成。爱情意味着结婚的誓言：无论好坏、富裕贫穷、健康疾病。如果你们相爱，想要结婚，就得承担责任。两个人爱着彼此，相爱相依，直到死亡。而这，"副主教说,"就是我的故事的结尾。我无法继续讲下去了,因为我也不知道发生了什么。我只知道我同意了他们的请求,做了必要的安排。我们选定了一天,定下时间、地点。我认为要怪就怪我同意安排这场秘密婚礼。"

"他们不想让任何人知道?"马普尔小姐说。

"是的。维里蒂不想让任何人知道。我想迈克尔肯定也不想让任何人知道。他们担心受到阻挠。我认为,对维里蒂而言,除了爱情,这件事里还有一点逃跑的感觉。自然,我想那是因为她的生活环境。她失去了真正的监护人,她的父母,他们去世之后,她开始了一种全新的生活。而她正处于疯狂迷恋男孩子的年纪。她是个优秀的女孩儿,在很多方面都很出色,比如体育、数学,等等。在学校她是班长也是大姐姐。但一种状态不会维持太长时间,不过是生活中自然的一部分。然后你就要走向下一个阶段,你意识到你想用什么来填补自己的生活,那就是男女之间的关系。你开始在周围寻找异性,寻找生活中想要的伴侣。如果你是个聪明人,就不会着急。你有很多朋友,但就像保姆常说的,你要找个合适的。克洛蒂尔德·布拉德伯里-斯科特对维里蒂特别好,而我想,维里蒂对她有一种英雄式的崇拜。她是一个有个性的女人,漂亮、多才多艺、有趣。我想,维里蒂在用一种近乎浪漫的方式崇拜她,而克洛蒂尔德就像爱自己的女儿那样爱着维里蒂。维里蒂在充满爱意的环境中成长,过着有趣的生活,各种有趣的事情不断激发她的才智。那样的生活非常快乐,但我认为,她渐渐地意识到——不自觉地产生了一种意识,我们可以说那正是私奔的意识,想为了爱而逃离。她不知道要如何逃离或者逃向哪里,但遇到迈克尔之后她知道了。她要逃到男人女人共同创造的下一阶段的生活中去。但她知道克洛蒂尔德不可能理解她的感受，克洛蒂尔德肯定会强烈反对她去爱迈克尔。恐怕克洛蒂尔德的想法是对的……现在我知道了，他不是维里蒂应该选的丈夫。她选择的那条路不是通往生活，不是增加活力和幸福；而是通向打击、痛苦和死亡。您瞧，马普尔小姐，我非常愧疚。我的动机是好的，但我了解得太少了。我了解维里蒂，但不了解迈克尔。我理解维里蒂想保密的原因，因为我知道克洛蒂尔德·布拉德伯里-斯科特个性很强，她可能会强迫维里蒂，让她放弃婚礼。"

"您认为她确实那么做了吗？您认为克洛蒂尔德对维里蒂说了更多迈克尔的情况，导致她放弃了嫁给他的念头？"

"不，我不这么认为。现在仍然不信。如果是这样，维里蒂会告诉我的。她应该告诉我的。"

"那天到底发生了什么？"

"我这就告诉您。日期确定了。我就在定好的时间、地点等着，等新郎新娘过来。但是他们没有来，没人来通知，没有原因，什么都没有。我不知道为什么！直到现在我也不明白。我觉得不可思议。不是他们没来这件事让我觉得不可思议，这很容易解释；关键是他们没给我任何消息，就算只是随便的几行字也行啊。这才是我感到奇怪的原因，我希望伊丽莎白·坦普尔去世之前告诉了您一些事，也许让您给我带个口信。如果她知道或者已经感受到自己快死了，或许会想给我带个口信。"

"她想从您那里得到消息，"马普尔小姐说，"我很确定，这是她此次来找您的原因。"

"没错，没错，也许真是这样。您瞧，在我看来，对那些可能会阻止她的人，维里蒂什么都没说。比如克洛蒂尔德和安西娅·布拉德伯里-斯科特。但她一向敬重伊丽莎白·坦普尔——

伊丽莎白·坦普尔对她的影响很大——于是在我看来,她也许给伊丽莎白写过信,告诉了她一些消息。"

"我想她这么做了。"马普尔小姐说。

"您觉得她对她说了些什么?"

"她告诉伊丽莎白·坦普尔的是,"马普尔小姐说,"她要嫁给迈克尔·拉斐尔了。坦普尔小姐知道这个,这是她告诉我的其中一件事。她说:'我认识一个叫维里蒂的女孩儿,本来要嫁给迈克尔·拉斐尔。'而告诉她这件事的人只可能是维里蒂。维里蒂肯定给她写了信,或者捎了口信。而那时候我问'她为什么没嫁给他',她回答说'她死了'。"

"故事彻底断了。"布拉巴宗副主教说着叹了口气,"伊丽莎白和我只知道两件事:伊丽莎白知道维里蒂要跟迈克尔结婚;我也知道他们要结婚,已经安排好了日子。于是我在那天等着他们,但没等来。没有新娘,没有新浪,没有半句话。"

"您完全不知道发生了什么?"马普尔小姐说。

"我绝对不相信维里蒂和迈克尔分手了——结束了。"

"但他们之间肯定发生了什么,或许是维里蒂突然发现迈克尔存在某些性格缺陷,是她之前没有意识到的。"

"这个答案并不让人满意,因为如果是这样,她会让我知道的。她不会让我白等着,准备给他们主持神圣的婚礼。不管事情多离谱,她首先是个彬彬有礼、受过良好教育的女孩儿,她应该捎个信儿的。不,恐怕只有一种可能。"

"死亡?"马普尔小姐说。她想起伊丽莎白·坦普尔曾经说过这个词,声音如同深沉的钟声。

"是的,"布拉巴宗副主教叹息道,"死亡。"

"爱情。"马普尔小姐沉思着说。

"您说什么……"布拉巴宗副主教有些迟疑。

"是坦普尔小姐对我说的。我问是什么杀了她,她说是'爱情',爱情是这世界上最可怕的词。"

"我懂了,"副主教说,"我懂了——或者说我认为我懂了。"

"您懂什么了?"

"人格分裂。"他叹了口气,"外人看不出来,除非有技术上的检查进行证明。要知道,杰基尔和海德是真实存在的,可不光是史蒂文森的虚构①。迈克尔·拉斐尔——肯定患有精神分裂症。他具有双重人格。我没有医学知识,也不懂精神分析,但他身上一定有两种特性共存。一个,是善意的,称得上可爱的男孩儿,主要的吸引力在于对幸福的渴望。但他还有第二重人格,可能是受到扭曲心理的驱使——有些事我们还不太确定——去杀人,杀的不是仇人,而是他爱的人。所以他杀了维里蒂。他也不知道为什么要这么做,或者这意味着什么。这个世界上有太多可怕的事,精神怪癖、精神病、大脑畸形。关于这个,我们教区就有一个悲惨的例子。有两个靠抚恤金相依为命的老太太,她们是之前工作上的朋友,看上去是幸福的一对儿。然而某一天,一个杀死了另一个。她找人叫来她的一个老朋友,也是那个教区的牧师,然后说:'我杀了路易莎,太悲惨了。但我在她的眼睛里看见了魔鬼,我知道我受命要杀了她。'这种事有时候会让一个人失去生活的动力。人们会问为什么?怎么会这样?但总有一天科学会解释其原因。医生们会在染色体或者基因上找到某个小小的变形,或者发现某些腺体由于工作过度而停止作用了。"

"所以您认为这就是实情?"马普尔小姐说。

---

① 杰基尔和海德都出自小说《化身博士》,实属同一个人,具有双重人格。该作品的作者是英国作家罗伯特·路易斯·史蒂文森。

"确实如此啊。我知道尸体很长时间都没有找到。维里蒂失踪了,她离开了家,然后再也没人见过她……"

"但那之后肯定发生了什么——还有那一天……"

"但审判的时候……"

"您是说发现了尸体,警察逮捕了迈克尔的时候?"

"他是警方最开始询问的人之一,被找来协助警方调查。因为有人曾看到他们俩在一块儿,有人注意到她在他的车里。他们始终相信他就是他们要找的人。他是第一个被怀疑的,而且怀疑从未解除。其他认识维里蒂的年轻人也受到了询问,但他们都有不在场证明或者证据不足。他们继续怀疑迈克尔,最终,尸体被发现了。勒死,头和脸遭到重击变形。疯狂、丧心病狂。他大打出手的时候是不理智的。这么说吧,代表魔鬼的那个人格出现了。"

马普尔小姐哆嗦了一下。

副主教继续说着,声音低沉而悲伤。"然而,有时候,甚至现在,我仍然希望,并且感觉到是另一个年轻人杀死了她。某个神经错乱的人,虽然谁也没察觉。也许是个陌生人,在附近遇见她。偶然遇见的,让她搭了一段车,然后……"他摇了摇头。

"我想有这个可能。"马普尔小姐说。

"在法庭上,迈克尔给人留下了坏印象。"副主教说,"说了些愚蠢而没有意义的谎话。比如他的汽车曾去过哪儿,还让他的朋友提供些一戳即破的不在场证明。他吓坏了。关于结婚的计划,他只字未提。我相信是因为他的律师认为这一点对他不利——可能会被说成她强迫他结婚,而他不想那么做。太久以前的事了,我都不记得细节了。但证据无疑对他非常不利。他有罪——看上去也像有罪。"

"所以说,马普尔小姐,您应该看得出来,我感到悲伤、非常不痛快。我做出了错误的判断,鼓励一个甜美可爱的女孩儿走向死亡,就因为我对人性认识不足,对她所处的危险毫不知情。我相信,如果她对他产生恐惧,或者忽然了解到他的某些罪恶本质,她就会毁掉婚约,然后来找我,告诉我她的恐惧和对他的新了解。但这些事都没有发生。他为什么要杀了她?是因为知道她怀孕了吗?因为那时他还跟其他女孩儿牵扯不清,不想娶维里蒂?我无法相信这样的理由。或者是有其他完全不同的原因。或许是因为她忽然对他产生恐惧,认识到他的危险,于是想跟他断绝关系?或许因此激起了他的愤怒、狂暴,并导致他残暴地杀死了她?没人知道。"

"您真的不知道?"马普尔小姐说,"但您知道并相信一件事,对吗?"

"您所说的'相信'确切指什么?您是指宗教信仰方面吗?"

"哦不,"马普尔小姐说,"我不是这个意思。我是说,似乎对您来说,或者是我这么感觉的,坚信他们两个彼此相爱。他们打算结婚,但发生了一些事阻止了婚事,最终以她的死亡为结局。但您仍然相信,那一天他们原本打算去找您,并且结婚的。对吗?"

"您说得很对,亲爱的。我不由得相信这一对恋人的结婚意愿,他们准备共度余生,不管是好是坏,不管贫穷富裕,不管疾病健康。她爱他,愿意跟他祸福与共。虽说最终她死了,也把他带进了监狱。可以说婚姻导致了她的死亡。"

"请您一定要继续相信这一点,"马普尔小姐说,"要知道,我也相信如此。"

"但是,然后呢?"

"我还不知道，"马普尔小姐说，"我不太确定，但我想伊丽莎白·坦普尔确实知道或者开始发觉了什么。她曾说过一个可怕的词，爱情。我认为当她这么说的时候，她的意思是因为爱情，维里蒂自杀了。因为她发现了一些迈克尔的事，或者因为迈克尔的一些事让她忽然心烦意乱并且产生反感。但那并不是自杀。"

"对。"副主教说，"不可能是自杀。法庭上对那些伤口描述得非常详细，不可能有人通过砸碎自己的脑袋来自杀。"

"太可怕了！"马普尔小姐说，"太可怕了！你也不可能对深爱的人那么做，就算你不得不'为了爱'而杀了她。如果是他杀了她，也不可能用这种方式。勒死，也许有可能，但你不可能把你所爱的人的头和脸打碎。"她喃喃地说，"爱情，爱情——一个可怕的词。"

第十九章　说再见

第二天早上，客车停在了金猪旅馆门前。马普尔小姐下楼跟很多朋友道了别。她发现莱斯利-波特太太处于一种激愤状态。

"说真的，现如今的女孩子，"她说，"没活力，没耐力。"

马普尔小姐好奇地看着她。

"我是说乔安娜。我侄女。"

"哦，亲爱的，她身体不太好？"

"哦，她说不太好，但我看不出她有什么问题。她说她喉咙疼，感觉有点发烧。净瞎扯。"

"哦，真让人难过。"马普尔小姐说，"我能帮上什么忙吗？照看她？"

"如果我是你，就不会去管她。"莱斯利-波特太太说，"要我说，就是借口。"

马普尔小姐又好奇地看了看她。

"女孩子们都太傻了，动不动就坠入爱河。"

"和埃姆林·普赖斯？"马普尔小姐问。

"哦，你也注意到了。没错，他们确实到了谈情说爱的阶段，但无论如何我都不喜欢他。要知道，他是个留着长发的男学生，总是去游行什么的。他们为什么不能把'示威游行'这个词说全？我讨厌缩略语。①我可怎么过活呢？没人照顾我，没人帮我收拾行李，拿进拿出。真的。这次旅行的全部费用和所有开支都是我出的。"

"我觉得她挺关心您的。"马普尔小姐说。

"哼，最近一两天不是了。女孩子们还不明白，人到中年都会需要陪伴。他们有个荒唐的想法——她和普赖斯那孩子——要去些山岭地界之类的地方，来回要差不多七八英里。"

"但是，假如她真的喉咙疼，并且发烧……"

"您瞧着吧，汽车一离开，她的喉咙就好了，体温也跟着降下来。"莱斯利-波特太太说，"哦，亲爱的，我们要上车了。哦，再见了，马普尔小姐，认识您可真好。您不跟我们一起旅行了，真令人遗憾。"

"我自己也觉得很遗憾。"马普尔小姐说，"但是说真的，您知道，我不像您那么年轻，那么有活力，莱斯利-波特太太。加上最近这几天受到的冲击，我真的需要休息上二十四个小时。"

"好吧，后会有期。"

她们握了手。莱斯利-波特太太钻进汽车里。

一个声音在马普尔小姐身后说道："旅途愉快，终于摆脱了。"

她转过身，看到了埃姆林·普赖斯。他正微笑着。

"你是指莱斯利-波特太太吗？"

"是啊，不然还能有谁呢。"

"我听说乔安娜今天早上身体不太好。"

埃姆林·普赖斯又冲着马普尔小姐微微一笑。

---

①莱斯利-波特太太前半句中的"游行"用的是"demos"，全称为"demonstration"。

"汽车一走,"他说,"她就没事了。"

"哦,真的!"马普尔小姐说,"你的意思是——"

"是的,我是说,"埃姆林·普赖斯说,"乔安娜受够了那个整天教育她的姑妈啦。"

"那么你也不坐这趟车了?"

"不啦。我打算在这儿待上一两天,在周围看看,做一些短途旅行。别一脸不开心的,马普尔小姐,您不是真的反对我这么做吧,是吗?"

"哦,"马普尔小姐说,"我年轻的时候也常有这种事,只是那时用的借口不同,但我认为我们那时逃避的机会比你们少。"

沃克上校和沃克太太走上前,热情地跟马普尔小姐握手。

"非常荣幸认识您,跟您谈论园艺方面的事十分愉快。"上校说,"我相信明天我们会大饱眼福,如果没发生其他意外。这次的意外确实太悲惨,太不幸了。我必须让自己相信那是一场意外,虽然我觉得验尸官并不这么认为。"

"很奇怪,"马普尔小姐说,"没人来自首。如果有人在山顶推过那些岩石或圆石头,为什么不站出来说明白。"

"当然是怕受到指责了。"沃克上校说,"他们会一直不做声,什么也不做。好啦,再见啦。我会送您一枝什交木兰和华南十大功劳的,虽然我不确定它们是否能在您所居住的地方生长。"

他们一个个上了车。马普尔小姐转过身,看到旺斯特德教授正冲着发动的汽车挥手。桑德邦太太走了出来,跟马普尔小姐说声再见,钻进了车子。马普尔小姐挽起了旺斯特德教授的胳膊。

"我需要您,"她说,"我们能找个地方聊一聊吗?"

"好的。我们前几天去的那个地方可以吗?"

"我记得这附近有一处很精致的外廊。"

他们绕过旅馆建筑,远处传来欢快的喇叭声。汽车开走了。

"您知道,在某种程度上,"旺斯特德教授说,"我希望您不要留在这儿。我宁愿看到您安全地上车离开这儿。"他目光锐利地望着她,"您为什么要留在这儿?神经衰弱还是因为什么别的事?"

"是有其他原因。"马普尔小姐说,"不是过于疲劳,虽然对我这种年纪的人而言,这是一个非常自然的借口。"

"我觉得我应该留在这里,照看您。"

"不用了,"马普尔小姐说,"不需要这么做。您应该去做其他事。"

"什么事?"他看着她,"您有什么想法了吗?"

"我想我知道一些了,但要去核实。有一些事我自己做不了,但您可以帮我。您说过您认识一些当局的人。"

"您是说苏格兰场、治安官以及英国监狱的典狱官?"

"是的。他们中的一些,或者全部。我想内政大臣您也有交情吧?"

"看起来您真的有想法了!好吧,您想让我做些什么?"

"首先我要给您一个地址。"

她拿出一个笔记本,撕下一张纸递给他。

"这是什么?哦,是一所知名慈善机构,对吗?"

"我认为在顶级之列。他们做了很多好事。人们可以给他们寄一些衣服,"马普尔小姐说,"孩子的和女人的。外套、套头毛衣这一类。"

"呃,您是想让我做些捐赠吗?"

"不。需要您对这家慈善机构提出一项请求,这是计划的一部分——你和我正在做的事情的计划。"

"什么意思？"

"我想让您询问一个包裹，两天前从这里寄走的。"

"谁寄的？是您吗？"

"不是，"马普尔小姐说，"不是的。不过我要为此负责。"

"这是什么意思？"

"意思是，"马普尔小姐微微一笑，"我去过这儿的邮局，解释得糊里糊涂——呃，就像我这个岁数的老太太会做的——说我很愚蠢地让一个人帮我寄包裹，却写了错误的地址，我为此很烦恼。邮局的女负责人很好心，她说她记得那个包裹，但上面写的地址不是我所说的，而是我刚刚给您的这个。我解释说我太蠢了，写错了地址，把它跟另一个时常寄东西过去的地址弄混了。她告诉我来不及做什么了，因为包裹已经发走了。我说没事，我会写信给包裹寄达的那家慈善机构，解释一下，他们一定会好心地把包裹转寄到我原本打算寄的那家慈善机构。"

"听起来很曲折。"

"哦，"马普尔小姐说，"总得说点儿什么啊。当然我并不真的打算这么去做，您来处理这件事吧，我们只要知道那个包裹里有什么！我敢说您能想办法知道。"

"包裹里的东西可以说明谁是寄件人吗？"

"我觉得不会。也许会有张纸条，写着'朋友寄'；也有可能是个假名、假地址，比如皮蓬太太，维斯特波恩路十四号什么的——如果真有人去打听，就会发现没有叫这名字的人住在那儿。"

"哦，还有别的可能吗？"

"或许吧，虽然可能性不大，但确实有这个可能。纸上或许写着'安西娅·布拉德伯里－斯科特小姐寄'……"

"是她吗?"

"她把包裹拿到了邮局。"马普尔小姐说。

"是您让她去的吗?"

"哦,不。"马普尔小姐说,"我没让人寄过任何东西。我第一次见到那个包裹,是在金猪旅馆的花园里,和您谈话的时候,安西娅拿着它从门前经过。"

"可是您去了邮局,说那个包裹是您的。"

"是的,"马普尔小姐说,"都是假的。邮局办事很仔细,而我想要查出包裹寄去了哪儿。"

"您想知道那个包裹是否已经寄出,是不是布拉德伯里-斯科特姐妹中的一个——安西娅小姐寄走的?"

"我们知道是安西娅,"马普尔小姐说,"因为我们看到她了。"

"是吗?"他从她手里拿过那张纸,"好吧,我这就去做。您对这个包裹感兴趣?"

"我觉得它里面的东西非常重要。"

"您一向喜欢保守秘密,对吗?"旺斯特德教授说。

"不完全是秘密,"马普尔小姐说,"只是我所探索的一种可能性。如果没有确切的信息,是不能妄下断言的。"

"还有其他的事吗?"

"我想——我想,负责这件事的人该警惕一些,因为很可能会发现第二具尸体。"

"您所说的第二具尸体跟我们所关心的那桩犯罪有关吗?发生在十年前的那起?"

"是的。"马普尔小姐说,"我非常肯定,可以确定。"

"另一具尸体。谁的尸体?"

"呃,"马普尔小姐说,"目前还只是我的想法。"

"对这具尸体在哪儿有想法吗?"

"哦,是的!"马普尔小姐说,"我确信我知道它在哪儿,不过要过一阵子我才能告诉您。"

"是什么样的尸体?男人的?女人的?男孩儿的还是女孩儿的?"

"还有一个女孩儿失踪了,"马普尔小姐说,"一个叫诺拉·布罗德的女孩儿。她是在这儿不见的,后来再没人知道她的消息。我想她的尸体应该在一个特别的地方。"

旺斯特德教授看着她。

"您知道,您说的越多,我越不想离开这儿。"他说,"您有这么多想法——可能会做一些傻事——或者——"他打住了。

"或者都是胡扯?"马普尔小姐说。

"不不,我不是这个意思。但也许您知道的太多了——也许会有危险……我想我要留在这儿照看着您。"

"不,不用。"马普尔小姐说,"您要去伦敦,推进事情的发展。"

"您这么说好像您知道很多事,马普尔小姐。"

"我想我现在确实知道很多事,但我需要去确认。"

"是的。但万一这是您所确认的最后一件事呢!我们可不想看到第三具尸体——您的!"

"哦,我从没想过会发生那种事。"马普尔小姐说。

"要知道,如果您的想法都是对的,那将会非常危险。您有特定的怀疑对象吗?"

"我想我已经知道这个人什么样了,我必须把他找出来——我得留在这儿。您曾经问过我有没有感受到罪恶的气息。是的，罪恶的气息就在这里，一种邪恶的、危险的——您喜欢这个词——气息，非常不幸、恐怖……我必须得做点什么。尽我所能。但像我这样一个老太婆也做不了太多事。"

旺斯特德教授低声数着："一、二、三、四——"

"您在数什么？"马普尔小姐问道。

"游览车里的人。您让他们走掉了，自己留在这儿，大概您对他们不感兴趣。"

"我为什么要对他们感兴趣？"

"因为您说过，拉斐尔先生出于某个特殊的理由让您参加了这次旅行、上了这辆车，又出于某个特殊的理由让您去了'旧园'。很好。现在伊丽莎白·坦普尔的死跟车上的某个人扯上了关系，而您留在这儿肯定是跟'旧园'有关。"

"不完全对。"马普尔小姐说，"这两者之间也有某种关系，我希望有个人来告诉我。"

"您觉得您能让别人告诉您吗？"

"我认为我可以。您再不走就要错过火车啦。"

"请您保重。"旺斯特德教授说。

"我会照顾好自己的。"

此时休息室的门打开了，两个人走了出来。是库克小姐和巴罗小姐。

"你们好。"旺斯特德教授说，"我还以为你们上车走了呢。"

"哦，最后一刻我们改变了主意，"库克小姐愉快地说，"要知道，我们刚刚发现这附近有一条非常惬意的散步道，而且有一两个地方我很想去看看。有座教堂，里面有个与众不同的撒克逊人的洗礼盘，离这儿只有四五英里，我想坐当地的公共汽车会很方便。您瞧，除了屋子和花园，我对教堂建筑也很有兴趣。"

"我也是。"巴罗小姐说,"还有芬利公园,一处非常漂亮的种植园,离这儿也不远。我们觉得再在这儿待上一两天会很愉快。"

"你们要待在金猪旅馆?"

"是啊。很幸运,有一间非常好的双人间,比我们前两天住的那个好多了。"

"您要误点了。"马普尔小姐再次说道。

"希望,"旺斯特德教授说,"您——"

"我会很好的。"马普尔小姐着急地说,"真是个好心肠的人。"当他的身影消失在房子转角的时候,她说,"这么真心地关心我——就像我是他的祖母似的。"

"这一切太令人震惊了,不是吗?"库克小姐说,"我们打算去格罗夫参观圣马丁教堂,您是否愿意一道?"

"您可真好。"马普尔小姐说,"但我想今天我已经没体力出去探险了。或许明天吧,如果你们还有什么有趣的东西想看的话。"

"好的,那我们走了。"

马普尔小姐冲她们微微一笑,然后走进旅馆。

第二十章 马普尔小姐有了主意

在餐厅吃过午饭之后,马普尔小姐来到阳台上喝咖啡。喝第二杯的时候,一个高而瘦的人影大踏步走上台阶,朝她走了过来,说话时有点喘不过气来。是安西娅·布拉德伯里-斯科特。

"哦,马普尔小姐,我们刚刚听说您没有上车。我们原本以为您会继续旅行的,没想到您留了下来。克洛蒂尔和拉维妮娅让我来这儿跟您说,我们非常希望您能回'旧园'跟我们一起住。我相信,住在那儿您会觉得更舒服一些。这儿有很多人进进出出的,尤其是在周末这种时候。如果您去了我们那儿,我们会非常非常高兴的。真的。"

"哦,您可真好,"马普尔小姐说,"你们确实太好了。我原本想坐车去的,您知道只不过为期两天,我是说两天前我打算跟着旅行的。如果没发生那场悲惨的意外事故——现在,我确定,呃,我觉得我再也走不动了,至少要休息一个晚上。"

"我的意思是如果您能去我们那儿休息会更好一些。我们会尽量让您舒适。"

"哦,我对此毫不怀疑,"马普尔小姐说,"跟你们住在一起我感觉非常舒服。哦,是的,我很享受。如此美丽的房子,所有的一切都那么精美,你知道,你们的椅子和玻璃,还有家具,住在家里比住在旅馆里感觉要好。"

"那么现在,您必须跟我走了。没错,您必须这么做。我可以帮您打包行李。"

"哦——啊,您可真好。我自己来就行了。"

"那我能去帮忙吗?"

"您真是太好了。"马普尔小姐说。

她们走向马普尔小姐的卧室,收拾行李的时候安西娅完全插不上手。马普尔小姐自有一套整理行李的方式,她咬着嘴唇,脸上呈现出自得的神情。确实,安西娅折衣服折得不好。

安西娅从旅馆找来一个搬运工,他扛着行李箱,转过一个弯,沿着马路向"旧园"走去。马普尔小姐给了他足够的小费,但表达完感谢后还是说了一些挑剔的话。最终她再次来到三姐妹之中。

这三姐妹!马普尔小姐心想,我们又见面了。她坐在客厅里,闭了一会儿眼睛,呼吸有些急促,显得有点气喘吁吁的。她觉得她这个年纪自然会这样,毕竟安西娅和旅馆的搬运工走得很快。她闭着双眼,努力感受再次来到这座房子是一种什么感觉。这里藏着什么邪恶之事吗?不,不是邪恶,而是悲伤。深深的悲伤。如此悲伤,到了令人觉得恐怖的地步。

她睁开眼睛,看看房间里的两位主人。格林太太刚从厨房里出来,手里托着一个下午茶的茶盘。她的样子一如既往,闲适、没什么特别的情感。马普尔小姐觉得她太缺乏感情了,也许是习惯了紧张而艰辛的生活,所以尽量不在外表上表现出来,而是有所保留,不让任何人知道她的内心感受?

她将目光移向克洛蒂尔德。依旧是一张希腊神话人物的脸。她当然没有谋杀自己的丈夫,因为她没有丈夫可以杀,而且看上去也不像是她杀死了那个据说她非常关心的女孩儿。这一点,马普尔小姐非常确定。之前提到维里蒂的死亡时,她见过泪水是如何渐渐充满克洛蒂尔德的眼睛的。

那么安西娅呢?安西娅拿着纸板箱去了邮局,安西娅来找过她,安西娅——她对安西娅疑虑重重。傻乎乎?就她的年纪来说,她也太愚蠢了。马普尔小姐的目光在她们几个身上来来回回地移动着,她仿佛能看到其他人看不到的东西,能看到别人心里。安西娅处于惊恐之中,马普尔小姐想道,她在害怕什么?她患有某种精神疾病吗?也许是害怕回到收容机构之类的地方度过余生?或者是害怕她那两个姐姐觉得让她自由地活动不太明智?两个姐姐是不是拿不准妹妹安西娅会说些什么、做些什么?

这儿弥漫着一种气氛。喝完最后一口茶的时候,马普尔小姐在想库克小姐和巴罗小姐在做些什么。她们真的去参观教堂了,还是纯属胡扯,随便说说的?真奇怪。她们专门去圣玛丽米德,就是为了能在车上把她认出来,可她们又不承认以前见过或遇到过她。真奇怪。

事情要进行下去还很困难。没过多久,格林太太拿走了茶盘,安西娅去了花园,只剩下克洛蒂尔德和马普尔小姐了。

"我想,"马普尔小姐说,"您认识布拉巴宗副主教,对吗?"

"是的。"克洛蒂尔德说,"昨天他在教堂做过礼拜,您认识他吗?"

"哦,不,"马普尔小姐说,"但他去了金猪旅馆,还在那儿跟我说过话。我猜他去过医院,询问可怜的坦普尔小姐的情况。他想知道坦普尔小姐有没有带口信给他。我想坦普尔小姐本打算去拜访他的。当然了,我告诉他我去了医院,想做点什么,但最终只是坐在可怜的坦普尔小姐床边,无事可做。您知道,她昏迷了,我什么都做不了。"

"她没说……没说什么……没解释一下发生了什么吗?"克洛蒂尔德小姐问。

她看起来不太感兴趣,马普尔小姐心想也许她只是表现得不那么感兴趣,但又觉得不是。她觉得克洛蒂尔德小姐心里正想着完全不相干的事。

"您觉得那是一起意外吗?"马普尔小姐问,"还是认为莱斯利-波特太太的侄女所说的话里——她说她看见某人推动一块大石头——蕴含着什么?"

"这个,我想如果那两个人是这么说的,那么他们肯定看见了。"

"是的,他们两个都这么说,"马普尔小姐说,"虽然说的并不完全一样。但这也是很正常的。"

克洛蒂尔德奇怪地看了看她。

"您似乎对此很感兴趣。"

"哦,这事听起来不太可能。"马普尔小姐说,"不像真实发生的,除非……"

"除非什么?"

"呃,我只是好奇罢了。"马普尔小姐说。

这时格林太太回来了,她问:"您好奇什么?"

"我们正在说那场意外,或者不是一场意外。"克洛蒂尔德说。

"是谁——"

"他们说的听起来很古怪。"马普尔小姐又说。

"这地方有些什么,"克洛蒂尔德突然说道,"融于空气,驱散不掉。自从……自从维里蒂死后,几年过去了,但还是没能驱散。这里有阴影。"她看了看马普尔小姐,"您也这么想,对吗?您不觉得这里有阴影吗?"

"哦,我是个外地人,"马普尔小姐说,"跟您和您的妹妹们不一样——你们住在这儿,认识那个死了的女孩儿。我想她是个非常迷人、漂亮的女孩儿,就像布拉巴宗副主教所说的那样。"

"她是个可爱的女孩儿,也是个可爱的孩子。"克洛蒂尔德说。

"真希望我能更了解她。"格林太太说,"那时候我住在国外,我丈夫和我回国度过一次假,但绝大部分时间在伦敦,不常来这儿。"

安西娅从花园回来了,手里捧着一大束百合花。

"葬礼之花,"她说,"正好适合今天,不是吗?我要把它们放在一个大花瓶里。葬礼之花。"她忽然大笑起来。一种怪异的、歇斯底里的傻笑。

"安西娅,"克洛蒂尔德说,"别……别这么做。这样……这样不好。"

"我要把它们放进水里。"安西娅愉快地说着,走出房间。

"说真的,"格林太太说,"安西娅,我不觉得她——"

"她的情况更差了。"克洛蒂尔德说。

马普尔小姐好像什么都没听见。她拿起一只小小的搪瓷盒,用一种赞赏的眼光看着它。

"她可能会把花瓶打破。"拉维妮娅说着,走出了房间。

马普尔小姐说:"你们很担心你们的妹妹安西娅,对吗?"

"唉,是啊。她的精神一直有些错乱。她年龄最小,而且很娇弱。最近,我想她的情况越来越差了。她做事不知轻重,时不时会莫名其妙地兴奋,对应该严肃对待的事情发出神经质的大笑。我们不想——呃,把她送到什么地方去——您知道。我想她应该接受治疗,但我觉得她不愿意离开家。毕竟,这是她的家。虽然有时候……非常艰难。"

"生活中总是有艰难的时候。"马普尔小姐说。

"拉维妮娅说要离开这里，"克洛蒂尔德说，"说要再到国外生活。我想是去陶尔米纳①。她和她丈夫去过很多次，感觉很开心。她跟我们一块儿住了好多年了，但她似乎很渴望出门旅行。有时候我会想……有时候我觉得，她不喜欢跟安西娅住在同一屋檐下。"

"哦，亲爱的，"马普尔小姐说，"我听说过很多相似的麻烦事。"

"她怕安西娅，"克洛蒂尔德说，"很明显她怕她。真的，我一直跟她说没什么可怕的。安西娅只是有时候有一点傻，您知道，她想法古怪，说话也奇怪，但是我不觉得她有危险性……呃，我是说……哦，我不知道我说的是什么意思……我是说做什么危险的事，或者离奇、怪异的事。"

"从来没出现过这种麻烦事吗？"马普尔小姐问道。

"哦，没有，从来没有这种事。有时候她会神经发作，变得厌恶他人。她嫉妒心很强，您知道，在很多事上。嫉妒，大惊小怪的。我想不明白……有时候我觉得最好卖掉这座房子，彻底离开这儿。"

"您很痛苦，对吗？"马普尔小姐说，"我想我可以理解，带着过去的记忆住在这里，对您而言非常痛苦。"

"您了解这种感受，对吗？是的，我看得出来您能理解。没人能帮我。我脑子里总想着那个讨人喜欢的可爱孩子。她就像我的女儿，虽然她是我最好朋友的女儿。她非常有才华，是个聪明的姑娘，一个优秀的艺术家，在艺术课程和设计方面都很出色。

---

①意大利西西里岛的一个小镇。

她做了大量的设计,我为她骄傲。然而,卑鄙的恋爱关系,那个折磨人的家伙。"

"您是说拉斐尔先生的儿子,迈克尔·拉斐尔?"

"是的。如果他从未来过这里就好了。他本来好好地待在世界的另一个地方,是他父亲说想让他来看望我们,于是他就来了,跟我们吃了一顿饭。您知道,他确实长相英俊。但他是个可悲的流氓,一个有犯罪记录的人。他蹲过两次监狱,跟女孩子们的关系很乱。可我从来没想到维里蒂……不过是一时痴迷。我想女孩儿在这个年纪总会有这种事。她迷上了他,坚持说之前发生在他身上的事都不是他的错,您知道女孩子们总这么说:'谁都和他作对。'她就总这么说,没人体谅他。哦,这些话我真的听烦了,没有人能让女孩子们稍微理智一些吗?"

"我赞同,她们一般都不太理智。"马普尔小姐说。

"她听不进去。我……我尽力让他离房子远一点。我告诉他再也不要来这里了。当然,这么做很愚蠢,后来我意识到这一点了。这样只会让她跑出去,跟他在外面见面。我不知道具体在哪儿,他们有好多个不同的地方。他经常开车去约定好的地点接她,半夜才送她回家,有一两次第二天早晨才把她送回来。我试图告诉他们不能再这样了,一切都要停止,但他们不听。维里蒂不听。当然,我就没指望他会听。"

"她是不是准备嫁给他?"马普尔小姐问。

"哦,我认为还不到那个程度。我不认为他想娶她,可能根本没想过这一类事。"

"真替您难过。"马普尔小姐说,"您一定受了不少苦。"

"是啊。最糟糕的是必须去认尸。那是在她……在她从这里失踪了一段时间之后。我们想当然地以为她跟他私奔了,想着过一阵子就会有她的消息。我知道警方似乎对此事非常重视。他们叫迈克尔去警局，回答他们的问题，但他的陈述似乎跟当地人说的不一样。

"之后他们找到了她——在离这里非常远的地方，大约三十英里。在一个用篱笆围着的沟壑里，一条人迹罕至的小路下方。是啊，我不得不去停尸间认尸，那景象太可怕了。太残忍、太暴力了。他为什么要对她那么做？他用她的围巾把她勒死了。我不能——我再也不能提这件事了。我受不了，我受不了了。"

她泪如雨下。

"我真为您难过。"马普尔小姐说，"非常非常抱歉。"

"我相信您能理解。"克洛蒂尔德突然看着马普尔小姐，"但即便是您，也不知道最糟糕的事。"

"是哪方面的？"

"我不知道……我搞不明白安西娅。"

"安西娅，什么意思？"

"那时候她非常古怪。她……她非常嫉妒。她忽然跟维里蒂敌对起来，看上去似乎很恨她。有时候我以为……我以为……哦，不，想起来真可怕，您想不到那是自己的妹妹——有一次她还打了人。您知道，她的火气一上来就压不住。我觉得她是不是——哦，我不应该这么说的，也不是什么大问题，请忘掉我说过的话吧。没什么。什么事也没有。但是……但是……呃，她确实不太正常，我必须面对这一点。在她很年轻的时候，发生过一两件古怪的事——关于动物的。我们有一只鹦鹉，一只常常说些傻话的鹦鹉，鹦鹉不是都这样吗？可她扭断了它的脖子。从那以后我的感觉就不一样了，我觉得再也不能相信她了，再也不能信赖。我再也不能——哦，老天啊，我也开始歇斯底里了。"

"算啦，算啦，"马普尔小姐说，"别想这些事了。"

"不，知道这个消息真是糟糕透了——知道维里蒂死了。死得那么惨。而其他女孩儿都从那家伙的魔掌逃脱了。他被判终身监禁，现在仍在坐牢。他们不会放他出来再伤害其他女孩儿了。可他们为什么没判他有心理疾病，以减轻刑罚——如今常用这套方法。他应该被送进布罗德莫精神病院，这样他就不用为他所做过的任何事负责了。"

她站起身，走出房间。格林太太回来了，在门口跟她姐姐擦肩而过。

"您不用理会克洛蒂尔德，"她说，"她还没从几年前那件可怕的事件中恢复过来。她很爱维里蒂。"

"看样子她还为您的妹妹担心。"

"安西娅？安西娅还好啊。她就是……呃……就是疯疯癫癫的，您知道。她有点……歇斯底里。遇到事情容易生气，有时候会有奇怪的幻想或者想象。但是我认为克洛蒂尔德不需要担心安西娅。哎呀，是谁从窗前经过？"

两个人突然出现在法式落地窗前，带着一脸歉意。

"请原谅，"巴罗小姐说，"我们刚刚围着房子绕了一圈，想看看能否找到马普尔小姐。我们听说她跟您一起来这儿了，所以我想——哦，您在这儿啊，亲爱的马普尔小姐。我想跟您说，今天下午我们没参观成那座教堂，显然，他们为了做清洁而把门关了。所以我们决定今天去别的地方，明天再去那里。希望您别介意我们以这种方式突然造访。我确实按过前门的门铃，但它似乎没响。"

"恐怕它有时候是不响。"格林太太说，"喜怒无常，您知道，时响时不响。请坐吧，跟我们聊聊天。我都不知道你们没跟着客车走。"

"是啊，我们想在这儿再游览一两天，既然都走了这么远了，随客车一起走那就太——呃，而且事情刚刚过去一两天，还是有些难过。"

"来点雪利酒吧。"格林太太说。

她走出房间，很快又回来了。安西娅跟她一起，已经安静下来了，她带来一瓶雪利酒和几只玻璃杯。她们一起坐了下来。

"我忍不住想知道，"格林太太说，"这件事还会有什么进展，我是说发生在可怜的坦普尔小姐身上的事。我的意思是，警察的想法有些让人摸不透，他们好像在调查此事，而审问又推迟了，他们显然不满意。是不是伤口性质有什么特点？"

"我不这么认为。"巴罗小姐说，"很明显，头部遭到撞击，严重脑震荡——嗯，我想说的是那块大石头。唯一值得注意的是，马普尔小姐，那块石头是自己滚下来的，还是别人推下来的。"

"哦，"库克小姐说，"你肯定不会这么想——到底是谁想让石头滚下来呢？是谁做了那种事呢？我想那附近总有一些流氓无赖，您知道，一些年轻的外国人或者学生。我真的很想知道，您知道，是否是——呃……"

"您想说，"马普尔小姐说，"您想知道是不是我们这些旅客中的一个。"

"呃，我……我没那么说。"库克小姐说。

"确实，"马普尔小姐说，"我们会忍不住——呃，想这样的事。我是说，必定要有个解释。如果警方确定这不是场意外，那肯定就是某个人干的——呃，坦普尔小姐是个陌生人，因此看上去不像是本地人干的。于是，这就又要回到——呃，我的意思是,又回到旅游车上的这些人身上了,不是吗?"她发出一声无力的、嘶鸣般的笑声。

"哦,肯定是!"

"不,我想我不该谈论这种事。但您要知道,真实的犯罪都非常有意思,有时候往往是最不寻常的事偏偏发生了。"

"您有什么明确的感觉吗,马普尔小姐?我很有兴趣听一听。"克洛蒂尔德说。

"哦,只是想到各种可能。"

"卡斯珀先生,"库克小姐说,"您知道,我一开始就不喜欢他的样子。他看着我——哦,我还以为他是个间谍或侦探之类的。您知道,也许是来咱们国家寻找原子能秘密或别的什么的。"

"我可不认为这附近藏着什么原子能秘密。"格林太太说。

"我们之中当然没有。"安西娅说,"也许是某个人跟踪她的人。某个人一直跟踪她,因为她是个罪犯。"

"净瞎说。"克洛蒂尔德说,"她是一所名校的校长,退休了,是位非常优秀的学者。为什么有人跟踪她?"

"哦,我不知道。也许她有什么特别之处。"

"我敢肯定,"格林太太说,"马普尔小姐有些想法。"

"这个,我是有一些想法,"马普尔小姐说,"对我来说,似乎是 —哦,唯一可能的人……天哪,太难说出口了。就在刚才,你们已经怀疑了两个人,认为他们有逻辑上的可能性。但我不这样认为,因为我确信他们两个都是好人。我的意思是,我得说,单从逻辑上看,没人有嫌疑。"

"您想说的是谁?这很有意思。"

"哦,我认为我不该说出来。这只是我的……胡乱猜测。"

"您认为是谁把石头推下去的?您认为乔安娜和埃姆林看见

的那个人可能是谁?"

"这个,我的想法其实是……也许他们谁也没看见。"

"我不太明白,"安西娅说,"他们谁也没看见?"

"对,也许是他们瞎编的。"

"什么——关于看见了某个人这件事?"

"对,有可能,不是吗?"

"您的意思是,那是个玩笑,或者一种不好的动机?您到底是什么意思?"

"哦,我想……现在总听到年轻人做一些匪夷所思的事,"马普尔小姐说,"你知道,把东西塞进马的眼睛里,打碎使馆的玻璃窗,袭击人,冲人扔石头,这些常常都是年轻人做的,不是吗?而他们是仅有的两个年轻人,不是吗?"

"您是说也许是埃姆林和乔安娜把石头推下山了?"

"哦,他们是唯一能做到的,不是吗?"马普尔小姐说。

"想不到啊!"克洛蒂尔德小姐说,"哦,我从来没想过这一点。但是我觉得——哦,我觉得您话中有话。当然,我不知道他们两个是什么人,我没跟他们一起旅行过。"

"哦,他们很好,"马普尔小姐说,"在我看来,乔安娜是一个特别……你知道,特别能干的女孩儿。"

"在所有事上都很能干吗?"安西娅问。

"安西娅,"克洛蒂尔德说,"安静点。"

"是的,非常能干。"马普尔小姐说,"毕竟,如果你想要做杀人这种事,就得具备些能力,避免被人看见、发现之类的。"

"但他们当时在一起。"巴罗小姐说。

"哦,没错,"马普尔小姐说,"他们是一块儿干的,后来说的话也基本相同。他们是……呃,最明显的嫌疑人,我只能这么说。他们逃出了大家的视线,其他人都在下面的小路上。他们可能跑上了山顶,让石头滚了下去。或许他们并不是针对坦普尔小姐,只是打算……呃,制造一些混乱,想砸些什么东西或什么人——实际上任何人都可以。于是他们把石头推了下去,然后,当然了,他们编出一个看到了某个人的故事,说些奇怪的服装或者听起来非常不可能的事——哦,我真不该说的,只是我一直在思考。"

"我觉得这个想法很有意思,"格林太太说,"你是怎么想的,克洛蒂尔德?"

"我想有这个可能,不过我并不赞同。"

"哦,"库克小姐一边站起身一边说道,"现在我们得回金猪旅馆了。您跟我们一道吗,马普尔小姐?"

"哦,不了,"马普尔小姐说,"我想您还不知道,我忘了告诉您了,布拉德伯里-斯科特小姐非常好心地邀请我回来住一个晚上——或者两个晚上。"

"哦,我知道了。我相信这对您来说是很有好处的,会更舒服一些。今天晚上刚到的那批人特别吵闹。"

"晚饭后,你们愿意过来跟我们一起喝点儿咖啡吗?"克洛蒂尔德提议说,"今晚非常暖和。我们不能留你们吃晚饭了,因为恐怕没那么多的食物。但如果你们愿意过来跟我们一起喝咖啡……"

"那太好了,"库克小姐说,"好的,我们一定接受您的热情款待。"

第二十一章　时钟敲击三下

1

库克小姐和巴罗小姐于晚上八点四十分及时赶到。一个穿着有米色蕾丝的衣服，另一个一身淡绿色。晚饭期间，安西娅已经跟马普尔小姐打听过这两位女士了。

"感觉有些奇怪，"她说，"她们居然留下来了。"

"哦，我不这么认为。"马普尔小姐说，"我觉得这再自然不过了。我想，她们有一个非常周密的计划。"

"您说的计划是什么意思？"格林太太问道。

"我想她们一向做好了准备，应对各种突发事件，处理每件事都有相应的计划。"

"您是说，"安西娅饶有兴致地说，"您是说她们还制定了处理谋杀案的计划吗？"

"我希望，"格林太太说，"你不要把可怜的坦普尔小姐的死说成谋杀。"

"但是，那当然是谋杀，"安西娅说，"我只是好奇谁想杀死她？我想也许是她学校里的学生，他们恨她，一直和她过不去。"

"您认为仇恨能持续这么长时间吗？"马普尔小姐问。

"哦，我认为是。我认为可以恨一个人很多年。"

"不,"马普尔小姐说,"我认为仇恨是可以消失的。你可以尝试着不断提醒自己,但我觉得恨最终会消失。恨,不如爱那么强烈。"她补充道。

"您觉得有可能是库克小姐或者巴罗小姐,或者她们两个一起,杀了人吗?"

"为什么是她们?"格林太太说,"说真的,安西娅!在我看来她们都是非常好的女人。"

"我觉得她们有些地方令人难以理解,"安西娅说,"你不这么认为吗,克洛蒂尔德?"

"我想也许你说得对,"克洛蒂尔德说,"在我看来,她们有点虚伪,如果你明白我的意思。"

"我觉得她们非常阴险。"安西娅说。

"你就喜欢乱想,"格林太太说,"不管怎样,她们一直沿着山脚下的小路走,不是吗?您还在那儿见过她们,对吗?"后一句是对马普尔小姐说的。

"我不能说我注意到了她们。"马普尔小姐说,"实际上,我没有机会那么做。"

"您是说——"

"她当时不在那儿,"克洛蒂尔德说,"她在这儿,我们的花园里。"

"哦,当然了,我忘记了。"

"那是一个非常晴朗、美丽的日子,"马普尔小姐说,"我很喜欢。明天早上我还要去,再看着那些盛开在花园尽头小山附近的白色鲜花。前几天它们含苞待放,现在一定全都开了。你知道,我将永远记得那里,作为我旅行的一部分。"

"我恨那里,"安西娅说,"我想把它拆了。重新建一个温室什么的。如果我们能省下足够的钱，就肯定能做到，对吗，克洛蒂尔德？"

"别说这事啦，"克洛蒂尔德说，"我不想碰它。现在我们要温室有什么用？葡萄结果需要好几年呢。"

"好啦，"格林太太说，"我们不要总争论这个了。我们去休息室吧，客人们很快就要来喝咖啡了。"

就在这时，客人们到了。克洛蒂尔德拿来一壶咖啡，给客人们倒上并端给她们。然后她给马普尔小姐倒了一杯。库克小姐探身向前。

"哦，请原谅我，马普尔小姐，但是说真的，我要是您就不会喝啦。我的意思是，在晚上的这个时候喝咖啡您会睡不好觉的。"

"哦，您这么想的？"马普尔小姐说，"我以前经常晚上喝咖啡。"

"是的，不过这是很浓的好咖啡。我建议您不要喝。"

马普尔小姐看着库克小姐，后者的表情十分认真。她那看上去不太自然的头发垂下来，盖住了一只眼睛，另外一只眼睛轻轻地眨动着。

"我明白了，"马普尔小姐说，"也许您说得对。我想您很懂饮食。"

"哦，是的，我对此很有研究。我受过一些护理培训，您知道的，与这些有关的事。"

"确实，"马普尔小姐稍稍将杯子推开一些，"我想，这儿应该没有那个女孩儿的照片吧？"她问，"维里蒂·亨特？她是叫这个名字吧？副主教谈论起她，看样子很喜欢她。"

"我想是的。他很喜欢年轻人。"克洛蒂尔德说。

她站起身,走到房间另一端,打开书桌,从里面拿出一张照片,递给马普尔小姐看。

"这是维里蒂,"她说。

"漂亮的脸蛋。"马普尔小姐说,"是的,非常美丽脱俗。可怜的孩子。"

"现如今真是可怕,"安西娅说,"总是发生这种事。女孩子们跟各种各样的青年男子约会,没人愿意费事去管。"

"现在她们要自己照顾自己,"克洛蒂尔德说,"可她们完全不知道该怎么办才好。上帝保佑她们!"

她伸出手想从马普尔小姐手中拿回照片。就在这当口,袖子碰到了咖啡杯,杯子掉在地板上。

"哦,天哪!"马普尔小姐说,"都怪我,是我碰到您的胳膊了?"

"没有,"克洛蒂尔德说,"是我的袖子,它有点大。如果您不想喝咖啡,也许您愿意喝点儿热牛奶?"

"太好了,"马普尔小姐说,"临睡前喝一杯热牛奶,确实可以让人放松,睡个好觉。"

闲聊了一阵子之后,库克小姐和巴罗小姐离开了。她们走得慌慌张张,又轮流回来拿忘了的东西:一条围巾、一个手提包,还有一条手帕。

"大惊小怪、小题大做。"她们走了之后,安西娅说。

"不知怎的,"格林太太说,"我同意克洛蒂尔德说那两个人看起来有些虚伪的看法,如果您知道我在说什么的话。"她对马普尔小姐说。

"是的,"马普尔小姐说,"我同意。她们看上去不太诚实。我非常好奇,我是说,疑惑。她们为什么要参加这次旅行?她们是否真心喜欢旅行?她们来这儿的原因是什么?"

"您有答案了吗?"克洛蒂尔德问。

"我想是的,"马普尔小姐说着叹了口气,"很多事我都有了答案。"她说。

"我只希望您能满意。"克洛蒂尔德说。

"我很高兴离开了旅行团,"马普尔小姐说,"我不觉得自己从中获得了欢乐。"

"是啊,我非常理解。"

克洛蒂尔德从厨房拿来一杯热牛奶,陪同马普尔小姐走进她的房间。

"您还需要什么吗?"她问,"尽管说。"

"不用了,谢谢您。"马普尔小姐说,"我需要的东西都有了。您瞧,我的小睡袋就在这儿,这样我都不需要打开行李。谢谢您。"她说,"您和您妹妹又好心地留我住一晚,真是太感谢了。"

"哦,拉斐尔先生给我们写了信,让我们好好招待啊。他是一个考虑周全的人。"

"是啊,"马普尔小姐说,"他是这种人——呃,什么都能想得到。我觉得他很聪明。"

"他是位非常有名的金融家。"

"金融还有其他方面,他考虑的事情很多。"马普尔小姐说,"哦,我想休息了。晚安,布拉德伯里-斯科特小姐。"

"明天早上我要给你送早餐来吗?您喜欢在床上吃吗?"

"不不,我无论如何都不想麻烦您了。不用了,我自己下去吃饭吧。也许一杯茶就很好了。不过我想去花园转转,尤其想看看那块长满了白色鲜花的小土墩,它们那么美丽、那么繁茂。"

"晚安,"克洛蒂尔德说,"祝您睡个好觉。"

2

"旧园"里那座落地式老爷钟敲了两下。这幢房子里的钟敲响的时间都不一样,有的根本不响。让一幢房子里的所有古董钟全都有序工作是很不容易的。三点的时候,二楼楼梯口的钟轻柔地敲了三下。一道微弱的光线从门缝中透了出来。

马普尔小姐从床上坐起来,手指放在床头灯的按钮上。门非常轻地打开了,外面没有光亮,但是轻柔的脚步声从门外传进了房间里。马普尔小姐打开了灯。

"哦,"她说,"是您,布拉德伯里-斯科特小姐。您有什么事吗?"

"我不过是来看看您需要什么。"布拉德伯里-斯科特说。

马普尔小姐看着她。克洛蒂尔德身穿一件紫色的长睡袍。马普尔小姐心想,多么美丽的一个女人,她的头发垂在额头上,一个悲剧角色,戏剧里的人物。马普尔小姐再次想起了希腊戏剧,再次想起了克吕泰墨斯特拉。

"您确定不需要我给您拿些什么吗?"

"不需要了,谢谢您。"马普尔小姐说,"不过,"她抱歉地说,"我没有喝牛奶。"

"哦,亲爱的,为什么不喝?"

"我觉得它对我没好处。"马普尔小姐说。

克洛蒂尔德站在床尾,看着她。

"不宜健康,您知道。"马普尔小姐说。

"您这话是什么意思?"克洛蒂尔德的声音刺耳起来。

"我想您知道我什么意思。"马普尔小姐说,"我想您一整晚都心知肚明。也许在更早之前就知道了。"

"我不明白您在说些什么。"

"不明白?"三个音节里带有一种隐隐的讽刺。

"恐怕牛奶已经凉了,我拿走给您换杯热的吧。"

克洛蒂尔德伸出手,从床边拿起牛奶杯。

"不必麻烦了,"马普尔小姐说,"就算您拿给我,我也不会喝的。"

"我真不明白您说这话是什么意思,真的。"克洛蒂尔德看着马普尔小姐说,"您真是一个奇怪的人。您到底是哪种女人?您为什么要这么说话?您是谁?"

马普尔小姐拉下缠在头上的那团粉红色羊毛织物,和她曾在西印度群岛戴过的那条粉红色羊毛披肩是一个系列的。

"我有个别名。"她说,"叫复仇女神。"

"复仇女神?什么意思?"

"我想您知道。"马普尔小姐说,"您是一个受过很好教育的女人。有时候复仇女神会耽误一段时间,但终究还是会来的。"

"您在说些什么?"

"关于一个非常漂亮的、被您所杀的女孩儿。"马普尔小姐说。

"被我所杀?您什么意思?"

"我指的就是那个女孩儿,维里蒂。"

"我为什么要杀她?"

"因为您爱她。"马普尔小姐说。

"我当然爱她。我深爱着她。而且她也爱着我。"

"不久之前有人跟我说,爱情是一个非常可怕的词。它确实是一个非常可怕的词。您太爱维里蒂了,她对您来说意味着一切。她的心里也只有您,直到其他事闯入了她的生活,一种不同的爱进入了她的生活。她爱上了一个男孩儿，一个年轻人。一个不太合适的人，不算标准的好人，没有光彩的背景。但是她爱他，他也爱她。她想要逃离，不再和您生活在一起，挣脱您的爱所带来的束缚。她想过上正常女人的生活，跟她所选择的男人一起，生养他们的孩子。她想要结婚，想获得正常的幸福。"

克洛蒂尔德被触动了。她走向一把椅子，坐了下来，瞪着马普尔小姐。

"这么说，"她说，"您似乎非常了解了。"

"是的，我很清楚。"

"您说的话非常正确，我不否认。无论我否认与否，都不重要了。"

"是的，"马普尔小姐说，"您说的很对。不重要。"

"您到底知不知道——您能想象吗——我有多痛苦？"

"是的，"马普尔小姐说，"我能想象。我很擅长想象。"

"你能想象那种极大的痛苦吗？想到自己就要失去这世界上最爱的事物时的痛苦吗？还是被一个卑鄙堕落的罪犯抢走。一个配不上我那美丽女孩儿的男人。我必须加以阻止。我必须……我必须……"

"是的，"马普尔小姐说，"在这个女孩儿走之前您杀死了她。因为您爱她，所以杀了她。"

"您觉得我能做出那种事吗？您觉得我能勒死我爱的女孩儿吗？您认为我能痛击她的脸，把她的头砸个粉碎吗？只有残暴、卑鄙的人才会做出那种事来。"

"没错，"马普尔小姐说，"您不会那么做。您爱她，您不可能那么做的。"

"所以，您瞧，您是在乱说。"

"您确实没对她那么做。被暴力对待的女孩儿不是您爱的那个,维里蒂仍然在这儿,不是吗?她在花园里。我不认为您勒死了她,我想,您给了她一杯咖啡或者牛奶,以安眠药过量的方式让她没有痛苦地死去。她死了之后,您把她带去了花园。您把原来搭温室的砖堆起来,在那儿给她做了个有拱顶的墓穴,然后在上面种上植物。自此,那里开满了鲜花,而且一年比一年旺盛。维里蒂跟您一起留在了这里。您从来就没让她离开过。"

"你这个傻瓜!你这个疯狂的老傻瓜!你觉得你可以到处散布这个故事吗?"

"我希望如此,"马普尔小姐说,"但对此我不太肯定。您是个强壮的女人,比我强壮多了。"

"听到你的夸奖我很高兴。"

"你没有感到任何良心上的不安,"马普尔小姐说,"要知道,一个人在实施了一次谋杀之后是不会停止的。在我这一生中,通过对犯罪的观察,我已了解到这一特征了。你杀了两个女孩儿,不是吗?杀了一个你爱的,还杀了另一个。"

"我杀了一个愚蠢的流浪女,一个年轻的妓女。诺拉·布罗德。你是怎么知道她的?"

"我感到奇怪,"马普尔小姐说,"自打我看到你,就觉得你不会狠心勒死你所爱的那个女孩儿,还毁了她的容。但是,同一个时候,还有一个女孩儿也不见了,而她的尸体一直没被发现。但是我认为尸体已经找到了,只是他们不知道那是诺拉·布罗德的尸体。它穿着维里蒂的衣服,因此必须由最熟识维里蒂的人辨认尸体。您不得不去确认那具尸体是不是维里蒂,您去了,说就是维里蒂。"

"可我为什么要那么做?"

"因为你想让那个把维里蒂从你身边带走的男孩儿,那个爱维里蒂、维里蒂也深爱着的男孩儿——你想让他因为谋杀受审。所以你把第二具尸体藏到了一个不容易被发现的地方,待尸体被发现,就会被错认为是另一个女孩。你要确保尸体以你所希望的方式被发现——穿着维里蒂的衣服,身边有她的手提包、一两封信、手镯和挂着十字架的项链——还要毁了她的容。

"一个星期前,你实施了第三次谋杀,谋杀了伊丽莎白·坦普尔。你杀她是因为她到这个地方来了,你担心维里蒂给她写过的信,或者跟她说的话让她心生疑惑,你害怕万一伊丽莎白·坦普尔跟布拉巴宗副主教见了面,两个人会互通信息,然后进行一些猜测。伊丽莎白·坦普尔一定不能跟布拉巴宗副主教见面。你是个很有力气的女人,可以把石头推到山腰。那一定需要些力气,而你是一个非常强壮的女人。"

"强壮到可以对付你。"克洛蒂尔德说。

"我不认为你会这么做。"马普小姐说。

"什么意思,你这个可怜、干瘪的老女人?"

"没错,"马普尔小姐说,"我是个老女人,而且手脚都没什么力气了,身体的其他部分也很虚弱。但我要以我自己的方式维护正义。"

克洛蒂尔德大笑。"然而谁能阻止我结束你的性命?"

"我想,"马普尔小姐说,"我的守护天使。"

"你相信你的守护天使,是吗?"克洛蒂尔德说着又大笑起来。

她走到床边。

"也许有两位天使。"马普尔小姐说,"拉斐尔先生做事一向慷慨。"

她把手偷偷伸到枕头底下，然后抽了出来，手里多了一只哨子。她把哨子放在两唇中间，发出愤怒的哨音，这声音都能把街道尽头的警察都吸引过来。两件事几乎是同时发生的：门开了，克洛蒂尔德转过身，巴罗小姐站在门口；同时，碗柜旁边的衣柜开了，库克小姐从里面走了出来。此时两人周身都散发出一股专业人士才具备的严肃气息，与稍早时候她们那愉快的社交举止形成了鲜明的对比。

"两位守护天使，"马普尔小姐开心地说，"拉斐尔先生干得漂亮极了！"

第二十二章　马普尔小姐的故事

"您是什么时候发现,"旺斯特德教授问道,"那两个女人是跟着您、保护您的私家侦探?"

他坐在椅子里,身体前倾,意味深长地看着这个白发老太太:她姿势笔挺地坐在他对面的一张椅子里。此刻他们正在伦敦市的政府办公楼里,在场的还有其他四个人。

一位是检察官办公室的官员,一位是伦敦警察厅的助理局长詹姆斯·劳埃德爵士,一位是梅德斯通监狱的典狱官安德鲁·麦克尼尔爵士,第四个人是内政部部长。

"直到昨天晚上,"马普尔小姐说,"直到那时候我才真正确定。库克小姐去过圣玛丽米德,我很快就发现她并非她所表现出来的那个人——一个园艺知识丰富的女人,到那儿去帮助一个朋友打理花园。很明显她去那儿的唯一目的是让自己熟悉我的相貌。由于我知道她的真正目的,因此当我在旅行车上再次认出她来的时候,必须做出判断:她跟随旅行团是为了保护我,还是我的对手派来的敌人。

"昨天晚上,当库克小姐用非常清楚的话语提醒我,阻止我喝克洛蒂尔德·布拉德伯里-斯科特放在我面前的那杯咖啡时,我才真正确定下来。她的措辞很巧妙,但警示性也很明显。之后,当我跟她们两人说晚安的时候,她们其中一人牵起我的手,放在自己的两手中间，非常友好而热情地握了握。在做这个动作的时候，她给了我一样东西，后来我发现是一只高音哨。我带着它去休息了。接过女主人一定要我喝的牛奶，道过晚安，小心翼翼地不让自己那简单而友好的态度发生变化。"

"您没有喝牛奶？"

"当然没有。"马普尔小姐说，"你把我看成什么人了？"

"请原谅，"旺斯特德教授说，"让我惊讶的是您没有锁门。"

"那是非常错误的做法。"马普尔小姐说，"我想让克洛蒂尔德·布拉德伯里－斯科特进来。我想听听她会说些什么或做些什么。我想她肯定会进来，但那需要足够长的时间，她要确认我喝了牛奶，处于一种近似昏迷的睡眠之中——大概再也不会醒过来了。"

"是您帮助库克小姐藏进衣橱的吗？"

"不是，她突然出来的时候我也大吃一惊。我想，"马普尔小姐考虑一番，若有所思地说，"她是在我沿着走廊去……呃……去浴室的时候溜进去的。"

"您知道那两个女人在房子里？"

"在她们给了我哨子之后，我想她们可能就在不远的某个地方。我认为进入那幢房子不是件难事，它没有百叶窗或防盗警报器这一类的东西。她们中的一个借口落了手提包和围巾又回来的时候，可能拉开了窗户的插销。我想她们应该是一离开就马上折回房子了，一直等到屋里的人全都上床睡了。"

"您冒了很大的风险，马普尔小姐。"

"我希望一切顺利。"马普尔小姐说，"一个人这一生有很多风险不得不冒。"

"顺便说一句，您那个寄送包裹给慈善机构的小花招大获成功。里面有一件簇新的、颜色鲜艳的男士高领套头毛衣,是红黑格相间的。非常惹眼。是什么让您想起那件事来的呢?"

"这个,"马普尔小姐说,"真的很简单。埃姆林和乔安娜关于他们所见之人穿着的描述表明那人是故意让人注意到的,颜色鲜艳、惹人注目,这个很重要:这种衣服不会藏匿在本地,也不可能保存在旅客的私人物品中。它必须尽快被送到远处,而实际上只有一种方法能成功处理掉这种东西,那就是通过邮局。衣物一类的东西可以很轻松地送到慈善机构那儿去。想一想,那些为失业母亲筹集冬天衣物的人,或者类似这种慈善机构的人,发现一件几近崭新的毛衣时会多么高兴。我要做的就是找到东西被寄去了哪里。"

"那么,您是直接去邮局问的吗?"内政部部长的表情有点惊讶。

"当然,但不是直接问的。我是说,我不得不装得有点慌乱,并解释说,我本想寄衣服给慈善机构,但写错了地址,而他们也许能告诉我那位好心的女主人带过来的包裹有没有寄出去。一个非常好的女员工努力地回忆,并想起那个地址确实并非我想寄的那一个,还把地址抄下来给了我。我想她完全没怀疑我是想打探什么消息。哦,我不过是个昏头昏脑的老太婆,很关心我包裹里的衣服寄去了哪里。"

"啊,"旺斯特德教授说,"我认为您是一位演员,马普尔小姐,就像一位复仇者一样。"然后又说,"您最开始注意十年前发生的那件事,是在什么时候?"

"起初,"马普尔小姐说,"我发现事情很困难,几乎不可能。我在心里责备拉斐尔先生没有把事情清楚地告诉我。但是现在我明白了,他不这么做是很聪明的。真的,你知道,他是一个极其聪明的人。我能理解他为什么会成为一位大金融家，轻易地赚到这么多钱了。他把计划安排得如此精细，每一次都能给我提供足够的锦囊妙计，我则依计而行。首先，我的守护天使仔细地认准了我的样子；其次，我按照指示参加了旅行，并结识了旅行中的人。"

"开始的时候您怀疑过吗——如果我可以使用这个字眼，怀疑旅行团中的某个人？"

"我只是想到一种可能性。"

"没有感觉到罪恶的气息？"

"啊，您还记得这一点。没有，我认为那里没有明确的罪恶气息。没人告诉我我要联系的人在哪儿，但是她向我做了自我介绍。"

"伊丽莎白·坦普尔？"

"是的，就像是一盏探照灯，"马普尔小姐说，"黑夜中的光明。到那时为止，您瞧，我仍然处在黑暗之中。但肯定存在某些东西，我的意思是，从逻辑上看必须存在，因为拉斐尔先生的指示，在某个地方一定会有一个受害者和一个凶手。是的，肯定有一个凶手，因为这是拉斐尔先生和我之间唯一的联系。在西印度群岛曾经发生过一起谋杀案，我跟他都被卷入其中，而他对我所有的了解就是我跟那个案子的联系。所以这不可能是其他类型的犯罪，也不可能是一桩随随便便的案子。它一定——并且明确地表现出来——是一桩邪恶的、精心策划的犯罪，邪恶取代了良知。必定有两个受害者，一个被杀，另一个则是非正义的牺牲品，因莫须有的罪名遭到指控。虽然我仔细思考了这些事，但在跟坦普尔小姐谈话之前，我依旧毫无头绪。她非常热情、非常迫切，于是，我跟拉斐尔先生的第一个联结出现了。她谈起她认识的一个女孩儿，这个女孩儿曾跟拉斐尔先生的儿子订过婚，这是我的第一束光亮。然后，她又对我说这个女孩儿没有嫁给他。我问为什么，她说：'因为她死了。'然后我问她是怎么死的，是什么害死了她，她非常坚决、咄咄逼人地说——现在我仍然可以听见她的声音，那声音就像深沉的钟声——是爱情。之后她又说：'爱情是这世上最可怕的词。'我不知道她这话究竟是什么意思。实际上，我最开始想到的是，这个女孩儿由于不幸的爱情而自杀了。经常发生这种事，每次都是一场惨痛的悲剧。那时候我最多也就知道这些了。事实上，她此次出行并非一场快乐的旅行，她告诉我，她要去做一次朝圣。她要去某个地方，或者去见某个人。那时候我并不知道那个人是谁，后来才知道的。"

"是布拉巴宗副主教？"

"是的。我那时候还不知道他的存在。但从那时起，我觉得这场戏的主要人物——主要演员，随便您怎么说——并不在旅行团里，不是旅行团中的游客。我只犹豫了很短的一段时间，在某些特别的人物身上迟疑着。我曾经怀疑过乔安娜·克劳福德和埃姆林·普赖斯。"

"为什么怀疑他们？"

"因为他们年轻，"马普尔小姐说，"因为年轻总是跟自杀、暴力、强烈的嫉妒和悲惨的爱情联系在一起。一个男人杀死了他的女朋友——这种事经常发生。是的，我考虑过他们，但在我看来他们似乎与此没多大关系。没有邪恶的阴影，没有绝望，没有不幸。昨天晚上，我们在'旧园'喝雪利酒的时候，我故意说他们提供了虚假消息，还说他们才是伊丽莎白·坦普尔之死的最大嫌疑人。等我再见到他们的时候，"马普尔小姐表情认真地说，"我会向他们道歉的，我利用了他们，分散犯人对我真实想法的注意力。"

"那么,接下来是伊丽莎白·坦普尔之死?"

"不,"马普尔小姐说,"接下来,自然是我去了'旧园'——我收到热情邀请,并在那儿受到了盛情的款待。又是拉斐尔先生安排好的。我知道我一定要去那儿,但我并不知道去那里的原因。也许那个地方能带给我更多的信息,并引导我向前摸索。抱歉,"马普尔小姐忽然说,这很符合她平日里客气又有点大惊小怪的性格,"我说得太多也太长了,我真的不需要向您灌输我的想法,还有——"

"请继续说下去吧,"旺斯特德教授说,"也许您不知道您所说的对我而言是多么有趣,也与我在工作中知道和看到的密切相关。把您的想法说给我听吧。"

"没错,继续吧。"安德鲁·迈克尼尔爵士也说道。

"只是一种感觉,"马普尔小姐说,"不是真正合乎逻辑的推理。它基于一种情绪反应或敏感……呃,我只能称之为气氛。"

"是的,"旺斯特德教授说,"有一种气氛,房子里的气氛,广场上、花园里、森林中、旅馆里……别墅中。"

"三姐妹——这个词正是我走进'旧园'的时候所想到的和感受到的,以及对我自己说的——之中的格林太太热情地招待了我。但这个词语——三姐妹——让我心中产生了一种不祥的预感,它跟俄罗斯文学中的'命运三女神',与《麦克白》中的'三女巫'联系在了一起。在我看来,这似乎有一种悲伤的、颇为不幸的,同时也是恐怖的、不停挣扎的气氛,而我不得不说这种气氛是'旧园'里的常态。"

"您说的最后一句话让我很感兴趣。"旺斯特德教授说。

"我想,应该是因为格林太太。她是客车到达那里后过来迎接我并对我提出邀请的人。她是一个正常、快乐的女人，一个寡妇。她不是很幸福，但我说的这种不是很幸福，跟悲伤或者不幸无关，我仅仅想说她的性格跟那种气氛格格不入。她带我一起回去，我马上见到了她的两个姐妹。第二天早上，给我送早点的老女佣给我讲了一个故事，是一个悲惨的往事，关于一个女孩儿被她的男朋友杀死了的事。这附近还有几个女孩儿也遭到暴力袭击，或者被性侵。我不得不做出第二次鉴别。我排除了旅行团里的人，认定那些人跟我的调查没有关系，凶手在另外的地方。此时我不得不问自己，凶手会不会在这儿，在这个我被邀请过来的房子里。克洛蒂尔德、拉维妮娅、安西娅，三位女神的名字，三个幸福的——不幸的、痛苦的、可怕的……她们是哪一种？克洛蒂尔德第一个引起了我的注意。她是一个个子高高的漂亮女人，一个很有个性的人。就像伊丽莎白·坦普尔那样，个性鲜明。这两个人没什么好琢磨的，我至少得对三姐妹做一个总结概括。命运三女神，谁可能是凶手？什么样的凶手？怎样的谋杀？那时我能感觉到一种气氛，像瘴气一样，缓慢地、一点一点地升起。我认为，除了邪恶，没有其他词语可以描述。邪恶并非一定存在于这三个人中，但她们确确实实生活在一种发生过罪恶之事的气氛中，而且那邪恶的阴影仍然笼罩或者威胁着她们。克洛蒂尔德是最大的那个，也是我最先考虑的那个。她漂亮、强壮，我想她是一个感情强烈的女人。我承认，一看到她我就把她当成了克吕泰墨斯特拉。最近，"马普尔小姐压低声音说道，"我非常荣幸地去距离我家不远的一所知名男子公立学校，观赏了一出希腊戏剧，阿伽门农那出戏给我留下了非常深刻的印象，尤其是扮演克吕泰墨斯特拉的那个男孩儿的表演。我似乎能从克洛蒂尔德身上看到一个女人是如何计划在丈夫洗澡时将其杀死并付诸行动的。"

有那么一会儿，旺斯特德教授好不容易才忍住没有大笑出声来。马普尔小姐的声音是严肃的，她冲他轻轻眨了眨眼睛。

"是啊，这么说听上去有点傻，不是吗？但是我能看出她行事的方式，也就是她扮演的角色。非常不幸，她没有丈夫，从来没有过，所以谋杀不了丈夫。接着我又考虑到带我来这幢房子的人，拉维妮娅·格林。她似乎是一个非常和善、身心健康、快乐的女人。但是很可惜，某位死者给她们的世界产生了更大的影响。这类人总是很让人着迷，很多凶手是幽默可爱的男人，罪行被戳穿时往往会让人们大吃一惊。他们就是我所说的可敬的凶手。他们实施谋杀的动机完全是功利的，不带任何情感，只为了达成一个结果。但我认为在这件事上不太可能，如果真的如此我会非常吃惊的。但我仍不能排除格林太太，她曾有过一个丈夫，现在她是个寡妇，而且寡居多年。她有可能——我是这么感觉的。然后我想到了三妹，安西娅。她是一个会让人不安的人，在我看来她动作很不协调，丢三落四。总体来说，我认为她总是处于一种恐惧的状态之中。她在害怕一些事，极度害怕。哦，这个也能说得通。如果她犯下某种罪行，她以为会消失了或者已经过去了，但有可能东窗事发。一些重新浮现出来的往事，也许跟伊丽莎白·坦普尔被害有关；她可能会产生一种旧案重提的恐惧感。她总是用一种奇怪的方式看着你，越过你的肩膀，视线锐利地看向后方，好像看到你身后站着什么东西似的。一些让她害怕的东西。所以可能是她。一个神经可能有点错乱的凶手，杀人的原因是她觉得自己受到了迫害，是因为她害怕。这只是一些想法，是我在客车上已经想过的一些可能性。然而我觉得那幢房子里的邪恶气息越来越浓烈了。第二天，我跟安西娅去花园散步。在主路的尽头，有一个从前的温室倒塌下来形成的小土堆。在战争后期，温室疏于管理，渐渐坍塌，从而废弃不用了。堆积起来的砖块上覆盖着泥土，长满了草，还长出一些蔓藤植物，这种植物因能覆盖花园中某些丑陋的建筑或废墟而出名，名叫布哈拉蓼，是一种生长迅速的开花灌木，它会吸取、排挤、榨干其他一切植物。它能淹没一切，从某种意义上说，这是一种非常可怕的植物。但它会开出美丽的白色花朵，看上去很漂亮，虽然那时还没有完全盛开。安西娅和我站在那儿，她看起来像是为失去温室而极度不满。她说那儿曾经有些非常讨人喜欢的葡萄，她小时候来过这座花园，如今记得最清楚的就是那些葡萄藤了。而且，她想要很多钱来铲除那个小土堆，重建温室，再次种满麝香葡萄和桃树，就像旧时的温室那样。她患上了严重的怀旧病。可能更甚。我又一次非常清晰地感受到了那种恐怖的气息。那个土堆里有什么东西让她害怕，那时我还想不出会是什么。您知道，后来发生了一件事，就是伊丽莎白·坦普尔之死。毋庸置疑，根据埃姆林·普赖斯和乔安娜·克劳福德所说的情况，只能得出一个结论：那不是意外，而是一场蓄意谋杀。

"我想是从那时候起，"马普尔小姐说，"我掌握了情况。我得出结论，她被杀的原因有三。我听说过关于拉斐尔先生的儿子的故事，一个少年犯，有犯罪前科，等等。但所有这些都不能证明他是个杀人犯或者有可能是个杀人犯。所有的证据都对他不利，不用说，任何人都会认为是他杀了那个叫维里蒂·亨特的女孩儿。但是布拉巴宗副主教又将这件事推向了另一个高潮。他认识那两个年轻人，他们找过他，告诉他他们想结婚。他决定为他们主持婚礼。布拉巴宗副主教不认为那是一场明智的婚礼，但如果他们确实深爱彼此，那么婚姻就是合理的。女孩儿爱着男孩儿，男孩儿说那是真爱，如同她的名字一样。虽然那个男孩儿在男女关系上名声很坏，但他此时真心爱着这个女孩儿，真心对她，并在努力改正那些邪恶的习惯。副主教对此并不乐观，我想，他并不相信他们会有幸福的婚姻生活，但他认为这场婚礼是必要的。必要，是因为如果你爱得够深，就要付出代价，就算这个代价令人失望，甚至在一定程度上是不幸的。但有一件事我确定无疑：毁容并砸碎头颅，并不是一个真爱女孩儿的少年会做的。这不像性侵犯。我接受了副主教关于这个问题的看法。我也知道我已经找到了正确的线索，那就是伊丽莎白·坦普尔给我的线索。她说过，维里蒂的死因是爱情——这世界上最可怕的词语之一。

"那么，一切就非常清晰了，"马普尔小姐说，"我想我已经弄明白一段时间了。之前有些小事还不确定，如今都严丝合缝了。她们符合伊丽莎白所说的话，即维里蒂的死因。她最开始用的词是'爱情'，然后又说'爱情是最可怕的词'。所有这些都清楚地反映出克洛蒂尔德对那个女孩儿有一种压倒性的爱。小时候女孩儿当她是英雄般地崇拜着、依赖着，但等她长大一些，她的天性本能便开始发挥作用。她想要爱情，想要自由地恋爱，想要结婚、生子。然后，那个男孩儿出现了。她知道他不多么可靠，知道他被人称作坏蛋，但是，"马普尔小姐的语调极为平静，"这并没能让女孩儿放弃那个男孩儿。没有。女孩子们都喜欢坏蛋，她们一向如此。她们爱上坏蛋，并坚信可以改变他们。在我年轻那会儿，那些善良踏实可靠的好丈夫总会说：'像姐妹那样对她们根本不能让她们满意。'维里蒂爱上了迈克尔·拉斐尔，而迈克尔·拉斐尔也准备洗心革面，跟这个女孩儿结婚，并保证再也不会看别的女孩儿一眼。我不会说他们会一生幸福之类的话，但就像副主教言之凿凿地说过的那样，那是真正的爱情，因此他们才会计划结婚。而我认为，维里蒂给伊丽莎白写了信，告诉她自己要嫁给迈克尔·拉斐尔了。之所以要秘密成婚，我想是出于维里蒂已经意识到她的做法本质上等同于私奔。她要从那种她再也不想过的生活中逃离出来，从一个她很爱、但跟她爱迈克尔的方式不同的人身边逃离出来。她不会得到允许，他们的道路将困难重重。于是，就像其他年轻人那样，他们决定私奔。他们不需要逃到格雷特纳·格林①，因为他们的年龄完全可以结婚了。所以她请布拉巴宗副主教——一个信任她的真正的老朋友——帮忙。婚礼安排好了，日期、时间，甚至他们也许还偷偷带来了婚礼要穿的服装。毋庸置疑，他们要先在某个地点碰头，我想他去了那儿，但是她没去。他等啊等，极力猜测她为什么没来。我想也许他收到了一张字条，也可能是一封信，模仿她的笔迹，说她改变了主意，一切都已过去，她要离开一段时间以便忘记此事。我不知道。我认为他压根儿想不出她没来的真正原因，不明白为什么她没说只言片语。他完全不会想到，那个时候她已经被残忍地，可以说几近疯狂地杀害了。克洛蒂尔德不想失去她所爱的人，不想让她离开，不想让她投向那个她讨厌、憎恨的年轻人的怀抱。她要用自己的方式留住维里蒂。但我无法相信——我的确不能相信她会勒死她，然后再毁容。我认为她不会狠心这么做的。我认为，她重新堆砌了倒下来的温室砖头，再往上面盖上泥土、草皮。可能给那个女孩儿喝下了一杯放有大量安眠药的饮料，就像希腊传统的方式。一杯毒芹——也可能是别的什么。她把女孩儿埋在了花园里，在上面堆上砖头，铺上土和草皮——"

---

①苏格兰南部靠近英格兰边界的村庄，从前在苏格兰结婚可不经父母同意，因此成为许多英格兰情侣私奔的大堂。

"其他两姐妹对此怀疑过吗？"

"那时候格林太太不在，她丈夫还没有去世，他们仍在国外。但安西娅在那儿。我认为安西娅确实知道一些事。我觉得起初她并没有怀疑那儿埋着人，但她知道克洛蒂尔德占据了花园尽头那片美丽的地方，将开花的灌木种在凸起的小土堆上。我想，也许她渐渐明白了真相。而克洛蒂尔德，既然已经产生了邪恶之心，并犯下罪行，臣服于邪恶，那么接下来自然无所顾忌了。我认为她很欣赏自己的计划。对一个淘气而性感的乡下姑娘来说，她很有影响力。那个姑娘，诺拉，时不时会来这儿沾点小便宜，我认为安排一天带她去野餐或者做个远途旅行——三四十英里——是很简单的事。她事先选定了地点，勒死了那个女孩儿，毁了她的容，然后把她藏在泥土、树叶和树枝下面。有谁会怀疑她呢？她在尸体旁边放下维里蒂的手提包、维里蒂常戴的项链，还有可能把维里蒂的衣服穿在了她的身上。她希望短时间内这桩罪行不会暴露，与此同时，她四处散播，说有人看见诺拉·布罗德坐在迈克尔的车上跟他一起出去了。也许她还造谣说由于迈克尔背叛了维里蒂，导致两人解除了婚约。她可能什么话都说尽了，我想，她对自己所说的每句话都甚为得意。这个丧失了灵魂的可怜人。"

"您为什么说她是丧失了灵魂的可怜人，马普尔小姐？"

"因为，"马普尔小姐说，"我认为，这段日子——到现在有十年了——没人像克洛蒂尔德那样，忍受着巨大的痛苦，永远生活在悲伤之中。您知道，她不得不跟她生活在一起。她留下了维里蒂，把她留在了'旧园'，留在了花园里——永远地。一开始她没有意识到那意味着什么。她强烈地渴望那个女孩能再次活过来。我不认为她有过悔意，我认为她从未感到平静，她只有痛苦——年复一年的痛苦。而现在我才明白伊丽莎白·坦普尔的意思。爱情是一种很可怕的东西。它能引发邪恶，也能成为一种最邪恶的东西。克洛蒂尔德不得不一天天、一年年地跟邪恶生活在一起。您知道，安西娅总是很害怕。我认为，渐渐地，她对克洛蒂尔德的行径知道得更为清楚了，并且认为克洛蒂尔德知道她知道了。她担心克洛蒂尔德会做出什么事来。克洛蒂尔德把那个包裹给安西娅，让她寄走。她还跟我说了一些安西娅的事，说她精神有些问题，如果受到迫害或心生嫉妒，也许会做出什么事来。我想，没错，在不久的将来，安西娅很可能会出什么事，可能是因为受到良心的谴责而自杀——"

"而你还在为那个女人而难过？"安德鲁爵士问，"致命的罪恶如同癌症——一个肿瘤。它能带来痛苦。"

"当然。"马普尔小姐说。

"我想，您已经听说那天晚上发生的事了吧，"旺斯特德教授说，"在您的守护天使送走您之后？"

"您是说克洛蒂尔德？我知道，她拿起了我的那杯牛奶，当库克小姐带我走出房间的时候她仍然将牛奶拿在手里。我猜她——她喝了，对吗？"

"是的。您想到会发生这种事了吗？"

"我没想到。没有。当时没想到。如果我仔细想一下的话，可能会想到。"

"没人能阻止她。她动作太快了，而且没人知道牛奶里有毒。"

"所以她喝了。"

"您觉得惊讶吗？"

"不，对她来说似乎是一件极为自然的事，不会让人惊讶。这一次是她想逃离了——从那些她不得不与之生活的事情中逃离。就像维里蒂想要从自己生活的地方逃走一样。很奇怪,不是吗,因果报应?"

"听上去您认为她比那个死去的女孩儿更令人同情。"

"不,"马普尔小姐说,"这是两种不同的类型。我替维里蒂难过是因为她失去了唾手可得的一切:她自己选择的婚姻,她深爱、真爱的,并愿意为之献身的男人。她失去了所有,一切都无法挽回。我替她难过是因为她什么都没得到。但是她逃离了克洛蒂尔德不得不遭受的一切:悲伤、凄苦、恐惧,以及日益增长且能感受得到的罪恶感。克洛蒂尔德不得不每天忍受着煎熬:悲伤,以及无法挽回的失去的爱。她不得不跟两个怀疑她、害怕她的妹妹住在一起,跟那个被她留下来的姑娘生活在一起。"

"您是说维里蒂?"

"是的。她被埋在了花园里,葬在克洛蒂尔德为她准备的坟墓里。她就在'旧园',我想克洛蒂尔德知道她在那儿。有时候她去摘一把布哈拉蓼花,甚至就有可能看到她——或者以为看到了她。那时候,她一定觉得离维里蒂很近,对她而言没有比这更糟的事了,不是吗?没有更糟的了……"

第二十三章 尾声

1

"那个老太婆让我觉得毛骨悚然。"安德鲁·麦克尼尔爵士对马普尔小姐表示感谢并跟她道别之后说。

"那么温和——却又那么残忍。"助理局长说。

旺斯特德教授带马普尔小姐走向等在外面的车子,之后又转身回来,最后说了几句话。

"您对她有什么看法,埃德蒙?"

"是我见过的最恐怖的女人。"内政部部长说。

"冷酷无情?"旺斯特德教授问。

"不不,我不是这个意思。呃,就是一个令人恐惧的女人。"

"复仇女神。"旺斯特德教授若有所思地说。

"那两个女人,"检察院办公室的官员说,"你知道,那两个保护她的安保人员,她们把那天晚上发生的事描述得非同凡响。她们很容易就进到那幢房子里去了,藏在楼下的一个小房间里,一直等到大家都上楼睡觉,然后一个钻进卧室的衣橱里,另一个则待在外面,以便放哨。留在房间里的那个说,当她推开衣橱门走出来的时候,那个老太太坐在床上,脖子上围着一条粉红色的毛披肩,神色安详,叽叽喳喳地说着,就像一个老教师。她们反被她吓了一跳。"

"一条粉红色的毛披肩,"旺斯特德教授说,"哦哦,我想起来了……"

"您想起什么来了?"

"老拉斐尔。他跟我说起过她,你知道,然后他大笑,说有件事他一辈子也忘不了。他说那时他在西印度群岛,遇见了一个他这辈子从未见过的最可笑、最糊里糊涂的老太太,脖子上围着一条粉红色的毛披肩来到他的卧室,让他起床,去阻止一件谋杀案。于是他说:'您以为您在做什么呢?'她回答说她是复仇女神。复仇女神!他说他简直不能想象还有什么词能比这个更无聊。但我喜欢粉红色羊毛披肩的触感,"旺斯特德教授若有所思地说,"非常喜欢。"

2

"迈克尔,"旺斯特德教授说,"我想介绍简·马普尔小姐给你认识。她为你的事费了很大的劲儿。"

三十二岁的年轻人略带怀疑地看着这个白发苍苍、十分虚弱的老太太。

"哦……呃……"他说,"我想我已经听说了。非常感谢。"他看着旺斯特德,"是真的吗,他们要特赦我?或者诸如此类可笑的玩意儿?"

"是的,很快就会下达释放令,用不了多久,你就自由了。"

"哦。"迈克尔的声音有点怀疑。

"我想这需要一点时间来适应。"马普尔小姐和善地说。

她若有所思地看着他,用追忆的目光看着他,似乎他还是十多年前的那个样子。虽然他备受压力,但仍然英俊。她想他过去应该非常有魅力。那时他应该是欢乐的、迷人的。现在这些已不复存在,但也许还会回来。温柔的嘴唇,还有盯着你看时动人的眼睛——能帮他撒一切谎。很像——像谁呢?——她陷入回忆之中。乔纳森·博金。他在合唱团唱过歌,令人愉快的男中音。女孩子们是多么地喜爱他啊!他曾在加布里埃尔的公司工作,一份很不错的工作,后来遇到那样的挫折真是令人遗憾。

"哦,"迈克尔说,他更加尴尬了,"非常感谢您的好意,实在是麻烦您了。"

"我很乐意,"马普尔小姐说,"哦,很高兴见到你。再见,希望你有一个美好的未来。现在我们国家的环境有点糟,但也许你会找到自己喜欢的工作的。"

"哦,是的,谢谢您,非常感谢。我——您知道,我真的很感激。"

他的声音好像对此事仍旧没有把握。

"你应该感谢的人不是我,"马普尔小姐说,"而是你的父亲。"

"爸爸?他从来都不怎么关心我。"

"你父亲,在他临终前,决心要为你找回公正。"

"公正。"迈克尔·拉斐尔思索着。

"是的。你父亲认为这很重要。我想他是个非常正义的人。他给我写了封信,请求我接受这一委托,他引用了两句话来指导我:惟愿公平如滚滚流水,而正义则像永不止息的溪流。"

"哦,这是什么意思?莎士比亚说的?"

"不,《圣经》上的。鼓励人们要认真思考——我也要这样。"

马普尔小姐打开她带着的包裹。

"他们给了我这个，"她说，"以为也许我会喜欢——因为我帮忙找出了事情的真相。然而，我认为，你才是真正有权拥有的人——如果你真想要的话。但也许你并不想要……"

她递给他一张维里蒂的照片，克洛蒂尔德·布拉德伯里-斯科特从"旧园"的客厅里拿给她看过的那张。

他接过来，站在那儿，垂下眼睛凝视着。他的脸上发生了变化，线条变得柔和起来，然后又变僵硬了。马普尔小姐默默地看着他。一时间，大家陷入了沉默。旺斯特德教授也在看着——他观察着他们两个人，老太太和年轻人。

从某种程度上来说，这对他来说是一个关键时刻，也许会影响他以后的生活。

迈克尔·拉斐尔叹了口气，他伸出手，把照片还给了马普尔小姐。

"是的，您说得对，我不想要它。那段日子全都过去了，她走了，我无法留下她。我现在必须重新开始——向前走。您……"他迟疑地看着她，"您明白吗？"

"是的，"马普尔小姐说，"我理解——我想你是对的。希望你的新生活一帆风顺。"

他道了别，然后走了。

"嗯，"旺斯特德教授说，"不是个热情的年轻人。您为他所做的这一切，他应该更加感激的。"

"哦，不必客气，"马普尔小姐说，"我不希望他那么做，那会让他更加尴尬。您知道，"她补充道，"当一个人必须感谢别人，并且开始新生活的时候，就要从一个不同的角度看待所有事情，这时候是非常尴尬的。我想他会做好的。他并不恶毒，这是最重要的。我非常理解那个女孩儿为什么会爱上他……"

232

"哦,也许这一次他会走正道了。"

"不一定,"马普尔小姐说,"我认为他无法拯救自己,除非……当然了,"她说,"最要紧的是,希望他能遇到一个真正的好姑娘。"

"我所欣赏的,"旺斯特德教授说,"正是您乐观而现实的思想。"

3

"她快到了。"布罗德里伯先生对舒斯特先生说。

"整件事都太不可思议了,对吧?"

"一开始我根本无法相信,"布罗德里伯说,"要知道,那时可怜的老拉斐尔就要死了,我还以为整件事就是……呃,他老糊涂了之类的。现在看来,并非如此。"

电铃响了起来,舒斯特先生拿起电话。

"哦,她来了,是吗?请她进来。"他说,"她来了。现在我想知道——要知道,这是我这辈子听说过的最奇怪的事。让一个老太太去乡下东跑西跑,去探寻一件她完全摸不着头脑的事。警察认为,你知道,那个女人不是跟一件而是跟三件谋杀案有关。三件!这还得了!维里蒂·亨特的尸体就在花园的土堆下面,正是老太太所说的地方。她不是被勒死的,也没有被毁容。"

"真奇怪这个老太太居然没被杀死,"布罗德里伯先生说,"她太老了,根本不能保护自己啊。"

"显然,她有两个侦探保护着她。"

"什么,两个?"

"是啊,我之前也不知道。"

马普尔小姐被迎进房间里。

"祝贺您,马普尔小姐。"布罗德里伯先生站起身欢迎她。

"祝贺您,您做得太棒了。"舒斯特先生跟她握着手说。

马普尔小姐从容不迫地在桌子边坐了下来。

"就像我在信中告诉您的,"她说,"我想我已经完成了那项任务的全部条款。要求我做的事,我已经成功做到了。"

"哦,我知道,是的,我们听说了。我们是从旺斯特德教授、法律部门,还有警局那里听说的。没错,这项工作做得很漂亮,马普尔小姐,祝贺您。"

"以前我担心,"马普尔小姐说,"我无法做到需要我做的事。似乎很困难,最开始几乎是不可能的。"

"确实是。对我来说也非常不可能。我不知道您是如何做到的,马普尔小姐。"

"哦,这个,"马普尔小姐说,"靠毅力,是不是?才得到这样的结果。"

"现在,现在谈谈我们手里的这笔钱吧。随时由您来支配了。我不知道您是想让我们存进您的银行,还是让我们帮您去投资?那可是一大笔钱呢。"

"两万英镑,"马普尔小姐说,"是啊,我想那是一大笔钱。非常惊人。"她补充道。

"如果您愿意让我们介绍经纪人给您……他们可能会在投资方面给您一些建议。"

"哦,我不想投资。"

"那是——"

"我这个年纪不必存钱,"马普尔小姐说,"这笔钱,我确定拉斐尔先生这么做是为了……让我享受几件他认为我没钱去享受的事。"

"哦,我明白您的意思了,"布罗德里伯先生说,"那您是要我们把这笔钱存进您的银行吧?"

"圣玛丽米德,高街一三二号,米德尔顿银行。"马普尔小姐说。

"我想,您有定期存款账户吧?我们存进您的那个账户里吗?"

"当然不是,"马普尔小姐说,"存进我的活期账户里。"

"您不觉得——"

"我觉得,"马普尔小姐说,"我想存进我的活期账户里。"

她站起身,跟他们握了握手。

"您可以问问银行经理的意见,马普尔小姐,要知道,真的是——天有不测风云,所以要以备不时之需啊。"

"下雨天,我唯一想要的就是我的雨伞。"马普尔小姐说。

她再次跟他们两人握了握手。

"非常感谢您,布罗德里伯先生;还有您,舒斯特先生。您二位对我真是太好了,给我提供了我所需要的一切信息。"

"您真的想要把钱存进您的活期账户里?"

"是的,"马普尔小姐说,"我要花掉,您知道,我要从中获得快乐。"

走到门口时,她回过头,大声笑了起来。就在那一刻,舒斯特先生比布拉德伯里先生更具想象力地产生了一个模糊的印象:一个年轻而美丽的女孩儿,在一个乡村花园的聚会上跟一位牧师握手。这是他稍后才意识到的。然而马普尔小姐忽然就让他想起了那个特别的女孩儿,年轻、幸福、即将享受属于自己的生活。

"拉斐尔先生会希望我开心的。"马普尔小姐说。

她走出了门。

"复仇女神,"布罗德里伯先生说,"拉斐尔先生就是这么叫她的。复仇女神。从来没见过这么不像复仇女神的复仇女神。你呢?"

舒斯特先生摇摇头。

"这一定是拉斐尔先生开的另一个玩笑了。"布罗德里伯先生说。

Nemesis
Copyright © 1971 Agatha Christie Limited. All rights reserved.
Letter for Chinese Reader, New Star Edition by Mathew Prichard © 2013 Mathew Prichard.
www.agathachristie.com
The Miss Marple icon is a trademark, and AGATHA CHRISTIE, Miss Marple, *Agatha Christie*® and the AC Monogram Logo are registered trade marks of Agatha Christie Limited in the UK and elsewhere. All rights reserved.
Published by agreement with ACL.
Simplified Chinese edition copyright: 2024 New Star Press Co., Ltd.

图书在版编目（CIP）数据

复仇女神／（英）阿加莎·克里斯蒂著；张乐敏译．--2版．--北京：新星出版社，2023.3（2024.1重印）

ISBN 978-7-5133-3954-4

Ⅰ.①复… Ⅱ.①阿… ②张… Ⅲ.①侦探小说－英国－现代 Ⅳ.①I561.45

中国版本图书馆CIP数据核字（2022）第091870号

午夜文库
谢刚 主持

复仇女神

[英]阿加莎·克里斯蒂 著；张乐敏 译

责任编辑：赵笑笑　　　　**统筹编辑**：王　欢
责任校对：刘　义　　　　**责任印制**：李珊珊
封面插图：宣　和　　　　**装帧设计**：周伟伟

出版发行：新星出版社
出 版 人：马汝军
社　　址：北京市西城区车公庄大街丙3号楼　100044
网　　址：www.newstarpress.com
电　　话：010-88310888
传　　真：010-65270449
法律顾问：北京市岳成律师事务所

读者服务：010-88310811　　service@newstarpress.com
邮购地址：北京市西城区车公庄大街丙3号楼　100044

印　　刷：三河市兴达印务有限公司
开　　本：910mm×1230mm　1/32
印　　张：8.125
字　　数：130千字
版　　次：2023年3月第二版　2024年1月第二次印刷
书　　号：ISBN 978-7-5133-3954-4
定　　价：42.00元

版权专有，侵权必究；如有质量问题，请与出版社联系调换。